Cliff Allister

MEGAVERSUM

MULTIVERSUM Zyklus – Band 5

W0370484

Impressum:

Cliff Allister: MEGAVERSUM – Multiversum Zyklus 5
ISBN-13: 978-1986027182
ISBN-10: 198602718X

c/o Harald Hess
Peyia Panorama 9b
8560 Peyia
Republic of Cyprus
cliff.allister@gmx.de

Korrektorat/Lektorat: Birgit Böckli

Coverdesign: Juliane Schneeweiss
www.julianeschneeweiss.de

Druck der Printausgabe: Amazon

Vom gleichen Autor:
Erbe des Imperiums – Markan Saga 1 (2014)
Die Rebellen des Imperiums – Markan Saga 2 (2015)
Todfreunde – Ein Gregory A. Duncan Fall 1 (2015)
Der Leviathan – Ek´Thal-Zyklus Band 1 (2015)
Bewahrer der Zeit – Ek´Thal-Zyklus Band 2 (2015)
Kampf um das Imperium – Markan Saga 3 (2016)
Das neue Imperium – Markan Saga 4 (2016)
Der Rekrut – Multiversum Zyklus 1 (2016)
Mission Triangulum – Multiversum Zyklus 2 (2016)
Hüter des Universums – Multiversum Zyklus 3 (2017)
Sezession – Ein Gregory A. Duncan Fall 2 (2017)
Krieg der Clans (2017)
Die Exodus Sphäre – Multiversum Zyklus 4 (2018)
Der Verrat Gottes – Multiversum Zyklus 3.5 (2017)
Die perfekte Waffe – Multiversum Zyklus 3.6 (2018)

Für Birgit!
Ohne dich wäre
all dies nicht
möglich gewesen.

Über den Autor:

Cliff Allister ist das Pseudonym eines deutschen Schriftstellers, der seit vielen Jahren im Ausland lebt. Seit 2017 wohnt er mit seiner Frau und drei Katzen auf der Insel Zypern, in der Nähe von Paphos.

Schon in jungen Jahren begeisterte er sich für das Science-Fiction-Genre, ausgelöst durch die unvergessene TV-Serie *Raumpatrouille* Mitte der Sechziger. Er begann 2014 mit dem Schreiben von Science-Fiction-Romanen und gehört inzwischen zu den erfolgreichsten deutschen Autoren dieses Genres.

Cliff Allister

MEGAVERSUM

MULTIVERSUM Zyklus 5

Was bisher geschah:

Der Auftrag, ein seltsames Phänomen in einem anderen Universum zu erkunden, hat für den Terraner Michael Cordwainer Grand und die Kolltanerin Jalina Kelranar zu Erkenntnissen geführt, die ihr bisheriges Weltbild erschüttern.

Die beiden Unsterblichen, nun als Agenten des Coniunctional im Einsatz, haben von ihrem Auftraggeber nur die halbe Wahrheit erfahren. Das Coniunctional und sein Gegenspieler, der Devorator, haben beide den gleichen Ursprung – das Kollektivbewusstsein der in eine höhere Existenzebene des Multiversums aufgestiegenen Dorianer.

Vor Jahrmillionen hat es sich in zwei Entitäten aufgespalten, die unterschiedliche Ziele verfolgen. Während das Coniunctional sich einer weiteren Entwicklung verweigert, und seine Macht über das Multiversum festigen und bewahren will, will der Devorator die eigene Entwicklung und die des Multiversums vorantreiben – selbst wenn dies unzählige Leben fordern sollte. Und was noch erstaunlicher ist: Es gibt anscheinend eine Ebene noch höherer Existenz, die außerhalb des Multiversums angesiedelt ist.

Nun scheint ein Zugang zu dieser Ebene gefunden worden zu sein, von der niemand etwas genaues weis. Dort könnten die geistigen Essenzen der sogenannten Kreatoren existieren, die ältesten und am weitesten entwickelten Spezies des gesamten Multiversums.

Grand und seine Lebensgefährtin sollen die Sphäre der Erleuchtung, die ein Tor zu dieser Existenzebene zu sein scheint, im Auftrag des Coniunctional erforschen. Sie wird eifersüchtig von einer Wächterkaste aus dem Volk der Kachlax bewacht. Doch auch der Devorator hat seine Agenten entsandt. Grand und Jalina sind inzwischen zwar die Motive ihres Auftraggebers suspekt, doch es bleibt ihnen nichts anderes übrig, als die Mission voranzutreiben. Denn wenn die Agenten des Feindes als Erste in die Sphäre gelangen, die Grand die EXODUS SPHÄRE genannt hat, sind die Konsequenzen unabsehbar.

Beide Parteien wissen nicht, dass das Coniunctional inzwischen befürchtet, Grand und Jalina könnten die Seite gewechselt haben. Das Kollektivbewusstsein schickt ein zweites Team zur Sphäre der Erleuchtung, mit dem Auftrag, die Agenten des Devorators und die vermeintlichen Verräter zu eliminieren.

Allen drei Gruppen gelingt es schließlich, am Ruf der Erleuchtung teilzunehmen, einem Wettkampf um den Zutritt zur Sphäre. Doch nur einem Team wird dieser am Ende gewährt werden – wenn es den Auswahlprozess überlebt…

Teil 1

1. Ankunft

Sie mussten bewusstlos geworden sein. Seltsamerweise konnte sich Grand nicht mehr an den Sprung von der Fähre der Wächter hinunter zur Oberfläche der *Sphäre der Erleuchtung* erinnern. Seine letzte Erinnerung bestand darin, dass er und Jalina den Schritt ins Leere gewagt hatten. Danach – nichts mehr. Bis jetzt!

Grand öffnete vorsichtig die Augen. Neben ihm lag Jalina. Er stützte sich auf die Ellbogen und blickte sich um. Er konnte kaum glauben, was er sah.

Dann hörte er ein leises Stöhnen, das in einen gemurmelten Fluch überging. Auch Jalina war wach.

»Bist du in Ordnung?«, fragte Grand.

»Ja, ich denke schon. Wie lange waren wir weg?«, kam die Gegenfrage, gefolgt von einem überraschten Ausruf, als auch Jalina sich umblickte.

»Das kann nicht echt sein«, sagte sie erstaunt, ohne Grands Antwort auf ihre Frage abzuwarten. Es war nicht herauszuhören, ob sie mit diesen Worten Hoffnung oder Bestürzung ausdrücken wollte.

»Ich fürchte, das ist es doch!« Grand stand auf und dreht sich einmal um die eigene Achse. Sie befanden sich mitten in einer Grassteppe – oder was immer hier als Gras durchging. Rings um sie erstreckte sich ein Teppich aus kurzen, dunkelblauen, dicht stehenden Halmen. Zu seiner Linken zeichneten sich Berggipfel in der Ferne ab. Ohne den Durchmesser dieses Planeten zu kennen, war es schwierig, die Entfernung abzuschätzen. Wenn er der Erde ähnelte, worauf die kaum unterscheidbare Gravitation hinwies, mussten es mindestens dreißig Kilometer bis zu den ersten Hängen sein. Davor und dahinter breitete sich eine endlose Grassteppe aus, durchzogen von sanften Hügeln und nur hin und wieder unterbrochen von baumähnlichen Gewächsen mit ebenfalls dunkelblauen Blättern. Rechts von ihnen wurde der Grasbewuchs spärlicher und ging allmählich in eine Sandfläche über, die sich zumindest optisch nicht von einer irdischen Wüste unterschied. Ein Ende war nicht auszumachen.

Am wolkenlosen, orangefarbenen Himmel stand eine große, rote Sonne ziemlich genau im Zenit. Möglicherweise handelte es sich um einen Überriesen oder aber der Planet befand sich lediglich auf einer engen Umlaufbahn. Grand tippte auf Ersteres. Planeten in einem engen Orbit befanden sich meist in einer gebundenen Rotation mit dem Zentralgestirn und wendeten ihm stets die gleiche Seite zu. Dies war hier offensichtlich nicht der Fall, da die Temperatur durchaus erträglich, wenn auch sehr warm war. Bei einer gebundenen Rotation hätten hier Temperaturen herrschen müssen, die ein Überleben ohne einen hitzebeständigen Raumanzug unmöglich gemacht hätten, von Pflanzenbewuchs ganz zu schweigen.

»Fuck!«, sagte Jalina und bewies wieder einmal ihre Vorliebe für terranische Slangausdrücke. »Ich dachte, wir sollten gegen mehr als hundert andere Kandidatenpaare antreten und uns einen Wettkampf auf Leben und Tod liefern. Aber hier ist ja niemand. Was soll der Scheiß?«

Grand wusste, dass Jalina ihre Frustration hinter dieser unflätigen Sprache verbarg und nahm es ihr nicht übel. Er hätte am liebsten selbst lauthals geflucht. Das alles hier ergab keinen Sinn.

»Einmal abgesehen davon haben wir ein ganz anderes Problem«, sagte er stattdessen. »Wir wissen nicht, wo wir sind, und tragen weder irgendwelche Waffen bei uns, noch verfügen wir über Defensivsysteme. Aber wenn wir uns in einem Wettkampf befinden, wird es sicher nicht lange friedlich bleiben.«

»Und wir sind völlig wehr- und schutzlos«, ergänzte Jalina. »Außerdem verfügen wir über keinerlei Vorräte, und ich sehe hier nichts, was ich essen oder trinken möchte.«

»Ich sehe nichts, was wir essen oder trinken *könnten*, selbst wenn wir wollten«, entgegnete Grand.

»Was jetzt?«

»Es bringt nichts, einfach hier sitzen zu bleiben. Ich habe zwar keine Ahnung, was von uns erwartet wird, aber Passivität ist es bestimmt nicht. Ich sehe nur ein Ziel, das wir ansteuern können, und das sind die Berge da hinten.« Er deutete auf die Bergkette, die sich in der Ferne in einem blassen Grau abzeichnete.

»Dann los! Es macht keinen Sinn zu warten«, sagte Jalina entschlossen.

»Einen Moment noch!« Grand wandte sich ab und ging zu einem etwa einhundert Meter entfernten Baum. Die vielleicht drei Meter hohe Pflanze besaß einen kräftigen Stamm, der von einer schwarzen, rauen Rinde überzogen war. Ungefähr in Grands Kopfhöhe gabelte er sich in ein paar Dutzend kerzengerader Äste, die ringsum mit den dunkelblauen Blättern bewachsen waren. Weitere Gabelungen oder Zweige gab es nicht. Das Gebilde wirkte beinahe künstlich.

Grand richtete sich auf und ergriff einen der armdicken Äste. Mit vollem Körpergewicht hängte er sich an das Ende und begann zu schaukeln. Schließlich brach der Ast mit einem lauten Knacken in der Mitte durch. Eine gelbe, dickflüssige Substanz trat an der Bruchstelle aus. Das holzartige Material unter der Rinde war hellbraun und hart.

Grand entfernte alle Blätter von dem etwa einen Meter langen Aststück und wog es prüfend in der Hand.

»Besser einen Knüppel als gar keine Waffe«, sagte er zu Jalina. »Alle Kandidaten mussten ihre Waffen abgeben, und das verschafft uns zumindest einen kleinen Vorteil bei überraschenden Begegnungen.«

Jalina zuckte nur mit den Schultern. »Wenn du dich damit besser fühlst, soll es mir recht sein. Wir sollten uns beeilen. Es wird einige Stunden dauern, bis wir die Berge erreichen. Die Sonne hat sich schon ein ganzes Stück weiterbewegt und wir sollten vor Anbruch der Dunkelheit dort sein.«

Grand nickte zustimmend. Auch er hoffte, einen geschützten Platz zu finden, bevor die Nacht hereinbrechen würde. Hier auf der offenen Ebene wären sie einem Angriff schutzlos ausgeliefert.

Die Kachlax hatten ihnen zwar ihre Waffen und auch die Skinfield-Generatoren abgenommen, doch sie hatten ihre Bordoveralls anbehalten dürfen.

Entweder hatten die Wächter der Sphäre nicht bemerkt, dass ihre Bekleidung mit Nanotechnologie gespickt war, oder es war ihnen egal gewesen. Auch die Mini-Translatoren im Gehörgang hatte man ihnen gelassen.

Abgesehen von den integrierten Analysesensoren und dem im linken Ärmel eingearbeiteten Touchpad – das Grand längst angezeigt hatte, dass es hier keine für ihren Metabolismus gefährlichen Substanzen oder Krankheitserreger in der Luft gab – konnte das schmutzabweisende Material auch die Körpertemperatur regeln. Je nach dem Bedürfnis seines Trägers kühlte oder wärmte es so, wie es die Umgebung verlangte. Zumindest würden sie bei dem Gewaltmarsch und den hier herrschenden Temperaturen keinen Hitzestau erleiden. Zudem machten die Nanoassembler im Blut und in den Zellen ihre Körper überaus leistungsfähig. Allerdings waren sie nicht in der Lage, verlorene Flüssigkeit oder Energie zu ersetzen. Dies konnte bald zum Problem werden. Grand und Jalina mussten unbedingt Wasser und Nahrung auftreiben.

2. Erste Begegnung

Sie erreichten die ersten Ausläufer des Gebirgszugs mit Anbruch der Dunkelheit. Das Gelände stieg leicht an, der Baumbewuchs wurde etwas dichter und große Felsbrocken machten das Vorankommen schwieriger. Dann hörte Grand das Plätschern von Wasser.

»Ich glaube, ich höre einen Bach oder so was«, sagte er.

»Ja, ich höre es auch«, bestätigte Jalina.

Sie umrundeten einen weiteren, mannshohen Felsbrocken und sahen vor sich einen kleinen, von weiteren Felsen umschlossenen Kessel. Zwischen zwei der Brocken entsprang ein kleiner Wasserfall, der munter herunter plätscherte und ein Rinnsal bildete, das zwischen den Felsen und in der zunehmenden Dunkelheit verschwand.

»Wir sollten hier rasten«, schlug Jalina vor. »Morgen können wir dann die Berge besteigen. Vielleicht sehen wir von weiter oben etwas.«

»In Ordnung!«, stimmte Grand zu. »Irgendeinen Grund, warum man uns hier abgesetzt hat, muss es ja geben. Wenn wir ein paar Hundert Meter höher sind, können wir die ganze Ebene überblicken.«

Jalina stöhnte. »Ich hoffe nur, wir müssen nicht über den gesamten Gebirgszug, um unser Ziel zu erreichen, was es auch sein mag. Meine Füße beschweren sich jetzt schon.«

Sie beugte sich zu dem kleinen Wasserfall, um mit den Händen etwas von der dringend benötigten Flüssigkeit zu schöpfen.

»Stop! Warte!«, rief Grand. »Wir wissen nicht, ob wir das trinken können.«

Jalina zuckte zurück, was ihr das Leben rettete. Nicht etwa, weil das Wasser ungenießbar gewesen wäre, sondern weil im nächsten Augenblick ein faustgroßer Stein dicht an ihrem Kopf vorbeiflog und an der Felswand zerschellte. Er hätte ihr mit Sicherheit den Schädel zerschmettert.

Sofort hechten die beiden in die Deckung eines Felsens. Grand sah sich suchend um, was in der hereinbrechenden Dunkelheit nicht viel Sinn machte. Er konnte zwar abschätzen, aus welcher Richtung der Stein gekommen sein musste, doch er konnte nicht sicher sein, ob sich noch weitere Angreifer in der Nähe befanden.

»Zumindest wissen wir jetzt, dass wir hier nicht alleine sind«, flüsterte Jalina.

»Und dass wir hier wie auf dem Präsentierteller sitzen«, gab Grand grimmig zurück.

»Denkst du, das sind andere Kandidaten?«

»Keine Ahnung«, musste Grand zugeben. »Entweder das oder der Planet ist nicht unbewohnt und wir sind hier nicht willkommen.«

»Zum Glück scheinen der oder die Unsichtbaren ebenfalls nicht über Waffen zu verfügen. Das spricht eher für andere Kandidaten.«

»Es könnte sich auch um das hiesige Äquivalent zu unseren Neandertalern handeln. Steinzeitmenschen oder dergleichen.«

»Rückzug?«

»Rückzug und Umgehung. So leicht lassen wir uns

hier nicht vertreiben.«

Inzwischen war es fast völlig dunkel geworden. Am pechschwarzen Himmel waren nur wenige Sterne zu sehen. Grand mutmaßte, dass sich das System der roten Riesensonne am äußeren, sternarmen Rand seiner Galaxie befinden musste. Da es hier auch keinen Mond zu geben schien – es sei denn, er stünde gerade auf der anderen Seite des Planeten –, konnte man kaum die Hand vor Augen sehen. Das spärliche Licht reichte gerade aus, um nicht gegen den nächsten Felsblock zu laufen. Sich unbemerkt an den unbekannten Gegner heranzupirschen würde nicht ganz einfach sein.

In den nächsten zwanzig Minuten gelang es Grand und Jalina, sich so leise wie möglich den Hang hochzuarbeiten. Sie befanden sich jetzt seitlich und etwa zwanzig Meter über dem kleinen Kessel mit der Wasserquelle. Sie hatten bewusst einen möglichst großen Bogen geschlagen, um sich mit Sicherheit oberhalb des Gegners zu befinden.

Doch ihre Vorsicht wäre nicht notwendig gewesen, wie sich bald herausstellte. Direkt neben der Quelle flackerte ein Feuer auf.

»Sind die wirklich so blöd? Die können doch nicht ernsthaft glauben, sie hätten uns mit ihrem Steinchen vertrieben.« Jalina flüsterte immer noch, obwohl die beiden im Licht des Feuers sichtbaren Gestalten sich ihrerseits keine Mühe gaben, leise zu sein.

»Ich habe die zwei schon mal gesehen«, raunte Grand. »Sie waren in der gleichen Gruppe wie Rigoran und Silvar, als es auf die Fähre ging.«

»Wir hätten uns die Wasserstelle teilen können!«

»Vergiss nicht, dass dies ein Wettkampf ist. Wir kennen zwar weder die Regeln noch wissen wir, wie die einzelnen Runden ablaufen. Aber es ist sicher, dass Kandidatenpaare ausscheiden müssen. Also heißt es jeder gegen jeden. Allerdings sind sie wirklich nicht besonders klug vorgegangen.«

»Gut für uns!«, stellte Jalina befriedigt fest. »Sollen wir sie ausschalten, umbringen oder was?«

»Ich habe keine Ahnung, was man von uns erwartet«, musste Grand zugeben, dem der Gedanke, zwei andere Anwärter hinterrücks zu überfallen, nicht sonderlich gefiel. Auch wenn die beiden Fremden am Feuer diese Skrupel offensichtlich nicht teilten.

»Du könntest sie mit deinem Knüppel ruhigstellen«, schlug Jalina vor.

Tatsächlich schleppte Grand nach wie vor das Aststück mit sich herum. Er hatte es provisorisch am Gürtel seines Overalls befestigt, um es nicht ständig in der Hand tragen zu müssen.

Er war überzeugt, jenes Paar vor sich zu haben, das zusammen mit den Agenten des *Devorators* auf die Fähre gegangen war. Kurz kam ihm der Gedanke, ob Rigoran und Silvar wohl ebenfalls auf diesem Planeten sein mochten. Es spielte allerdings keine große Rolle. Ihr vordringlichstes Problem befand sich am Feuer unter ihnen. Sie mussten unbedingt an die Quelle herankommen, wenn sie am nächsten Tag eine Chance haben wollten, ihren Marsch fortzusetzen. In der Dunkelheit eine andere Wasserstelle finden zu wollen war aussichtslos. Ohne Wasser aber wäre für sie beide bald Endstation. Grand spürte schon jetzt ein drängendes Durstgefühl, und er war sich sicher, dass es Jalina nicht anders ging.

Die beiden Unbekannten waren von annähernd humanoider Gestalt. Allerdings besaßen sie außer den zwei stämmigen Beinen vier Arme, zwei auf jeder Seite. Ihre Körper waren vollständig behaart und sie trugen lediglich eine Art Lendenschurz. Der Kopf ähnelte dem einer Katze, mit Schnurrhaaren, kleinen, spitzen Ohren und einer vorstehenden Schnauze. Vielleicht konnten sie im Dunkeln ebenso gut sehen wie eine Katze, was den gezielten Steinwurf erklären würde – und ein unbemerktes Anschleichen schwieriger machte.

Grand konnte keine Ausrüstungsgegenstände sehen. Wahrscheinlich hatte man auch diesen beiden jegliches technologische Gerät vor dem Sprung in die Sphäre abgenommen.

»Vielleicht können wir mit ihnen reden«, schlug Grand leise vor.

»Dein verdammter Humanismus wird uns noch mal umbringen!« Jalina schüttelte den Kopf. »Aber meinetwegen! Wie sollen wir es angehen?«

»Du versuchst, dich näher heranzuarbeiten. Ich umgehe sie in einem Bogen und komme aus der anderen Richtung.«

»Na schön. Aber halte vorsichtshalber deinen Knüppel bereit!«

Grand hauchte Jalina einen Kuss auf die Wange und kroch auf Händen und Knien von dem Feldblock weg, hinter dem sie Deckung gesucht hatten. Erst als er sicher war, dass man ihn von der Wasserquelle aus nicht mehr sehen konnte, erhob er sich und schlich denselben Weg zurück, den sie gekommen waren. Er versuchte, so leise wie möglich zu sein. Vielleicht konnten die beiden auch so gut hören wie eine Katze.

Eine Viertelstunde später stand er wieder an der Stelle, die sie bereits vor Einbruch der Nacht passiert hatten. Zur Wasserstelle waren es nur noch ein paar Meter. Grand konnte den Schein des kleinen Feuers zwischen den Felsen hindurchschimmern sehen. Er atmete tief durch und ging um die Felsen herum.

»Hallo, Jungs«, rief er, während er aus der Deckung des letzten Felsbrockens trat. Er hielt beide Hände mit den Handflächen nach außen in die Höhe. Das universelle Zeichen für Friedfertigkeit. Der winzige Translator übersetzte seine Worte in die an der *Sphäre der Erleuchtung* gebräuchliche Sprache. Über einen ebenso kleinen Lautsprecher im Kragen des Overalls wurden sie ausgegeben. »Ich dachte, wir sollten mal vernünftig miteinander reden.«

Die Reaktion erfolgte sofort und war eindeutig. Mit einem heiseren Fauchen warfen sich die beiden auf den ungebetenen Gast. Grand zog gerade noch rechtzeitig den Knüppel hervor, den er hinter seinem Rücken verborgen hatte. Er trat einen Schritt zur Seite und schwang ihn wie einen Baseballschläger. Krachend kollidierte seine primitive Waffe mit dem Kopf eines der Angreifer. Der Getroffene brach bewusstlos zusammen. Dann sprang ihn der zweite an und sie gingen gemeinsam zu Boden.

Mit zwei Händen umklammerte der Gegner Grands

Hals, während er ihm mit den anderen beiden zwei schnelle, schmerzhafte Schläge in die Nieren versetzte, bevor er Grands Arme ergriff und ihn am Boden fixierte. Grand konnte den Kopf gerade noch zur Seite drehen, um einem zusätzlichen Kopfstoß zu entgehen. Die Stirn des immer noch fauchenden Angreifers traf nur seine rechte Gesichtshälfte, was allerdings ausreichte, ihn benommen werden zu lassen. Grand hoffte, dass der Angehörige jener ihm unbekannten Spezies seine Geschlechtsorgane an der gleichen Stelle hatte wie ein Terraner – und dass sie genauso empfindlich waren. Sein Gegner lag breitbeinig über ihm und versuchte, ihn zu erdrosseln. Grand riss sein rechtes Knie hoch und traf den richtigen Punkt. Das Fauchen ging in ein helles Quieken über. Allerdings verstärkte sich der Druck um seinen Hals nur noch mehr. Sein Gegner besaß offenbar eine hohe Schmerztoleranz. Grand wusste, dass er in den nächsten Sekunden bewusstlos werden würde, wenn es ihm nicht gelingen würde, seinen Gegner abzuschütteln.

Dann sackte der Unbekannte plötzlich in sich zusammen. Das Gewicht lastete schwer auf Grands Oberkörper. Grand blickte seitlich an dem Katzenkopf vorbei. Im schwachen Schein des Lagerfeuers zeichnete sich Jalinas Silhouette gegen den nächtlichen Himmel ab. Sie hielt einen faustgroßen Stein in der Hand, von dem Blut heruntertropfte.

»Was wärst du ohne mich?«, scherzte sie und ließ den Stein fallen.

Grand stieß den schweren Körper von sich herunter. »Wahrscheinlich tot«, krächzte er. Sein Hals schmerzte. Reden würde für einige Zeit unangenehm sein.

»Was machen wir mit den beiden?«, fragte Jalina.

»Am besten fesseln wir sie erst mal und unterhalten uns mit ihnen, wenn sie wieder wach sind. Vielleicht wissen sie mehr als wir darüber, was hier eigentlich gespielt wird.«

Wie sich schnell herausstellte, mussten sie nur denjenigen fesseln, den Grand mit dem Knüppel niedergeschlagen hatte. Der zweite der beiden Katzenartigen war tot. Anscheinend war seine Hirnschale weniger widerstandsfähig gewesen, als Jalina angenommen hatte. Da sie über nichts anderes verfügten, verwendeten sie den Lendenschurz des Toten, um dem anderen beide Armpaare auf den Rücken zu binden. Anschließend lehnten sie ihn sitzend an einen der Felsblöcke.

Nachdem sich Grand davon überzeugt hatte, dass das Wasser aus der Quelle trinkbar war, löschten sie endlich ihren brennenden Durst.

Schließlich begann sich der Bewusstlose zu regen. Grand versetzte ihm einen aufmunternden Tritt gegen den Oberschenkel. Ihr Gefangener öffnete die Augen und fauchte zornig, als er feststellte, dass man ihn gefesselt hatte.

»Hallo, Freundchen«, sagte Grand. »Das war sehr dumm von euch. Wir hätten uns die Quelle teilen können. Also, warum habt ihr uns angegriffen?«

»Wo ist mein Paladin?« Der Katzenartige benutzte

die Verkehrssprache der Sphäre, außerdem hatte er den Begriff 'Paladin' erwähnt. Es konnte somit kein Zweifel bestehen, dass es sich bei ihm ebenfalls um einen Anwärter auf den *Ruf der Erleuchtung* handelte. Jedes Team besaß so etwas wie einen 'Teamleader' und einen Begleiter, den die Wächter der Sphäre 'Paladin' nannten.

»Er wurde zum Opfer eurer Dummheit. Leider hieß es er oder ich – und meine Begleiterin hat sich für mich entschieden.«

Wieder stieß der Katzenartige ein zorniges Fauchen aus. »Ich werde seinen Tod rächen!«, drohte er.

»Du wirst froh sein müssen, wenn wir dich laufen lassen«, sagte Grand. »Also, noch mal, warum habt ihr uns angegriffen?«

»Dies ist unsere Quelle! Wir haben sie vor zwei Tagen entdeckt und wollten uns hier erholen und stärken, bevor wir weiter zur Pyramide marschieren.«

Es fiel Grand schwer, seine Überraschung zu verbergen. »Vor zwei Tagen? Wie lange seid ihr schon hier?«

»Drei Tage dieses Planeten. Am ersten Tag sind wir bis hierher gewandert und am nächsten Tag haben wir vom Berg aus in der Ferne die Pyramide entdeckt. Heute wollten wir uns noch ausruhen und morgen losmarschieren.«

Grand erschrak, als ihm klar wurde, was dies bedeutete. Die beiden waren nur wenige Minuten vor ihm und Jalina in die Sphäre eingedrungen, doch sie hatten hier bereits drei Tage verbracht. Dafür konnte es nur eine Erklärung geben: Die Zeit verging hier wesentlich schneller! Und das war nur möglich, wenn sie in ein anderes Universum versetzt worden waren. Ein Blick zu Jalina verriet ihm, dass ihr derselbe Gedanke gekommen sein musste. Ihre blassblaue Haut war noch eine Spur bleicher geworden. Er wandte sich wieder dem Gefangenen zu.

»Welche Pyramide?«

»Ich werde nichts mehr sagen. Ihr habt meinen Paladin getötet und mein Weg ist hier zu Ende. Tötet mich ebenfalls und genießt euren Triumph. Ihr habt die erste Runde überstanden.«

Grand erinnerte sich an eine Aussage, die die Wächter getätigt hatten, kurz bevor Jalina und er in die Sphäre gesprungen waren. Erst ein einziges Mal in der jahrmillionenlangen Geschichte der Auswahlwettkämpfe war ein Teilnehmer zur Sphäre zurückgekehrt, allerdings war er schwer verletzt gewesen. Bevor er starb, war es ihm noch gelungen, davon zu berichten, dass die Verlierer jeder Runde in ein fremdes Universum versetzt würden. Wie es nun aussah, geschah die Versetzung bereits zu einem früheren Zeitpunkt, schon während des Wettkampfs. Sie waren eindeutig nicht mehr in dem Universum, aus dem sie gekommen waren.

»Wir werden nichts dergleichen tun, mein Freund«, sagte Grand. »Wir sind keine Mörder. Der Tod deines Begleiters war von uns nicht beabsichtigt, aber wir mussten uns verteidigen. Ihr hingegen hättet nicht davor zurückgeschreckt, uns hinterrücks zu erledigen. Es tut uns leid, dass es dazu kommen musste.«

Der Fremde spuckte Grand vor die Füße, was wohl

auch bei seiner Spezies ein Ausdruck der Verachtung war. Ansonsten zeigte er keine Reaktion und antwortete auch nicht auf weitere Fragen.

Jalina überzeugte sich davon, dass die Fesseln noch festsaßen, dann legten sie sich, so bequem es eben ging, auf den Boden. Ihr Durst war zwar gestillt, doch Grand spürte ein nagendes Hungergefühl. *Hunger lässt sich eher ertragen als Durst*, überlegte er. *Ohne Wasser sind wir nach drei Tagen tot, ohne Nahrung können wir es notfalls viel länger aushalten.* Außerdem wusste er, dass das Hungergefühl nach einiger Zeit verschwinden würde.

Das kleine Feuer brannte allmählich herunter und erlosch. Jalina hatte sich an ihn gekuschelt und schlief bereits. Der lange Marsch forderte seinen Tribut. Grand starrte nachdenklich in den Himmel, versuchte, die wenigen Sterne zu zählen, und schlief darüber ein.

3. Kletterpartie

Grand wurde unsanft geweckt. Jalina rüttelte ihn an der Schulter. An ihrem Gesichtsausdruck konnte er erkennen, dass es Probleme gab.

»Was ist?«

Es war noch nicht ganz hell und Grands innere Uhr sagte ihm, dass er höchstens fünf Stunden geschlafen haben konnte. Die Tage auf diesem Planeten mussten kürzer sein, als er es von der Erde her gewöhnt war.

»Der Gefangene ist tot«, sagte Jalina. »Als ich wach wurde und nach ihm sehen wollte, habe ich ihn so vorgefunden.« Sie zeigte auf die zusammengesunkene Gestalt, die leicht zur Seite geneigt und mit nach von hängendem Kopf immer noch an dem Felsen lehnte, wo sie ihn zurückgelassen hatten.

»War mein Schlag mit dem Knüppel zu heftig? Ist er an einer Kopfverletzung gestorben?« Grand machte sich Vorwürfe. Ein Leben zu nehmen fiel ihm nicht leicht. Er lehnte Gewalt zwar nicht prinzipiell ab, aber wo immer es möglich war, versuchte er, sich dabei zurückzuhalten.

»Nein, dein Schlag hat ihn nicht umgebracht. Ich vermute, er hat sich selbst getötet.«

»Aber wie …?«

»Ich habe keine Ahnung, wie er das bewerkstelligen konnte«, unterbrach ihn Jalina. »Die kleine Beule am Kopf kann es wohl kaum gewesen sein. Er hat nicht einmal geblutet. Vielleicht hat er seine Zunge verschluckt oder diese Spezies kann willentlich ihr Herz anhalten. Was auch immer. Jedenfalls ist er tot und es gibt keine sichtbaren Verletzungen.«

»Vielleicht ein giftiges Tier? So etwas wie eine Schlange, ein Skorpion oder eine Giftspinne. Wir wissen nichts über die hiesige Fauna.« Grand konnte nicht glauben, dass der Gefangene, von dem sie weder den Namen noch die Bezeichnung seiner Spezies erfahren hatten, sich selbst umgebracht haben sollte.

»Ich habe ihn oberflächlich untersucht und konnte keinen Einstich oder Biss finden. Er sieht auch viel zu friedlich aus, als dass er einen langen Todeskampf gehabt haben könnte. Wenn er gebissen oder gestochen worden wäre und sich schlecht gefühlt hätte, hätte er uns bestimmt geweckt. Nein, er wollte sterben und irgendwie ist es ihm gelungen.«

Grand rappelte sich stöhnend auf. Ihm taten sämtliche Knochen weh. Der Gewaltmarsch am vorigen Tag und die Nacht auf dem harten Boden hatten selbst seinen von den Nanoassemblern optimierten Körper strapaziert. Das Hungergefühl hatte ebenfalls nicht nachgelassen. Es hatte sich eher noch verstärkt.

Grand untersuchte den leblosen Körper sorgfältig, soweit dies im spärlichen Licht der aufgehenden Sonne möglich war. Auch er konnte keine äußeren Verletzungen feststellen. Der Tote sah aus, als würde er nur tief schlafen.

»Wir werden wohl nie erfahren, wie er es angestellt hat«, sagte Grand schließlich und richtete sich auf. »Da wir nun wach sind, können wir ebenso gut unsere Erkundung fortsetzen. Allerdings sollten wir die beiden hier nicht einfach liegen lassen.« Den zweiten

Toten hatte er am Vorabend an eine Seite des kleinen Kessels gezogen, da es in der Dunkelheit unmöglich gewesen wäre, ihn ordentlich zu bestatten.

Jalina nickte. »Hier dürften genügend Steine herumliegen, um sie damit zu bedecken. Für den Fall, dass es hier Aasfresser geben könnte.«

Nach einer halben Stunde erhob sich ein kleiner Grabhügel neben der Quelle, unter dem die beiden Körper ihre Ruhe finden konnten. Grand bedauerte die Ereignisse der letzten Nacht, doch nun mussten sie sich um das eigene Überleben sorgen.

Sie reinigten die beiden Lendenschurze, die sie den Toten ausgezogen hatten, gründlich – zumindest so gründlich, wie es unter dem kleinen Wasserfall möglich war. Das lederähnliche Material erwies sich als wasserundurchlässig, und Jalina knotete es zu zwei notdürftigen Behältnissen zusammen, in denen sie etwas Wasser mitnehmen konnten. Es war ungewiss, wann sie das nächste Mal auf eine Wasserstelle stoßen würden. Dann marschierten sie los, immer den Berghang empor.

Die Sonne stand inzwischen am Himmel und die Temperaturen begannen zu steigen. Zunächst war der Hang noch leicht zu erklimmen, auch wenn sie sich ihren Weg zwischen den zahlreichen Felsbrocken hindurch suchen mussten, doch schließlich wurde der blaue Gras- und Baumbewuchs immer spärlicher, bis nur mehr kahler Fels übrig blieb. Auch der Hang wurde immer steiler und sie mussten teilweise die Hände zu Hilfe nehmen, um nach oben zu klettern. Es war eine schweißtreibende Angelegenheit, doch je höher sie kamen, umso mehr fielen zumindest die Temperaturen.

Grand blickte sich in regelmäßigen Abständen um und warf einen Blick auf die Ebene unter ihnen. Bis zur Mittagsstunde mussten sie bereits mehr als zweitausend Meter erklommen haben, und noch immer war außer einer schier endlosen, blauen Grassteppe nichts Außergewöhnliches zu erkennen.

»Ich befürchte, die Pyramide befindet sich tatsächlich auf der anderen Seite des Gebirgszuges«, sagte Grand während einer Rast. Hinter uns liegt nur diese verdammte Steppe, und so weit wir sehen können, ist da nichts.« Er nahm einen Schluck Wasser aus seinem Vorrat.

»Wenigstens ist es nicht mehr weit bis zu dem Pass dort drüben.« Jalina deutete auf eine Einkerbung zwischen zwei Gipfeln, die sich sicher noch weitere eintausend Meter in den Himmel schraubten.

»Wir können nur hoffen, dass es hinter dem Pass nicht noch weiter aufwärtsgeht«, sagte Grand, wischte sich mit dem Handrücken über den Mund und befestigte den zweckentfremdeten Lendenschurz wieder an seinem Gürtel.

»Ich denke nicht«, antwortete Jalina. »Vergiss nicht, die beiden sind innerhalb nur eines Tages zur Quelle zurückgekehrt, nachdem sie die Pyramide erblickt hatten.«

»Ich frage mich, warum sie überhaupt umgedreht haben.«

»Keine Ahnung, aber vielleicht finden wir die Antwort dort oben.« Bis zum Pass lagen sicher noch fünfhundert Höhenmeter vor ihnen.

»Dann los!« Grand erhob sich von dem Stein, auf dem er sich niedergelassen hatte, und sie setzen den mühsamen Aufstieg fort.

Drei Stunden später erreichten sie den Pass. Es war eher ein schmaler Canyon, der sich fast horizontal mit hohen, links und rechts aufragenden Felswänden vor ihnen erstreckte. Das Sonnenlicht drang kaum bis hierher vor und der Durchbruch lag in bedrückender Düsternis. Das andere Ende, vielleicht dreihundert Meter entfernt, schimmerte hingegen hell im Licht der roten Sonne.

Grand und Jalina sahen sich an und betraten wortlos die Kluft, die höchstens drei Meter breit war. Sie durchquerten die düstere Enge so schnell wie möglich, dann standen sie auf der anderen Seite. Der Ausblick war faszinierend.

Vor ihnen, vielleicht zwei Kilometer tiefer, breitete sich ein Tal aus, umringt von weiteren Bergen. Grand schätzte den Durchmesser auf etwa zehn Kilometer. Das ganze Tal wirkte wie eine Oase inmitten der Steinwüste. Auch hier gab es den blauen Rasen, Bäume, die bunt schillernde Blüten trugen, und einen kleinen Fluss, der sich malerisch durch die Landschaft wand. Doch das Beeindruckendste war die dreiseitige Pyramide, die sich genau im Zentrum erhob. Der perfekte Tetraeder erstrahlte in einem hellen Licht und wirkte von hier aus vollkommen glatt. Es waren weder Öffnungen noch Fenster oder irgendwelche Verzierungen zu sehen. Und er war gewaltig! Seine Kantenlänge betrug mindestens ein Viertel des

Taldurchmessers und seine Spitze ragte noch ein ganzes Stück über Grands und Jalinas derzeitigen Standort hinaus. Im Tal selbst war keinerlei Bewegung auszumachen.

»Jetzt wissen wir, warum sie umgekehrt sind«, sagte Jalina mit einem Blick auf die zu ihren Füßen liegende Felswand. »Es dürfte mindestens zwei Tage dauern, dort hinunterzuklettern. Wahrscheinlich wollten sie vor dem Abstieg ebenfalls Wasser holen.«

»Unser Vorrat sollte noch einen Tag reichen, wenn wir sparsam sind«, überlegte Grand. »Einen weiteren Tag ohne Wasser schaffen wir notfalls. Dort unten am Fluss können wir anschließend so viel trinken, bis wir platzen.«

»Wir sollten hier übernachten. Es ist schon Nachmittag und die Sonne geht bald unter. Ich möchte ungern in der Dunkelheit klettern und nach einem sicheren Schlafplatz suchen müssen.«

Grand stimmte zu und sie räumten ein Geviert von kleinen und größeren Steinen frei, um wenigstens einigermaßen bequem liegen zu können. Grands Hunger war inzwischen nahezu unerträglich, doch er beklagte sich nicht. Jalina ging es sicherlich genauso und auch sie schwieg. Sie setzen sich auf den harten Boden, mit dem Rücken an die Felswand gelehnt.

»Was wohl Rigoran und Silvar gerade durchleben?«, fragte Jalina.

»Ich nehme an, alle Kandidatenpaare stehen vor ähnlichen Herausforderungen.«

»Was wäre geschehen, wenn wir zusammen mit dem anderen Kandidatenpaar hier an der Pyramide angekommen wären? Hätten wir dann beide die Aufgabe gelöst?«

»Ich weiß es nicht, Jalina. Außerdem befürchte ich, dass uns die eigentliche Aufgabe noch bevorsteht. Nur die Pyramide zu finden kann es nicht gewesen sein. Da kommt noch was!«

»Ja, wahrscheinlich«, stimmte die Kolltanerin zu und lehnte sich an ihren Freund. »Warum sollte zur Abwechslung einmal etwas einfach für uns sein?«

Es wurde allmählich dunkler und kälter. Ohne die Temperaturregulierung ihrer Overalls wäre es eine ungemütliche, wenn nicht sogar gefährlich kalte Nacht geworden.

Auch im Tal brach die Nacht herein.

»Sieh nur!«, rief Jalina aus. »Die Pyramide!«

Tatsächlich wurde das Bauwerk nicht dunkel. Je weniger Sonnenlicht auf die Pyramide fiel, umso stärker begann sie zu leuchten. Sie erfüllte das Tal mit einem silbrigen Licht, das sogar bis zu Grands und Jalinas Schlafplatz reichte.

»Erinnert dich das an etwas?«, fragte Grand.

»Ja, an die Sphäre. Die Pyramide scheint die gleiche silbrig schimmernde Oberfläche zu besitzen.«

»Vielleicht ist sie auch genauso wenig materiell wie die Sphäre«, mutmaßte Grand.

»Diese Spekulationen helfen uns jetzt nicht weiter, Michael. Wir sollten versuchen, etwas zu schlafen. Wir werden unsere Kräfte in den nächsten beiden Tagen brauchen. Das, was ohne Nahrung noch davon übrig ist.«

Es war der einzige Hinweis darauf, dass auch Jalina

unter Hunger litt. Grand bewunderte nicht zum ersten Mal, wie zäh die für kolltanische Verhältnisse zierliche Frau war. Aber natürlich hatte sie recht – wie immer!

Sie schmiegten sich eng aneinander, um sich wenigstens etwas zu wärmen, und schliefen endlich ein. Es wurde ein tiefer, traumloser Schlaf, der aufgrund ihrer Erschöpfung fast einer Ohnmacht glich.

4. Die Pyramide

Der Abstieg dauerte zweieinhalb Tage und sie mussten zweimal auf einem schmalen Felsgrat übernachten. Das war nicht einmal das Schlimmste. Am ersten Tag war ein heftiger Wind aufgekommen, der sie in die Tiefe zu blasen drohte, und bei jedem Schritt bestand zudem die Gefahr, auszurutschen und in den Tod zu stürzen. Ohne geeignete Ausrüstung, ohne Sicherung und ohne große Erfahrung im Bergsteigen war das waghalsige Unternehmen mehr als einmal vom Scheitern bedroht gewesen. Am zweiten Tag ging ihnen das Wasser aus. Es war pures Glück, dass sie es beide bis nach unten schafften. Eine positive Entwicklung war dennoch zu vermelden: Der Hunger war einer seltsamen Sattheit gewichen, die wenigstens die nagende Leere im Magen verschwinden ließ.

Grand ließ sich aufatmend in das blaue Gras sinken, nachdem sie den abschließenden Hang mehr hinuntergetaumelt als -gelaufen waren. Ihm fehlte die Kraft, die letzten Meter zu dem kleinen Fluss zu gehen, um wenigstens den brennenden Durst löschen zu können. *Erst mal eine Minute ausruhen und dabei nicht in einen Abgrund blicken müssen*, dachte Grand. Neben ihm sank Jalina seufzend ins Gras.

»Ich hätte nicht darauf gewettet, dass wir es schaffen«, sagte sie.

Es tat Grand gut, ihre Stimme zu hören. Während des Abstiegs hatten sie kaum geredet, um Kräfte zu sparen. Er griff nach ihrer Hand.

»Danke, Liebling! Ohne dich hätte ich es nicht geschafft. Du hast mich mehr als einmal festgehalten, als es eng wurde.«

»Und du mich«, entgegnete sie und grinste ihn an. »Wir sind schon ein tolles Team!«

Grand nickte nur. Er spürte einen Kloß im Hals. Nach all den vielen Jahren liebte er die Kolltanerin noch genauso wie am ersten Tag. Obwohl sie sich, wie er sich nur zu gut erinnern konnte, am ersten Tag ihm gegenüber wie ein Arschloch verhalten hatte.

»Was grinst du so unverschämt?«, fragte Jalina.

»Ich denke an unsere erste Begegnung.«

Jalina lachte laut auf. »Da warst du ein ganz schönes Arschloch!«

»Ich dachte gerade dasselbe von dir«, gestand Grand und musste ebenfalls lachen.

Beide lagen hysterisch lachend im Gras und die Anspannung löste sich langsam. Als sie sich beruhigt hatten, drückte Grand Jalina einen Kuss auf die von Wind und Wassermangel rissig gewordenen Lippen.

»Ich weiß ja nicht, wie es dir geht, aber ich könnte einen Schluck Wasser gebrauchen.«

Sie gab ihm eine liebevolle Kopfnuss und beide rappelten sich auf. Mehr schwankend als gehend legten sie die letzten Meter bis zum Ufer des Flusses zurück. Diesmal verzichtete Grand darauf, zunächst mithilfe der Sensoren in seinem Overall die Wasserqualität zu überprüfen.

Scheiß drauf, dachte er. *Wir haben sowieso keine andere Wahl.*

Eine Viertelstunde später fühlten sie sich wieder

einigermaßen menschlich oder – in Jalinas Fall – kolltanisch.

Sie schlenderten gemütlich durch die parkähnliche Landschaft in Richtung der Pyramide. Das imposante Bauwerk lag noch etwa zwei Kilometer entfernt, schien jedoch aufgrund seiner Größe viel näher zu sein. Das Gras sah fast so aus, als sei es erst kürzlich von einem Gärtner gemäht worden, und die Bäume mit den bunten Blüten wirkten ordentlich in Form geschnitten.

»Ob es hier jemanden gibt, der das alles in Ordnung hält?«, wunderte sich Jalina.

»Das würde mich nicht überraschen«, gab Grand zurück. »Ich frage mich allerdings gerade, was es wohl mit dieser Pyramide auf sich hat. Wenn ihre Oberfläche tatsächlich derjenigen der Sphäre gleicht, dann könnte es sich hier um einen weiteren Durchgang handeln. Wohin auch immer er uns führen soll.«

»Du glaubst, die Pyramide könnte so etwas wie ein Portal sein?«

»Man hat uns sicher nicht grundlos hier ausgesetzt. Wir befinden uns in einem Wettkampf, einer Abfolge von Ausscheidungsrunden. Es würde Sinn machen, uns bei diesen Runden von Tor zu Tor zu lotsen und dabei nach und nach immer mehr Kandidatenpaare auszusortieren, bis das endgültige Ziel erreicht ist.«

»Es stellt sich nur die Frage, nach welchen Kriterien die Kandidaten aussortiert werden.«

»Allerdings! Ich kann einfach nicht glauben, dass es nur darum gehen soll, sich gegenseitig umzubringen.

In unserem Fall hat es sich wahrscheinlich um ein Zusammentreffen unglücklicher Umstände gehandelt. Wir hätten genauso gut erst hier auf die beiden Katzenähnlichen stoßen können.«

»Vielleicht geht es einfach darum, wer die Pyramide zuerst erreicht. Derjenige ist dann der Gewinner dieser Runde«, vermutete Jalina.

»Ich denke nicht, dass es so einfach sein wird. Aber wir werden es bald wissen!«

Sie hatten den Fuß der Pyramide erreicht. Grand trat vorsichtig heran, streckte die Hand aus und versuchte, sie zu berühren. Er stieß auf eine unsichtbare Barriere, als seine Finger noch einige Zentimeter von der silbern schimmernden Oberfläche entfernt waren.

»Da ist ein Kraftfeld«, sagte er zu Jalina. »Je mehr ich drücke, umso größer wird der Widerstand.«

»Uns wird nichts anderes übrig bleiben, als sie zu umrunden. Vielleicht finden wir an einer der beiden anderen Seiten einen Zugang.« Jalina sah bei dieser Feststellung nicht glücklich aus. »Das sind mehr als sieben Kilometer«, beschwerte sie sich.

»Sieh es als zusätzliche Trainingseinheit an«, versuchte Grand zu scherzen, doch nach Jalinas Gesichtsausdruck zu urteilen, war er damit nicht sonderlich erfolgreich.

Die Umrundung der Pyramide brachte keine neuen Erkenntnisse. Nach etwas mehr als einer Stunde standen sie wieder am gleichen Fleck, ohne einen Schritt weitergekommen zu sein – im übertragenen Sinne. Die tatsächlich zurückgelegten Schritte waren eine Qual gewesen, wie Grand zugeben musste. Sie waren jetzt bereits seit mehreren Tagen ohne Nahrung und an ihrer Leistungsgrenze angelangt. Für weitere körperliche Anstrengungen fehlte ihnen die Kraft.

Jalina sank erschöpft ins Gras. »Und jetzt?«, fragte sie.

Grand setzte sich neben sie und wirkte genauso ratlos. »Ich bin mit meinem Latein am Ende, wenn dir dieser Ausdruck etwas sagt. Wir sind mitten in einer Einöde aufgewacht, haben uns mühsam bis hierher durchgeschlagen und die Pyramide gefunden – was sicherlich Teil der Aufgabe war. Aber wozu das alles? Es gibt offensichtlich keinen Zugang. Warum, zum Teufel, hat man uns hierher gelotst?«

»Wir müssen etwas übersehen haben.«

»Blick dich doch um, Jalina. Außer dem blauen Gras und den psychedelischen Bäumen gibt es hier nichts. Gar nichts! Keine technische Einrichtung, keine mysteriösen Artefakte, keine geheimnisvollen Bauwerke. nur diese verdammte Pyramide, und da kommen wir nicht rein.«

»Könnte es sein, dass der Zutritt zur Pyramide sozusagen der Preis ist, den es zu gewinnen gilt?«

»Vielleicht, aber ein Preis wofür? Was, verdammt noch mal, erwartet man jetzt von uns?«

»Das herauszufinden ist wahrscheinlich ein Teil der Aufgabe.«

»Das herauszufinden *ist* vielleicht die Aufgabe und alles andere war nur Beiwerk oder sollte der Ablenkung dienen«, sagte Jalina. »Überleg mal,

Michael, man hätte uns auch direkt hier erwachen lassen können. Es uns leichter machen können. Das hat man aber nicht getan. Vielleicht sollten die Anstrengungen, die notwendig waren, um hierherzukommen, dazu dienen, uns mürbe zu machen und die Aufgabe zu erschweren.«

»Nach dem Motto: *Nur die Harten kommen in den Garten*?«

Diesmal sah Jalina ihn verblüfft an. »Den kannte ich noch nicht«, sagte sie lachend. »Du hast meinen Schatz an terranischen Redensarten soeben erweitert. Aber du könntest recht haben. Nur wer den Weg bis hierher übersteht, ist überhaupt würdig, das letzte Rätsel zu lösen.«

»Und obendrein ein Rätsel, das man uns nicht einfach stellt, sondern das wir auch noch selbst formulieren müssen. Wer immer sich das ausgedacht hat, ist ein übler Sadist!«

»Oder jemand mit hohen Ansprüchen an denjenigen, der als Sieger hervorgehen möchte.«

»Egal, wer es ist, wenn ich ihn eines Tages treffe, werde ich ein ernstes Wörtchen mit ihm …« Grand unterbrach sich und sah Jalina an. »Vielleicht ist es einfacher, als wir gedacht haben!«

»Was meinst du?«, fragte Jalina verwirrt.

»Wir haben alles versucht. Wir haben die Pyramide abgetastet, sie umrundet, vor Zorn dagegengetreten und sogar vergeblich versucht, hinaufzuklettern. Nur eines haben wir nicht getan: Wir haben nicht mit ihr geredet!«

»Aber wir haben doch die ganze Zeit über sie

geredet. Wenn es hier eine Audiofunktion geben sollte, muss sie es doch gehört haben.«

»Wir haben *über* sie geredet, aber nicht *mit* ihr!«

Jalina sah Grand an, als hätte er den Verstand verloren. »Was willst du ihr sagen? *Hallo, Pyramide, dürfen wir bitte rein?*« Sie lachte abfällig. »So einfach kann es doch nicht sein.«

»Manchmal macht man es sich selbst schwerer, als es in Wahrheit ist.« Grand stand auf und ging die wenigen Meter, bis er direkt am Fuß der schräg aufragenden, silbern schimmernden Fläche stand. »Wir sind hier!«, rief er. »Warum sind wir hier? Was erwartest du von uns, du blödes silbriges Ding?«

#*Woher kommt ihr?*#

Die Stimme dröhnte durch das ganze Tal. Grand konnte nicht ausmachen, woher sie kam. Und sie sprach *Englisch*!

Jalina sah ihn fassungslos an. »Das kann ich nicht glauben. Das gibt es nicht!«

Grand war ebenso schockiert, doch er machte einfach weiter. »Wir kommen aus einer Galaxie mit dem Namen Milchstraße. Ich komme vom Planeten Terra und meine Begleiterin von Kollta.«

#*Woher kommt ihr? Ihr habt noch zwei Versuche, die Frage zu beantworten.*#

Grand sah Jalina verwirrt an. »Was kann der Sprecher meinen? Und wieso spricht er Englisch?«

»Offensichtlich meint er nicht unsere persönliche Herkunft. Und warum er Englisch spricht, werden wir hoffentlich erfahren, wenn wir erst einmal da drin sind.«

»Wir kommen von der *Sphäre der Erleuchtung*, durch die wir hierher versetzt wurden«, unternahm Grand einen zweiten Versuch.

#Woher kommt ihr? Ihr habt noch einen Versuch, die Frage zu beantworten. Eine weitere unbefriedigende Antwort führt zur sofortigen Eliminierung#

»Was bedeutet Eliminierung?« Jalina sah Grand besorgt an. »Nur den Ausschluss aus dem Wettkampf oder sogar unseren Tod?«

Grand zuckte nur mit den Schultern. Seiner Ansicht nach war beides gleichbedeutend und es machte somit keinen Unterschied. Wenn sie ihre Mission nicht hier und jetzt zwangsweise beendet sehen wollten, musste er die richtige Antwort finden. Dann hatte er eine Eingebung.

»Wir kommen aus der niederen Existenzebene.«

#Die Antwort wird akzeptiert.#

Grand konnte Jalina erleichtert aufatmen hören.

#Wo seid ihr?#

Hinter Grand stöhnte Jalina auf. Anscheinend war es mit einer richtig beantworteten Frage nicht getan.

»Auf einem uns unbekannten Planeten im System einer roten Riesensonne.«

#Wo seid ihr? Ihr habt noch zwei Versuche, die Frage zu beantworten#

Das wäre ja auch zu einfach gewesen, dachte Grand. Er überlegte krampfhaft, was die Pyramide wohl hören wollte.

»In einem fremden Universum«, versuchte er es schließlich.

#Die Antwort wird akzeptiert.#

Treffer beim zweiten Versuch! Grand war stolz auf sich. Ohne die Begegnung mit den beiden Katzenwesen, die ihn darauf gebracht hatten, dass es sich hier um ein anderes Universum handeln musste, wäre er wahrscheinlich niemals auf die richtige Antwort gekommen. Vielleicht war dieses Zusammentreffen doch kein Zufall gewesen und jemand hatte es so gesteuert, um eine Spur zur Lösung des Rätsels zu legen – die man allerdings nur bemerkte, wenn man klug genug war und die richtigen Schlüsse zog.

#Was bin ich?#

»Nimmt das denn kein Ende?«, fragte Jalina. Sie war neben Grand getreten und hatte seine Hand ergriffen. Er blickte zur Seite und zwinkerte ihr aufmunternd zu, auch wenn ihm selbst nicht wohl zumute war.

Na schön, einen freien Versuch habe ich, dachte er.

»Ein Portal zur nächsten Auswahlrunde.«

#Was bin ich? Ihr habt noch zwei Versuche, die Frage zu beantworten#

Jalinas Hand verkrampfte sich schmerzhaft um Grands.

»Der Durchgang zu einer höheren Ebene der Existenz.«

#Was bin ich? Ihr habt noch einen Versuch, die Frage zu beantworten. Eine weitere unbefriedigende Antwort führt zur sofortigen Eliminierung#

Nun wurde es eng. Grand hatte keine Ahnung, was die Pyramide wohl darstellen sollte oder was ihre Funktion war. Plötzlich ließ Jalina seine Hand los und trat einen Schritt vor.

»Du bist ein Nexus zur Verknüpfung unzähliger Universen«, sagte sie ruhig.

#Die Antwort wird akzeptiert. Diese Runde ist damit abgeschlossen. Der von euch verursachte Tod zweier Intelligenzwesen wird als bedauerlich angesehen, euch aber nicht zur Last gelegt. Ihr könnt eintreten.#

»Sie wissen vom Tod der beiden«, flüsterte Jalina. »Wir sind anscheinend die ganze Zeit beobachtet worden.«

»Zumindest eines wissen *wir* jetzt. Sie erwarten nicht, dass wir uns gegenseitig umbringen«, antwortete Grand.

Direkt vor ihnen bildete sich ein mannshoher schwarzer Kreis in der silbernen Wand der Pyramide. Er erinnerte Grand an den schwarzen Kreis auf dem Pol der Sphäre, durch den sie hierhergekommen waren.

Grand und Jalina ergriffen sich bei den Händen und traten hindurch. Dann war nichts mehr …

5. Bewusstseinsspaltung

»Commodore Grand! Commodore Grand!«

Michael riss die Augen auf. Vor ihm stand ein aufgeregter Mann in einer Uniform der terranischen Raumflotte. Leutnant Ndugu. Grand hatte keine Ahnung, woher er diesen Namen kannte, er hatte den Mann noch nie gesehen (oder doch?), aber war sich ganz sicher.

Grand war desorientiert. Seine Persönlichkeit fühlte sich geradezu gespalten an. Er besaß alle Erinnerungen an sein früheres Leben als Major der Raumflotte, an seine Zeit bei der Liga der Unsterblichen, den Krieg gegen die Ra´Hul, an das *Coniunctional* und seine und Jalinas Einsätze als dessen Agenten und auch daran, gerade eben noch vor einer silbernen Pyramide gestanden zu haben, und doch war da noch mehr – viel mehr – ein ganzes Leben mehr. Es war, als würden zwei Bewusstseine denselben Körper. Als würde es *zwei* Michael Cordwainer Grands geben, die sich einen Körper teilen mussten. Jeder mit seiner eigenen Lebensgeschichte und Vergangenheit. Er war er und doch auch wieder nicht. Grand beschloss instinktiv, sich nichts anmerken zu lassen.

»Ndugu, was gibt es?«

Der Leutnant war sichtlich verwirrt angesichts der zeitweiligen geistigen Abwesenheit seines Vorgesetzten.

»Äh … Sir … wir erreichen Position Tango in weniger als zwei Stunden. Sie hatten eine letzte

Lagebesprechung angesetzt.«

Natürlich, die Lagebesprechung. Wieder wusste Grand sofort, wovon Ndugu sprach, obwohl er noch immer keine Ahnung hatte, worum es hier ging. Es war, als ob er bei Bedarf sofort auf Erinnerungen zugreifen könnte, die nicht seine eigenen waren – und sich doch so anfühlten. Es war verwirrend. Als würden sich ständig Fenster in seinem Kopf öffnen und den Blick auf Landschaften freigeben, von denen er nicht einmal gewusst hatte, dass sie existierten.

»Die Repräsentantin der Kolltaner wartet bereits im Konferenzraum«, fügte Leutnant Ndugu hinzu.

Grand wusste sofort, wer gemeint war. Jalina Kelranar, Matar zweiter Klasse der Flotte des Kolltanischen Reiches. *Jalina ist ein Matar zweiter Klasse, was einem terranischen Generalmajor entspricht.* Der Gedanke kam ihm gleichzeitig fremd und vertraut vor.

»Sagen Sie Bescheid, dass ich auf dem Weg bin.«

»Zu Befehl, Commodore!«

Grand sah sich um. Er saß im Sitz des kommandierenden Offiziers eines Sternenkreuzers der terranischen Raumflotte. Von seiner leicht erhöhten Position aus überblickte er die Zentrale, in der emsige, aber geordnete Betriebsamkeit herrschte. Alle Positionen waren besetzt und seltsamerweise kannte Grand alle Namen der jeweiligen Offiziere und Mannschaften, die hier unter seinem Kommando dienten. Und auch die Namen aller Schiffe, zumindest die der wichtigsten, die dem Verband angehörten, den er befehligte. Einem Verband, der sich auf dem Weg zu einer entscheidenden Auseinandersetzung befand, wie er plötzlich wusste.

Grand kannte den Weg zum Konferenzraum. Ihm war, als hätte er ihn schon Dutzende Male zurückgelegt, obwohl ihm dieser Schiffstyp völlig unbekannt war. Die Einrichtung war typisch terranisch, die Anordnung der Stationen in der Zentrale und das Layout des Schiffskörpers glichen jedoch keinem der Schiffstypen, die zu seiner Zeit bei den terranischen Raumverbänden im Einsatz gewesen waren. War er vielleicht in die Zukunft versetzt worden? Nein, das ergab keinen Sinn. Da er in dieser Epoche am Leben war, konnte es sich nicht um ein weit in der Zukunft liegendes Szenario handeln, und innerhalb seiner natürlichen Lebensspanne würden sich die militärischen Schiffstypen nicht derart grundlegend ändern.

Im Korridor kam Grand an einer spiegelnden Oberfläche vorbei und stutzte. Der Mann, der ihn von dort anblickte, war unzweifelhaft Michael Cordwainer Grand – doch um mehr als zwanzig Jahre gealtert. Er musste Mitte Fünfzig sein und hatte ungefähr zehn Kilogramm zu viel auf den Rippen. Plötzlich war ihm das aktuelle Datum bewusst, woher auch immer es aus den Tiefen seines (oder eines anderen) Bewusstseins gekommen war. Seit er aus den Raumverbänden ausgeschieden war, waren einhundertzwanzig Jahre vergangen. Er trug die dunkelblaue Uniform der terranischen Flotte, allerdings mit den Insignien eines Commodore, des Befehlshabers eines Flottenverbandes, gleichrangig mit einem Admiral. Der Michael Cordwainer Grand in diesem Szenario schien eine steile Karriere gemacht zu haben.

Er erreichte den Konferenzraum und trat ein. Um einen ovalen Schwebetisch saßen sieben Personen, darunter *sie!* Jalina Kelranar – Matar zweiter Klasse der glorreichen Flotte des Kolltanischen Reiches. Sie sah hinreißend aus. Ende Vierzig, aber immer noch so attraktiv, wie Grand sie aus seiner Realität kannte. Die tiefviolette, fast schwarze Uniform mit den goldenen Bordüren und den Ordensabzeichen am Kragenspiegel stand ihr hervorragend. Ihre hellblaue Haut war nach wie vor makellos und ihre Augen leuchteten auf, als sie ihn erblickte. Sie strahlte eine Aura von Macht, Autorität und Selbstbewusstsein aus, gepaart mit einer natürlichen Eleganz und Anmut.

Grand verspürte ein Gefühl in der Magengegend, das er nur zu gut kannte. Das Gefühl von Liebe und Verbundenheit. Es fiel ihm schwer, nicht auf diese Jalina zuzustürmen und sie in seine Arme zu schließen.

Er stellte sich hinter den letzten freien Sessel, genau neben sie.

»Verzeihen Sie meine Verspätung«, wandte er sich an die Anwesenden. »Bevor wir mit der Besprechung beginnen, würde ich gerne mit Matar Kelranar unter vier Augen reden.«

Es gab zwar verwunderte Blicke, doch niemand stellte die Forderung des Commodore infrage. Die sechs Männer, vier im Rang eines Colonels sowie zwei Generale, erhoben sich und verließen den Raum.

Grand wartete stehend, bis sie alleine waren.

»Matar, verzeihen Sie die Frage, aber …«

Noch bevor er den Satz beenden konnte, war Jalina aus ihrem Sessel aufgesprungen und hatte sich ihm um den Hals geworfen.

»Ich bin so froh, dass du auch hier bist«, sagte sie.

»Äh … wie konntest du wissen, dass ich … äh … *ich* bin?«

»Deine Augen! Wie du mich angesehen hast. Ich wusste es sofort.«

»Deine haben auch gestrahlt.« Grand lächelte Jalina an. »Wir erkennen uns immer, ganz gleich, in welchem Universum wir uns befinden.«

»Du denkst, dies ist wieder ein neues Universum?«

»Natürlich, was könnte es sonst sein. Diesmal eines, das eine alternative Realität abbildet, in der wir nie unsterblich geworden sind und Karriere bei unseren jeweiligen Flotten gemacht haben. Glücklicherweise scheinen auch hier Terraner und Kolltaner verbündet zu sein.«

»Da gibt es allerdings einen Haken, Michael. Ich wurde über zweihundert Jahre vor dir geboren. Wenn ich hier nicht unsterblich bin, wieso existiere ich dann während deiner Lebenszeit noch?«

»Ja, das ist unerklärlich. Aber wer weiß schon genau, wie viele alternative Realitäten im Multiversum existieren. Es muss eine darunter sein, in der du erst zweihundert Jahre später geboren wirst … worden bist … werden wirst … ach, verdammt, das ist mir zu kompliziert.«

Jalina musste lachen. »Ja, Multidimensionalität und Zeitsprünge lassen sich mit unserer Logik nicht leicht in Einklang bringen, aber wir müssen es nehmen, wie es kommt. Ich nehme an, wir befinden uns in der nächsten Runde des Wettkampfs.«

»Es sieht so aus. Anscheinend haben unsere … Bewusstseine die Körper unserer hiesigen Alter Egos irgendwie … übernommen.«

»Es ist ein verrücktes Gefühl. Alles kommt mir gleichzeitig fremd und doch vertraut vor. Ich besitze plötzlich Erinnerungen, die nicht meine sind, und Wissen, das ich eigentlich nicht haben dürfte.«

»Wir können wohl auf das Wissen und die Erfahrungen unserer … Gastkörper … zugreifen.«

»Bleiben dabei aber wir selbst«, ergänzte Jalina.

»Was erwartet man hier von uns?«, stellte Grand die entscheidende Frage. »Und was ist diesmal unsere Aufgabe?«

»Ich nehme an, das wird sich bald herausstellen.«

»Lass uns logisch vorgehen, Jalina. Wohin sind die hiesigen Mike und Jalina unterwegs und warum?«

»Das Artefakt!«, rief Jalina aus und im selben Moment öffnete sich in Grands Kopf ein weiteres Fenster. »Der Würfel! Jeder will Zugang zu ihm. Auch die Achtihm. Und das können wir nicht zulassen.«

»Diese Spezies gibt es in unserer Realität überhaupt nicht«, sagte Grand. »Aber hier sind sie die aggressivste Zivilisation in der Milchstraße und leider auch eine der mächtigsten. Man legt sich also besser nicht mit ihnen an.«

»Aber wir können nicht erlauben, dass sie Zugriff auf das Artefakt erlangen, was ihre Macht sicher noch weiter vergrößern würde. Bisher hat die Koalition aus unseren beiden Völkern und noch zehn weiteren Spezies die Achtihm in Schach halten können, doch falls sie die Geheimnisse des Würfels entschlüsseln sollten …«

»… bestünde die Gefahr, dass sie noch mächtiger werden könnten«, beendete Grand den Satz. »Und dann würde sie nichts mehr daran hindern, die gesamte Galaxis zu unterjochen.«

»Und hier gibt es weder die BEWAHRER noch eine *Liga der Unsterblichen*, die eingreifen und sie aufhalten könnten«, sagte Jalina.

»Sollen wir nun einen Krieg führen oder ihn verhindern?«

»Ich weiß es nicht«, musste Jalina zugeben. »Aber ich denke, das werden wir bald erfahren.«

Grand bat die anderen Konferenzteilnehmer wieder herein. Die nächste Stunde erschien ihm surreal. Jedes Mal, wenn sich einer der Anwesenden zu Wort meldete, ergossen sich die notwendigen Informationen schlagartig in sein Gehirn.

Es ist weniger so, als wenn sich jedes Mal ein neues Fenster öffnet, dachte er, *sondern vielmehr, als erhielte mein Gehirn permanent Updates mit allen benötigten Informationen.*

Sie besprachen die Aufstellung der Flotte, die, wie Grand inzwischen erfahren hatte, aus mehr als vierzigtausend Schiffen der vereinigten zwölf Völker bestand, diskutierten über Aufgabenverteilungen, taktische Manöver, Befehlsketten und strategische Ziele, aber auch über diplomatische Lösungen. Es war nicht das erste Treffen dieser Art, wie Grand schnell feststellen konnte, sondern es diente nur der letzten

Abstimmung untereinander. Im Prinzip hatte alles bereits vorher festgestanden und man versicherte sich nur gegenseitig nochmals, sich an die Absprachen halten zu wollen. Die Flotte der zwölf Spezies musste als Einheit agieren, wenn sie gegen die Achtihm eine Chance haben wollten. Und sie agierte unter Grands Kommando.

Jalina hatte neben Grand in der Zentrale Platz genommen. Die Kolltaner waren auch hier die engsten Verbündeten der Terraner, aber anders als in Grands Realität sahen sie nicht auf diese herab, sondern behandelten sie wie Gleichgestellte.

Wenigstens etwas, das mir hier besser gefällt, dachte Grand.

Matar zweiter Klasse Kelranar war die offizielle Vertreterin des Kolltanischen Reiches bei dieser Mission und Commodore Grand als Beraterin zugeteilt worden. Offiziell führten die Terraner den Feldzug an, da sie die meisten Kampfschiffe stellten. Es fiel beiden schwer, nichts von ihrer persönlichen Beziehung nach außen hin durchsickern zu lassen.

Leutnant Ndugu, der sein Ordonnanzoffizier war, wie Grand inzwischen wusste, näherte sich respektvoll und salutierte.

»Commodore, Matar, wir werden den Bulk in zwei Minuten verlassen, Sir«, meldete er.

»Sofort nach Wiedereintritt in den Normalraum volle Rundumscans. Aktiv und passiv«, befahl Grand. »Gefechtsstation!«

Ndugu salutierte erneut, drehte sich zackig um und gab die Befehle weiter. In der Zentrale wurde das

Licht gedämpft und die rote Alarmbeleuchtung schaltete sich ein.

»Dreißig Sekunden!«, rief der Navigationsoffizier, während gleichzeitig ein rückwärtslaufender Countdown im Hauptholo eingeblendet wurde.

Grand war versucht, Jalinas Hand zu ergreifen, und er konnte sich gerade noch zurückhalten. Jalina hatte das Zucken bemerkt, drehte sich zu ihm um und lächelte ihn liebevoll an. Dann wurde ihr Blick wieder ernst und sie spielte weiter die Rolle der distanzierten Offizierin.

»Eintritt erfolgt!«

Der Countdown erreichte in diesem Moment 'null' und die Flotte fiel in den Normalraum zurück.

Alarmsirenen jaulten, an den Wänden flackerten Ortungs- und Statistikhologramme auf und die Schutzschirme bauten sich auf.

Vor ihnen trieb eine Armada von mehr als zwanzigtausend Schiffen im Raum. Die Achtihm. Grands Flotte war zwar zahlenmäßig im Vorteil, aber er wusste, dass dies nicht viel zu bedeuten hatte. Die Schiffe der Achtihm waren denen seines Verbandes weit überlegen. Bestenfalls würde er sich einer Pattsituation gegenübersehen, sollte es zu einem bewaffneten Konflikt kommen.

Doch es war nicht in erster Linie die potenziell feindliche Flotte, die Grand und Jalina den Atem verschlug, es war das Objekt, welches ebenfalls auf dem Hauptholo zu sehen war.

Die Schiffe der Achtihm hatten sich ringsherum positioniert und schirmten es gegen jeden Zugriff ab.

Vor Grand und Jalina drehte sich langsam ein riesiger, silbern schimmernder Würfel im All.

6. Konfrontation

»Der Tantron der Achtihm-Flotte ruft uns«, meldete der Funkoffizier.

Grand wusste – weshalb auch immer – dass der Rang eines *Tantron* bei den Achtihm dem eines terranischen Flottenadmirals entsprach.

»Auf das Hauptholo«, befahl er.

Im Holo erschien ein zornig blickender Achtihm in vollem Ornat, eingerahmt von zweien seiner *Dorak*, was einem Generalsrang entsprach.

»Terraner, ihr befindet euch in militärischem Sperrgebiet. Verschwindet!«

Die drei Achtihm sahen wütend aus, soweit Grand dies bei einer ihm fremden Spezies beurteilen konnte. Sie schienen von einem Sauerstoffplaneten zu stammen und hatten keine Ähnlichkeit mit den Spezies, die ihm bekannt waren. Am ehesten ließen sie sich noch mit einer Mischung aus einem Nilpferd und einem Krokodil vergleichen. Die Achtihm waren bullig und wirkten fast fett. Der runde Kopf mit den zwei kleinen, gerundeten Ohren neben den beiden seitlichen Kopfhöckern, in denen die winzigen Augen saßen, und ihre breite, wuchtige Schnauze gaben ihnen tatsächlich beinahe das Aussehen eines irdischen Nilpferds. Allerdings war ihre Haut nicht grau und glatt, sondern sah aus wie die eines Krokodils. Auch die beiden Reihen spitzer Reißzähne, deren Enden über die Lippen ragten, vervollständigten diesen Eindruck.

Allerdings liefen sie auf zwei Beinen und trugen

eine Art Umhang, der den Rest ihres massigen Körpers verdeckte. Die Umhänge der drei waren mit Orden und Abzeichen übersät.

Der Flottenchef der Achtihm war ein ungehobelter Klotz, wie Grand feststellen musste. Die Achtihm waren zwar nicht gerade für besonders gepflegte Umgangsformen gegenüber anderen Spezies bekannt, doch ein Mindestmaß an zivilisiertem Benehmen durfte man selbst von ihnen erwarten. Als streng hierarchische und militaristische Spezies, der Ehre viel bedeutete, gebührte einem gleichrangigen Gegenüber zumindest der Anschein von Respekt.

»Ich grüße euch ebenfalls, werter Tantron«, antwortete Grand lächelnd. »Dieser Raumsektor gehört nicht zum Imperium der Achtihm, soweit ich informiert bin.«

»Er gehört auch nicht zum Hoheitsgebiet von euch Terranern – oder zu dem eines der anderen Völker, deren lächerliche Schiffe ich sehen kann.«

»Exakt das ist der Punkt, werter Tantron. Er gehört niemandem, also kann auch niemand Anspruch darauf erheben.«

»Er gehört uns, wenn ich sage, dass er uns gehört. Wollt ihr uns unseren Anspruch etwa streitig machen?«

»Darf ich darauf aufmerksam machen, dass die Grenze zu eurem Imperium mehr als zwanzigtausend Lichtjahre von hier entfernt liegt? Allein die Hälfte der in meiner Flotte vertretenen Spezies haben ihren Einflussbereich wesentlich näher an diesem Raumsektor. Darunter auch wir Terraner, wie ich anmerken möchte. Hätten wir nicht viel eher einen Anspruch auf diesen Sektor als die Achtihm? Oder geht es euch vielleicht gar nicht so sehr um diesen Raumsektor, sondern vielmehr um das, was sich darin befindet?«

»Wir erheben Anspruch auf diesen Sektor, mit allem, was sich darin befindet!«

Es war klar, dass es den Achtihm ausschließlich um den Würfel ging. Hier befand sich nichts anderes, was eine militärische Auseinandersetzung wert gewesen wäre.

»Reden wir nicht länger um den heißen Brei herum, Tantron. Wir sind der Ansicht, dass dieses Artefakt nicht einer Spezies alleine gehören kann. Die Achtihm haben es weder entdeckt noch befindet es sich in ihrem Hoheitsgebiet. Ihr habt also keinerlei begründeten Anspruch darauf. Es waren die Xalchi, die es entdeckt haben. Wenn überhaupt, könnten sie Ansprüche geltend machen. Doch sie waren verantwortungsbewusst genug, dies nicht zu tun, sondern alle anderen interessierten Spezies zur Erforschung des Würfels einzuladen, um den Frieden und die Verständigung zwischen den Völkern zu fördern.« *Und weil sie alleine technologisch dazu überhaupt nicht in der Lage gewesen wären*, dachte Grand. Die Xalchi waren ein sehr rückständiges Volk und lebten im Schatten fast aller anderen Zivilisationen der Milchstraße. Sie fürchteten nichts mehr, als das Missfallen eines anderen Volkes zu erregen. Manch einer hätte auch gesagt, sie seien hinterwäldlerische Feiglinge.

»Ich kann euch Folgendes anbieten, Tantron«, fuhr Grand fort. »Wir bilden eine Forschungsgruppe, die sich aus allen interessierten Spezies zusammensetzt. Gleichrangig! Alle Erkenntnisse werden geteilt. Es gibt keine Geheimnisse untereinander und keinen Streit. Was halten die Achtihm davon?«

Grand glaubte nicht, dass der Tantron auf diesen Vorschlag eingehen würde. Die Achtihm waren nicht für ihre Bereitschaft berühmt, mit anderen Spezies zusammenzuarbeiten. Er wurde nicht enttäuscht.

Der Tantron überlegt keine Sekunde lang.

»Was ich davon halte? Hier ist meine Antwort: Verpisst euch!«

Auch Diplomatie war augenscheinlich nicht seine Stärke.

»Nun, wir geben euch gern eine Stunde Zeit, um nochmals über mein Angebot nachzudenken, werter Tantron. Ich bin sicher, wir können zu einer friedlichen Einigung kommen.«

Mit diesem Hinweis hoffte Grand, dem Achtihm deutlich zu machen, dass er auch eine andere Lösungsmöglichkeit des Konflikts in Betracht ziehen könnte.

Der Achtihm schnaubte verächtlich.

»Hier ist mein Gegenangebot! Ihr habt eine Stunde, dieses Gebiet zu räumen. Es ist nur meine Großzügigkeit, die mich veranlasst, euch überhaupt so viel Zeit zu lassen. Aber ihr werdet sie bestimmt benötigen, um mit eingekniffenem Schwanz eure armseligen Herrscher zu kontaktieren und um Rat zu bitten. Ihr seid so jämmerlich! Wenn ihr in einer

Stunde noch hier seid, betrachte ich es als Kriegserklärung an mein Volk. Dann sprechen die Waffen!«

Das Holo erlosch.

»Das lief ja richtig gut«, sagte Jalina sarkastisch.

»Hast du etwas anderes erwartet?«, antwortete Grand.

»Ich möchte mit Commodore Grand unter vier Augen reden«, sagte Jalina zu den versammelten Militärs.

Dies sorgte zwar bei einigen für verwunderte Blicke, doch da die Kolltaner und die Terraner die beiden militärisch schlagkräftigsten Zivilisationen dieser Allianz waren und fast die Hälfte aller Schiffe dieser Flotte stellten, erhob niemand Einspruch. Man erkannte die Führungsrolle der beiden verbündeten Völker ohne Widerspruch an, etwas, das Grand in seiner eigenen Realität niemals für möglich gehalten hätte. Es sah fast so aus, als ob hier die beiden humanoiden Spezies eine weitaus gewichtigere Rolle spielen würden, als es in *seiner* Milchstraße der Fall war.

Grand und Jalina zogen sich in einen kleinen Besprechungsraum neben der Zentrale zurück.

»Ich nehme an, du hast etwas entdeckt, das mir entgangen ist«, sagte Grand.

»Allerdings! Ich kenne diese Spezies. Sie war ebenfalls unter den Anwärtern an der *Sphäre der Erleuchtung vertreten.*«

»Das ist unmöglich«, widersprach Grand. »Es gab dort außer uns keine weiteren Anwärter aus anderen

Universen, geschweige denn aus der Milchstraße.«

»Ich täusche mich nicht, Michael«, beharrte Jalina. »Die Achtihm waren dort. Ich kann mich deutlich an das Kandidatenpaar erinnern. Sie waren in einer der ersten Fähren, die zur Sphäre hinuntergingen.«

Grand schüttelte frustriert den Kopf.

»Wenn du recht hast, und ich glaube dir, dann habe ich dafür keine Erklärung. Das ergibt mal wieder keinen Sinn.«

»Ich kann es mir auch nicht erklären, aber wenn ich recht habe, dann steckt das andere Kandidatenpaar mit Sicherheit in den Körpern des Tantron und eines seiner Doraks.«

»So wie wir hier«, sagte Grand und nickte bestätigend.

»Jetzt wissen wir wenigstens, worum es diesmal geht und wer die Konkurrenten sind.«

»Wer von uns erreicht zuerst den Würfel und erlangt Zutritt – genau wie beim letzten Mal.«

»Es scheint nicht so einfach zu sein. Die Achtihm sind schon eine Weile hier. Bestimmt haben es die beiden anderen Kandidaten bereits probiert und sind gescheitert.«

»Vielleicht hat der Würfel auch auf unsere Ankunft gewartet. Es wäre ja sonst kein fairer Wettstreit.«

Diesmal war es Jalina, die mit den Schultern zuckte.

»Wer weiß schon, was sich diejenigen, die über diesen Wettkampf wachen, dabei denken. Aber es genügt nicht, die Achtihm aufzuhalten, wir müssen auch die anderen Völker in unserer Allianz davon überzeugen, uns alleine zum Würfel fliegen zu lassen.

Das dürfte schwierig werden.«

»Wie sagtest du am Abend vor dem Abstieg zur Pyramide so schön? Warum sollte zur Abwechslung einmal etwas einfach für uns sein?«

Die Stunde verstrich ereignislos, wenn man davon absah, dass sowohl die Achtihm als auch Grand ihre jeweiligen Flotten umgruppierten und positionierten, um für einen Angriff gewappnet zu sein. Grand und Jalina hatten sich kurz vor Ablauf des Ultimatums nochmals beraten und einen Plan entwickelt. Kurz bevor die Frist ablief, rief Grand Leutnant Ndugu zu sich.

»Stellen Sie eine Verbindung zum Tantron her«, befahl er ihm.

Der Achtihm erschien umgehend im Holo, als habe er auf den Anruf gewartet.

»Werter Tantron, haben Sie nochmals über mein Angebot nachgedacht?«

»Der Einzige, der hätte nachdenken sollen, sind Sie - wenn Sie dazu überhaupt in der Lage sind. Haben Sie sich entschieden, ob Sie hier sterben wollen oder erst in vielen Jahren friedlich auf Ihrer Schlafstatt?«

»Wir sollten uns treffen und das Problem persönlich besprechen. Nur Sie und ich mit jeweils einem Berater an unserer Seite. Sozusagen ein … *Paladin.*«

Der Tantron kniff die beiden Äugelchen zusammen. »Paladin? Wo kommt dieser Ausdruck plötzlich her?«

»Ich habe ihn irgendwo aufgeschnappt. Wahrscheinlich während meines letzten Aufenthalts auf dem Planeten *Sphäre*. Sie wären ein guter *Anwärter* für einen Urlaub dort. Auf *Sphäre* ist es sehr friedlich. Dafür sorgen schon die dortigen *Wächter*.«

Der Achtihm sah Grand durchdringend an.

»Ich verstehe, was Sie mir sagen, aber mein … *Paladin*, um Ihr Wort zu verwenden, und ich sind an einem Treffen nicht interessiert. Verschwinden Sie von hier. Sie haben keine Chance, den *Wettstreit* zu gewinnen.«

»Sind Sie wirklich sicher, dass Ihr Verhalten klug ist? Vielleicht wartet der Würfel auf friedliche Individuen und nicht auf jemanden, der mit Gewalt vorgeht. Wie Sie wissen, wird Gewalt nicht überall geschätzt. Vielleicht erlangen nur friedliebende *Kandidaten* Zutritt.«

Wahrscheinlich fragten sich die anderen Offiziere in der Zentrale gerade, was Grand da für einen Unsinn verzapfte, aber da sie sehen konnten, dass der Tantron nachdenklich wurde, blieben sie ruhig.

»Na gut«, stimmte der Achtihm schließlich zu. »Ein Treffen kann nicht schaden, wenn sich dadurch ein sinnloses Abschlachten Ihrer Flotte vermeiden lässt. Darin liegt für uns keine Ehre. Aber unsere Position ist Ihnen bekannt. Wir werden nicht weichen.«

»Ich schlage vor, jeder von uns nimmt ein Shuttle und wir treffen uns in der Mitte zwischen unseren Flotten.«

»Ich bin einverstanden. In einer weiteren Stunde.«

»Wir werden pünktlich dort sein, werter Tantron.«

7. Spiel und Gegenspiel

Die beiden Shuttles trafen sich exakt in der Mitte zwischen den Flotten. Keiner von beiden würde auch nur einen Meter weiter fliegen als der andere.

»Dürfen wir euch zu uns an Bord bitten?«, fragte Grand den Tantron über Funk. Die beiden Shuttles trieben nur wenige Meter voneinander entfernt im All.

»Wir werden keinen Fuß auf euer lächerliches Gefährt setzen«, kam erwartungsgemäß die Antwort. »Wenn ihr mit uns reden wollt, dann müsst ihr an Bord unseres Shuttles kommen.«

»Das dürfte eine Falle sein«, raunte Jalina Grand zu.

Grand schaltete das Mikrofon kurz aus. »Davon gehe ich aus, mein Schatz«, sagte er und schaltete es wieder auf Sendung. »Welche Garantien haben wir, dass ihr uns nicht sofort erledigt, wenn wir an Bord kommen?«

»Unsere Ehre!«

Man hätte es dem Achtihm beinahe glauben können, wenn Grand und Jalina nicht gewusst hätten, worum es bei dieser Auseinandersetzung in Wahrheit ging.

Grand lachte humorlos auf. »Verzeiht, wenn uns das nicht genug ist und wir eure Einladung ausschlagen müssen. Wir wissen beide, dass es hier um mehr geht als nur darum, wer das Artefakt erforschen darf. Wir wissen auch beide, dass nur einer von uns es je betreten wird. Was läge also näher, als uns hier und jetzt auszuschalten?«

Für einen Moment herrschte auf der anderen Seite

Schweigen. Dann meldete sich der Tantron wieder.

»Was schlagt ihr vor, um dieses Dilemma zu lösen?«

»Ganz einfach! Wir besprechen das, was es zu besprechen gibt, über Funk.«

»Ich halte es nicht für hilfreich, wenn andere unser Gespräch mithören können.«

Der Tantron hatte natürlich recht. Auch das bisherige Gespräch war auf beiden Seiten mit Interesse verfolgt worden, und man fragte sich sowohl an Bord von Grands und Jalinas Schiff als auch aufseiten der Achtihm sicher bereits, worum es bei dem Gerede eigentlich ging. Doch Grand und Jalina hatten genau mit dieser Entwicklung gerechnet und einen Plan vorbereitet.

»Wir schicken eine Drohne mit einem Kabel zu euch rüber«, schlug Grand vor. »Ihr könnt das Signal in eure Konsole einspeisen. So können wir ohne Mithörer von Shuttle zu Shuttle kommunizieren.«

Wieder herrschte für einen kurzen Moment Ruhe. Wahrscheinlich diskutierte das andere Paar gerade darüber, ob hinter Grands Vorschlag ein Trick stecken könnte. Jedenfalls hätten es Grand und Jalina so gemacht.

»Einverstanden. Allerdings erlauben wir eurer Drohne nicht, bei uns anzudocken. Wir schicken ihr eine unserer Drohnen entgegen, die das Kabel übernehmen wird.«

»Paranoider Idiot«, grummelte Jalina laut genug, dass man es sicherlich auf der anderen Seite hören konnte.

»Das ist akzeptabel«, stimmte Grand zu. »Wir

bereiten alles vor und sagen euch Bescheid, wenn wir so weit sind.« Er schloss den offenen Kanal, auf dem jeder mithören konnte.

Fünfzehn Minuten später stand die Verbindung. Der dreidimensionale Audio- und Videofeed erlaubte einen Blick ins Innere des gegnerischen Shuttles. Es war beeindruckend, wie Grand zugeben musste. Das Cockpit hatte mehr Ähnlichkeit mit einem Prunkzimmer als mit einem Kommandostand. Geschmückte Wände, an denen antike Hieb- und Stichwaffen hingen, mit teurem Stoff gepolsterte Sitze und in goldfarbene Ornamente gefasste Anzeigen wirkten kitschig und teuer, aber nichtsdestotrotz auch ehrfurchtgebietend – wenn man Wert auf solche Statussymbole legte, was bei den Achtihm der Fall war.

»Tantron, ich denke, ihr wisst, worüber wir zu reden haben«, sagte Grand. »Wir sind aus dem gleichen Grund hier wie ihr – wegen des Wettkampfes um den Zugang zur *Sphäre der Erleuchtung*.«

»Ich kann mich zwar nicht erinnern, euch in der Wächterbasis gesehen zu haben, aber offensichtlich seid ihr eines der Kandidatenpaare.« Der Achtihm machte nun keinen Hehl mehr daraus, wer er in Wirklichkeit war. »Und wie du gesagt hast, so ist dies ein Wettkampf – den ihr bereits verloren habt.«

»Ich denke nicht, dass diese Runde bereits entschieden ist«, entgegnete Grand.

»Doch, das ist sie! Ihr habt doch nicht tatsächlich geglaubt, wir würden euch auch nur in die Nähe des Würfels lassen?« Der Achtihm stieß ein bellendes Lachen aus. »Wie jämmerlich und naiv ihr doch seid.

Aber ihr habt mir eine Chance gegeben, euch gezielt auszuschalten. Natürlich hatte ich damit gerechnet, dass ihr meine Einladung, auf unser Shuttle zu kommen, nicht annehmen würdet, und auch für diesen Fall vorgesorgt. Ihr seid aus dem Wettkampf ausgeschieden. Lebt wohl!«

Er beugte sich nach vorn und bellte einen Befehl in die Konsole vor sich.

Ein lichtschneller Laserblitz zuckte fast einhunderttausend Kilometer durch die Leere zwischen den beiden sich gegenüberstehenden Flotten. Einer der Zerstörer der Achtihm hatte ihn abgefeuert. Der oberschenkeldicke Laserstrahl schlug in das völlig ungeschützte Shuttle von Grand und Jalina ein.

Es kam nicht zu einer Explosion, diese hätte auch das Shuttle der Achtihm gefährden können, aber der Strahl durchschlug das kleine Schiff in Höhe des Cockpits und seine Energien tobten sich dort aus. Jeder, der sich in diesem Teil des Schiffes aufhielt, musste augenblicklich zu Plasma verdampfen.

Es war ein chirurgischer Schlag. Mit dem Skalpell und nicht mit dem Schwert geführt. Und doch erzielte er exakt den gewünschten Effekt: Die Besatzung des feindlichen Shuttles zuverlässig zu töten, ohne sich selbst in Gefahr zu bringen.

Das Shuttle des Tantron kappte unverzüglich das Datenkabel und beschleunigte mit Höchstwerten auf die eigenen Linien zu. Von dort eilten ihm vier Schiffe entgegen und schirmten es gegen einen Vergeltungsangriff durch die gegnerische Flotte ab.

Gleichzeitig setzten die Achtihm einen offenen Funkspruch an die gegnerische Flotte ab.

»Wir haben in letzter Sekunde einen feigen Anschlag auf unseren Tantron vereiteln können. Euer Anführer hatte geplant, ihn mittels einer an Bord seines Shuttles geschmuggelten Bombe zu ermorden. Dies war ein Akt der Notwehr! Wenn ihr euch zurückzieht, werden wir nicht weiter angreifen.«

Die Achtihm rechneten natürlich nicht damit, dass man sich mit dieser Erklärung zufriedengeben würde. Die unsinnige Nachricht sollte lediglich dazu dienen, die Reaktion des Gegners um einige Sekunden zu verzögern.

Tatsächlich stürmten die terranischen und kolltanischen Einheiten nach kurzem Zögern auf die Mörder ihres Anführers los, gefolgt von den anderen Schiffen der Flotte. Die Verzögerung reichte jedoch aus, um den Achtihm genügend Zeit zu verschaffen, das Shuttle ihres Tantron in eines der Schiffe einzuschleusen. Grands Flotte wurden von heftigem Abwehrfeuer empfangen. Die Raumschlacht entbrannte in vollem Umfang.

Grand und Jalina beobachteten all dies aus sicherer Entfernung.

»Du hattest recht«, sagte Jalina. »Er hatte nie vor, mit uns das Gespräch zu suchen.«

»Ein Blick in die Datenbank unseres Schiffes hat mir genügt. Die Achtihm betrachten sich zwar als äußerst ehrenhafte Spezies, haben aber kein Problem damit, den Begriff der Ehre gegenüber anderen, die sie als minderwertig erachten, um einiges großzügiger auszulegen. Sie haben in der Vergangenheit schon mehrmals Emissäre getötet und zu derartigen Taschenspielertricks gegriffen. Besonders in unserer sehr speziellen Situation war nichts anderes zu erwarten.«

»Er hat nie damit gerechnet, wir könnten gar nicht an Bord des Shuttles sein.«

»Nein, er hat wiederholt zu verstehen gegeben, für wie naiv und jämmerlich er uns hält. Für ihn schienen wir ein leichtes Opfer zu sein.«

»Ich versuche gerade, mir sein Gesicht vorzustellen, wenn er erfährt, dass wir noch am Leben sind.«

»Ich hoffe, er erfährt es so spät wie möglich.« Grand grinste Jalina an. »Hochmut kommt vor dem Fall. Und für ihn wird es ein sehr tiefer Fall werden!«

Die beiden hatten darauf gesetzt, dass der Tantron nicht an Bord ihres Shuttles würde kommen wollen und dass in der Folge eine gleichlautende Absage ihrerseits logisch und unvermeidlich sein würde. Somit bestand keine Notwenigkeit, sich tatsächlich an Bord des Shuttles aufzuhalten. Die beiden Achtihm mussten dies nur *glauben!*

Jegliche Kommunikation war über einen extrem eng gebündelten Richtstrahl erfolgt, der das Shuttle mit einem kleinen Landungsboot verband, das sie im Sichtschutz ihres Schlachtschiffes heimlich ausgeschleust hatten. Das Signal war von dem Computer des leeren Shuttles dann lediglich in das Datenkabel übertragen und an das andere Kandidatenpaar weitergeleitet worden. Die Achtihm hatten keine Chance, den gezielten Richtstrahl abzufangen – Grands Schiffe allerdings auch nicht, was ihm gerade recht gewesen war.

Alles war genau so gelaufen, wie Grand es geplant hatte. Wären sie zu einer Einigung gelangt, hätten die Achtihm niemals erfahren, dass sie getäuscht worden waren. Für den Fall, dass sie es mit einer List versuchen würden, wären Grand und Jalina mit ihrem Plan auf der sicheren Seite gewesen.

»Zeit für Teil zwei«, sagte Grand und startete das Triebwerk des Landungsbootes.

Es hatte Grand und Jalina all ihre Überzeugungskraft gekostet, ihren Generalen und den Vertretern der anderen Völker in der Allianz den Plan schmackhaft zu machen.

'Wenn es uns gelingt, heimlich in den Würfel einzudringen, können wir vielleicht von dort aus den Achtihm den Zugang verwehren', hatte Grands Argument gelautet. *'Wer immer den Würfel erbaut hat, muss dafür Sorge getragen haben, dass man ihn von innen gegen Eindringlinge sichern kann.'*

Das Argument hatte zwar Löcher von der Größe des Black Hole im Zentrum der Milchstraße, doch unter dem herrschenden Zeitdruck hatten schließlich alle widerwillig zugestimmt. Danach hatte es zwar nochmals eine heftige Diskussion darüber gegeben, dass ausgerechnet der Commodore und die Vertreterin der Kolltaner diesen Einsatz durchführen wollten, doch auch hier konnten sich Grand und Jalina mit fadenscheinigen Argumenten durchsetzen.

Von Seiten der Allianz würde die zu erwartende Schlacht nur zum Schein geführt werden, sie sollte in erster Linie dazu dienen, die Annäherung des Landungsbootes so lange wie möglich zu verschleiern und abzusichern. Opfer würde man, so gut es ging, vermeiden, und jedes Schiff sollte sich im Zweifelsfall zurückziehen und aus einer anderen Position heraus erneut angreifen. Es galt, die Achtihm zu beschäftigen, ihnen aber gleichzeitig so weit wie möglich auszuweichen. Die Schlacht sollte im Prinzip nichts weiter als ein Ablenkungsmanöver sein.

Es war ein gewagtes Spiel. Das Landungsboot verfügte weder über einen Schutzschirm noch über Offensivsysteme und musste sich unbemerkt über das Schlachtfeld zum Objekt der Auseinandersetzung vorarbeiten. Ein gezielter Schuss eines aufmerksamen Feuerleitoffiziers der Achtihm konnte dem gewagten Plan schnell ein unrühmliches Ende bereiten.

Das Landungsboot bewegte sich langsam in Richtung des Würfels. Die Taktik- und Navigationsstände der Allianzflotte bezogen dessen Kurs in die Schiffsbewegungen der gesamten Flotte ein und vollführten einen Tanz rund um die Schiffe der Achtihm, der deren Aufmerksamkeit vom jeweiligen Standort des Landungsbootes ablenken sollte.

Natürlich gab es Opfer, trotz aller Bemühungen, einer ernsthaften Auseinandersetzung aus dem Weg zu gehen. Man konnte nicht jedes Mal ausweichen, sondern musste sich hin und wieder dem Kampf stellen, da die Achtihm ansonsten zu schnell misstrauisch geworden wären. Einstweilen konnten sie das Verhalten der Allianzschiffe auf deren Unterlegenheit und die Feigheit der Besatzungen schieben, was sich gut mit ihrem Überlegenheitsgefühl in Einklang bringen ließ. Die Achtihm waren eine arrogante Spezies, und Grand gedachte, dies auszunutzen.

Zwei Schiffe der Morghun und ein Kreuzer der terranischen Raumflotte gerieten in eine Zangenbewegung zweier Schlachtschiffe der Achtihm, aus der es kein Entrinnen gab. Die beiden Achtihm-Schiffe vollführten eine gegenläufige Schraubenbewegung um die drei Gegner und nahmen sie dabei unter Feuer. Ohne einen verfügbaren Fluchtvektor stellten sich die Terraner und die Morghun dem Kampf.

Tonnenschwere Projektile aus Railguns und lodernde Plasmapulse hämmerten auf den Schutzschirm eines der Morghun-Schiffe ein, bis dieser zusammenbrach. Das terranische Schiff versuchte den Angreifer abzudrängen und beschoss ihn mit allem, was das Waffenarsenal hergab. Doch die gestaffelten Schirme der Achtihm hielten länger als der einfache Schutzschirm der Morghun. Noch bevor es den Terranern gelingen konnte, die Achtihm ernsthaft in Bedrängnis zu bringen, brach der Schirm ihres Opfers zusammen. Die einschlagenden Railgun-Geschosse zerrissen das Schiff förmlich und hinterließen eine Trümmerspur, die sich über Zehntausende Kilometer erstreckte. Nur Sekunden später brach auch der Schirm der Achtihm zusammen und ihr Schiff explodierte in einem lautlosen Feuerball, als sich ein Plasmapuls in den Antimaterie-Reaktor bohrte und dessen Energien auf einen Schlag freisetzte. Gleichzeitig verging das andere Schiff der Morghun unter dem Feuer des zweiten Angreifers, der sich umgehend auf das terranische Schiff stürzte. In dem Wissen, einem Angriff nicht standhalten zu können, wählte der terranische Kommandant den einzigen Fluchtweg, der ihm offenstand – mitten durch die langsam expandierende Explosionswolke seines gerade vernichteten Gegners. Die Schutzschirme wurden bis an ihre Grenzen belastet, als die tobenden Energien der Antimaterieexplosion nach dem Schiff griffen. Sie flackerten und standen kurz vor dem Zusammenbruch, und die Notaggregate versuchten, so viel Energie wie möglich ins All abzuleiten. Rings um das Schiff entfaltete sich ein energetisches Gewitter, das nicht nur Hunderte Kilometer lange Protuberanzen aus den Schirmen ins All schleuderte, sondern auch die Ortungs- und Zielerfassungssysteme des Feindes in weitem Umkreis blendeten.

Grand reagierte blitzschnell. Die Achtihm in diesem Raumbezirk würden für einige Sekunden blind sein. Er gab Vollschub und das Landungsboot schoss auf die weit verteilte Trümmerstrecke des unglücklichen Morghun-Schiffes zu. Dort glich er die Geschwindigkeit des Shuttles derjenigen der unzähligen Trümmerstücke an und versetzte es in eine Drehung um alle drei Achsen, bevor er die Triebwerke herunterfuhr und alle nicht benötigten Aggregate abschaltete, um die Energieemission so gering wie möglich zu halten.

»Dieser Kurs wird uns in einer halben Stunde in die Nähe des Würfels bringen«, sagte er zu Jalina und lehnte sich im Pilotensitz zurück. »Jetzt können wir nur noch warten.«

»Und darauf hoffen, dass unsere Schiffe die Achtihm noch eine halbe Stunde lang beschäftigen werden.«

»Ich bin sicher, Leutnant Ndugu hat uns im Auge behalten und weiß genau, was wir vorhaben. Er wird dafür sorgen, dass die Achtihm lange genug abgelenkt werden und keine Zeit haben, einen zweiten Blick auf diese Trümmerstrecke zu werfen.«

Es verhielt sich so, wie Grand vermutet hatte. Die Achtihm wunderten sich sicherlich, warum ihr Gegner einen taktisch sinnlosen Tanz um sie herum aufführte, aber solange er nicht abrückte, würden sie ihn immer wieder angreifen. Ndugu ging sehr geschickt vor. Er schickte seine Einheiten fernab der Trümmer zu Scheinangriffen in die Reihen des Gegners, nur um sie sofort wieder zurückzuziehen. Die Achtihm mussten mittlerweile vor Wut kochen. Solange sie nicht dahinterkamen, aus welchem Grund die gegnerischen Schiffe derart unsinnig agierten, sollte es Grand recht sein.

Dann war die halbe Stunde fast vorüber. Leider hatte die Flotte der Allianz in dieser Zeit weitere acht Schiffe verloren, doch auch die Achtihm waren nicht ungeschoren davongekommen. Die Trümmer von sechs ihrer Einheiten trieben nun ebenfalls im All und machten es noch schwerer, das kleine Landungsboot zwischen all den Ortungsechos auszumachen. Allerdings musste sich dies ändern, sobald Grand das Triebwerk wieder hochfahren würde.

»Der Tantron wird vor Wut platzen, wenn man ihm

mitteilt, dass sich ein terranisches Schiff in unmittelbarer Nähe des Würfels befindet«, sagte Jalina mit einem breiten Grinsen. »Er wird sich ausrechnen können, dass wir ihn ausgetrickst haben.«

»Und er wird bemerken, dass er nicht mehr schnell genug hier sein kann, um uns daran zu hindern, den Würfel als Erste zu erreichen.«

»Ich hoffe, der Würfel lässt uns ein.« Eine kleine Sorgenfalte bildete sich auf Jalinas Stirn.

»Ich gehe davon aus, dass nun, da *beide* Kandidatenpaare sich am Würfel befinden, dem ersten Paar, das ihn erreicht, der Zutritt gestattet wird.«

»Also hätte der Achtihm uns auch einfach ignorieren können. Sobald wir in der Nähe des Würfels angekommen waren, hätte er es einfach noch einmal versuchen können.«

»Wahrscheinlich, aber er ist nicht nur ein Anwärter für den *Ruf der Erleuchtung*, er ist auch ein Achtihm. Und als solcher konnte er der Versuchung, uns in einer direkten Auseinandersetzung zu besiegen, einfach nicht widerstehen. Er wollte nicht nur gewinnen, er wollte triumphieren.«

»Wie du gesagt hast, Michael: Hochmut kommt vor dem Fall!«

»Es gibt noch ein terranisches Sprichwort, das du vielleicht kennst: Man soll das Fell des Bären nicht verteilen, bevor man ihn erlegt hat. Noch sind wir nicht im Würfel!«, warnte Grand.

Er konnte nicht ahnen, wie sehr sich seine Worte bewahrheiten sollten.

8. Der Würfel

Das Landungsboot jagte auf den Würfel zu. Sein Triebwerk arbeitete weit im roten Bereich und in den Ortungsholos der Achtihm musste das kleine Raumschiff plötzlich aufgeleuchtet sein wie ein Tausendwattstrahler in einem dunklen Zimmer.

»Ich sehe immer noch keine Stelle, an der wir andocken könnten«, meldete Jalina, die als Navigator fungierte.

»Hinter uns ist ein Shuttle aus einem der Achtihm-Schiffe ausgeschleust worden«, stellte Grand mit einem Blick auf das Display vor seinem Pilotensitz fest. »Es jagt mit voller Beschleunigung auf uns zu. ETA in knapp drei Minuten. Es wird höchste Zeit, dass sich der Würfel irgendwie meldet.«

Der Tantron und sein Begleiter – *der Anwärter und sein Paladin*, wie Grand sich korrigierte –, deren wirkliche Namen sie immer noch nicht kannten, hatten längst begriffen, was hier gespielt wurde. Sie waren übertölpelt worden und sannen auf Rache. Es ging längst nicht mehr nur darum, wer diese Runde im Wettstreit gewinnen würde, für die beiden Achtihm war es persönlich geworden.

Die Kampfhandlungen rings um den Würfel waren zum Erliegen gekommen, nachdem die Achtihm begriffen hatten, worum es bei der Schlacht in Wahrheit gegangen war. Die Flotte der Allianz hatte sich mehrere Lichtsekunden zurückgezogen und wartete einfach ab. Dort glaubte man immer noch, Grand und Jalina würden versuchen, den Würfel für die Allianz zu sichern. Doch man würde vergebens auf ein Signal der beiden warten. Ob Grand und Jalina vom Würfel eingelassen wurden oder ob der Kampf einen schlechten Ausgang für sie nahm, man würde so oder so nichts mehr von den vermeintlich führenden Offizieren hören.

»Komm, komm, komm!«, bettelte Jalina leise vor sich hin, als könne der Würfel sie hören. »Mach etwas, irgendwas!«

»ETA des feindlichen Shuttles in zwei Minuten.« Grands Ansage war nicht geeignet, Jalinas Stimmung zu verbessern.

Das Landungsboot schwebte nur wenige Meter über einer der Würfelflächen. Wie bei der Pyramide waren auch hier die Abmessungen des Objekts beeindruckend. Die Kantenlänge betrug fast drei Kilometer, und so wirkte das winzige Landungsboot vor dem sich langsam drehenden, hell strahlenden Würfel wie ein Moskito vor einer riesigen, silbernen Lampe. Und wie ein Moskito konnte es hier ebenfalls verglühen, falls das Shuttle der Achtihm auf Schussweite herankommen würde – was in weniger als zwei Minuten der Fall sein musste.

»Ich bringe den Würfel zwischen uns und das Shuttle«, sagte Grand.

»Das verschafft uns bestenfalls eine weitere Minute.«

»Eine Minute, in der wir die Lösung finden könnten«, erwiderte Grand grimmig.

»Verdammt noch mal«, schimpfte Jalina. »Alle Seiten sehen gleich aus und nirgendwo ist ein schwarzer Fleck zu sehen. Es gibt überhaupt keinen Zugang!«

»Es muss einen Weg geben, hineinzukommen. Sonst würde die ganze Prüfung, oder was immer das ist, keinen Sinn machen. Und das glaube ich einfach nicht!«

Plötzlich schoss das feindliche Shuttle hinter einer Kante des Würfels hervor und eröffnete sofort das Feuer. Der Plasmapuls raste auf das Landungsboot zu – und verschwand einfach. Es war, als sei er vom All verschluckt worden.

Grand und Jalina sahen sich fassungslos an und Grand entschlüpfte ein heiseres, aber auch erleichtertes Lachen.

»Da hält jemand seine schützende Hand über uns«, stellte er fest.

Noch zweimal versuchten die beiden Achtihm, das Landungsboot abzuschießen, beide Male mit dem gleichen Ergebnis. Schließlich erstarb das Feuer und das Shuttle trieb unweit von Grand und Jalina neben dem Würfel.

Grand griff zur Konsole und öffnete einen Holokanal.

»Hallo Freunde! Ihr schuldet uns ein Shuttle.« Er winkte seinen beiden Kontrahenten fröhlich zu.

»Ihr werdet sterben!« Die kleinen Äuglein des Tantron funkelten böse. »Ihr habt uns lächerlich gemacht. *Niemand* macht uns ungestraft lächerlich!«, brüllte er voller Zorn.

Wieder zuckten in schneller Folge drei Plasmapulse aus der Bordwaffe des Shuttles und wieder verschwanden sie nur Zentimeter vor der ungeschützten Bordwand des Landungsbootes, als hätte es sie nie gegeben. Der Achtihm stieß einen wütenden Schrei aus und hieb frustriert auf seinen Steuerstand.

»Okay, ihr seid zwar beim Schießen schneller als beim Denken, aber selbst ihr solltet inzwischen begriffen haben, dass der Würfel in seinem direkten Umfeld keine Gewalt zwischen uns Anwärtern duldet. Ich fürchte, euer Wunsch muss noch etwas warten.«

Wieder stieß der Achtihm einen unkontrollierten Schrei aus. Wahrscheinlich wäre er am liebsten durch die Holoverbindung gekrochen, um Grand persönlich den Hals umzudrehen.

»Wenn du wieder zu Sinnen gekommen bist, können wir vielleicht gemeinsam überlegen, wie wir in den Würfel kommen«, sagte Grand. »Es sollte euch inzwischen klar geworden sein, dass diese Prüfung nicht im Alleingang gelöst werden kann. Ihr habt es mit Sicherheit bereits probiert, bevor Jalina und ich hier ankamen, und auch wir hatten bisher keinen Erfolg. Wie es aussieht, müssen beide Kandidatenpaare anwesend sein, damit er sich öffnet. Und ich bin sicher, sie müssen beide *lebend* anwesend sein! Ihr solltet also eure Rachegelüste einstweilen zurückstellen.«

»Wieso hat er sich dann noch nicht geöffnet? Ich sehe immer noch keinen Zugang und wir sind alle hier«, zischte der Tantron. Es fiel ihm sichtlich schwer, sich unter Kontrolle zu halten.

»Ich nehme an, wir müssen aussteigen. Solange wir

in unseren Blechdosen sitzen, scheint sich nichts zu tun. Wir sollten zudem unsere Waffen an Bord zurücklassen. Der Würfel hat offensichtlich etwas dagegen, dass wir aufeinander schießen.«

»Wir werden erst dann aussteigen, wenn wir euch sehen können. Unbewaffnet!«

Grand warf resignierend die Hände in die Luft. »Man kann es mit seiner Paranoia auch übertreiben, aber … na schön! Wir werden als Erste aussteigen und freundlich in eure Holocams winken.«

»Bist du sicher, dass das klug ist?«, fragte Jalina, nachdem Grand die Verbindung getrennt hatte.

»Ja, es ist eindeutig: Der Würfel lässt nicht zu, dass wir aufeinander schießen. Was sollen sie also machen? Uns mit bloßen Händen erwürgen? Das dürfte erstens recht schwierig sein, wenn wir unsere Raumanzüge tragen, und außerdem glaube ich, dass der Würfel auch das nicht zulassen würde. Es muss einen Grund geben, warum er nicht will, dass wir uns gegenseitig umbringen.«

Kurz darauf schleusten Grand und Jalina aus dem Landungsboot aus. Da man ihnen auf der Wächterbasis ihre Skinfield-Generatoren abgenommen hatte, waren sie nun auf die leichten Raumanzüge angewiesen, die zur Standardausrüstung der terranischen Flotte gehörten. Auch hierbei konnte Grand kleine Unterschiede zu den Modellen erkennen, die er aus seiner Zeit bei der Flotte kannte. Sie waren eindeutig in ein alternatives Universum versetzt worden, wo die Technik sich anders entwickelt hatte.

Dann endlich verließen auch die beiden Achtihm ihr Shuttle. Sie steuerten ihre deutlich klobigeren Anzüge mithilfe der Lagekontrolldüsen ihrer Backpacks neben Grand und Jalina.

»Was jetzt?«, fragte der Tantron barsch.

»Jetzt warten wir.«

Sie mussten nicht lange warten. Kaum hatte Grand die Worte ausgesprochen, als sich unter ihnen der schon bekannte schwarze Fleck auf der Oberfläche des Würfels bildete. Wie schon bei der Sphäre der Erleuchtung und der Pyramide, so handelte es sich auch diesmal nur um eine schwarze, kreisrunde Fläche von etwas mehr als zwei Metern Durchmesser, durch die man nicht hindurchsehen konnte.

Die beiden Achtihm gaben sofort Vollgas und rasten auf den Fleck zu – nur um hart gegen eine unsichtbare Barriere zu prallen. Grand konnte ein lautes Auflachen gerade noch unterdrücken, als die beiden unsanft zurückgeschleudert wurden. Jalina sah ihn durch ihr Visier grinsend an. Grand hörte die beiden ärgerlich fluchen.

#Nur einer von euch vieren erhält Zugang#

Die Stimme ertönte in ihren Head-Sets. Der Würfel hatte sich in ihre Funkfrequenz eingeschaltet. Alle sahen sich überrascht an.

»Was bedeutet das? Wieso nur einer von uns?«, fragte der Tantron.

#Nur einer von euch vieren erhält Zugang#

»Wen hast du ausgewählt?«, fragte Grand, und er glaubte, die Antwort bereits zu kennen. Er behielt recht.

#Nur einer von euch vieren erhält Zugang. Ihr trefft die Entscheidung#

Alle sahen sich prüfend an. Grand konnte sehen, wie sich die behandschuhten Klauen des Tantron zuckend öffneten und schlossen. Grand ergriff Jalinas Hand.

»Wir werden uns nicht trennen! Ich werden meine Partnerin … meinen Paladin nicht verlassen!«

#Ich gebe euch Zeit, eine Entscheidung zu fällen. Diese beträgt exakt das 5 mal 10^{11}*-Fache der Periodendauer der dem Übergang zwischen den beiden Hyperfeinstrukturniveaus des Grundzustandes von Atomen des Nuklids 133 entsprechenden Strahlung des 55. Bausteins in der Ordnung der Grundstoffe. Nach Ablauf dieser Frist werden die Kandidaten eliminiert. Die Zeit läuft ab … jetzt.#*

Das Heads-up-Display in Grands Helm informierte ihn, dass dies etwas mehr als acht Minuten terranischer Zeit waren. Acht Minuten, um zu entscheiden, wer leben durfte und wer sterben musste.

»Wir werden uns nicht trennen«, wiederholte Grand und sah die beiden Achtihm an. Jalina ergriff schweigend seine Hand und umklammerte sie fest. »Dieser Preis ist zu hoch. Wenn hier der Weg zu Ende ist, dann ist er für uns beide zu Ende.«

»Michael, überlege dir das noch mal.« Jalina funkt ihn auf einem privaten Kanal an, sodass die Achtihm nicht mithören konnten. »Du musst überleben! Ich kann die beiden beschäftigen, während du …«

»Nein!«, unterbrach Grand seine Lebensgefährtin. »Du würdest ohne mich auch nicht gehen. Das weiß ich.«

Jalina schwieg, was Bestätigung genug war, und umklammerte Grands Hand noch fester.

»Ihr seid wahrhaftig jämmerlich«, sagte der Tantron. Grand konnte den triumphierenden Blick hinter dem Visier erkennen. »Schwach und jämmerlich!«

Mit diesen Worten fuhr er herum, stürzte sich auf seinen Begleiter und riss ihm den Schlauch für die Luftzufuhr aus dem Helm. Der Unglückliche starb nicht an Luftmangel, sondern an explosiver Dekompression, da die Luft in seinem Anzug aus dem gewaltsam gerissenen Loch im Helm schlagartig entwich, was zwar schneller ging, jedoch genauso qualvoll war.

Grand musste mit ansehen, wie sich die Augen des unrettbar Verlorenen weiteten und aus den Höhlen hervorquollen, während in Sekundenschnelle kleine Blutgefäße im Augapfel platzen. Die blutroten Augen weit aufgerissen, schlug der Sterbende mit beiden Händen immer wieder hilflos gegen sein Visier, als könnte er das Unvermeidliche noch aufhalten, wenn es ihm nur gelänge, die Augen in ihre Höhlen zurückzudrücken. Verzweifelt nach Luft schnappend, zuckte der Körper in krampfartigen Anfällen, bevor er still wurde und bewegungslos neben seinem Mörder im All trieb.

»Stellt euch mir nicht in den Weg!«, drohte der Tantron. »Sonst ergeht es euch genauso!«

Grand war angeekelt von dem bestialischen Verhalten des Achtihm. »Geh!«, sagte er nur.

Mit einem triumphierenden Bellen aktivierte der Tantron seine Lagekontrolldüsen und flog zu dem schwarzen Fleck auf der silbrigen Wand. Er drehte sich noch einmal um und schwang triumphierend die Faust, bevor er in den Fleck eintauchte. Diesmal stellte sich ihm nichts entgegen.

Grand und Jalina trieben alleine vor dem silbernen Würfel. Der schwarze Fleck schrumpfte und verschwand schließlich. Der Würfel lag so einsam und unzugänglich da wie zuvor.

Grand drehte sich zu Jalina um. »Ich habe keine Ahnung, was jetzt geschehen wird, aber falls …«

Sie unterbrach ihn, indem sie den Zeigefinger vor die Stelle seines Visiers legte, hinter der sich Grands Mund verbarg.

»Schsch …!« Jalina lächelte ihn voller Liebe an. »Egal, wie es nun weitergeht, du sollst wissen …«

Diesmal war es Jalina, die unterbrochen wurde.

#Ihr habt die Prüfung bestanden#

Wieder bildete sich ein schwarzer Fleck zu ihren Füßen.

#Der andere Kandidat wurde eliminiert. Der Zugang ist euch beiden gestattet#

Jalina lachte, bis ihr die Tränen kamen. »Oh Mann, diese Burschen sind ausgefuchster, als ich mir hätte vorstellen können. Der Achtihm ist wieder in eine Falle getappt. Dieses Mal in die Falle seiner eigenen Gier.«

Grand schüttelte entgeistert den Kopf. Wieder einmal wurde ihm bewusst, dass sie ein Spiel spielten, dessen Regeln sie nicht kannten. Eine der Regeln lautete anscheinend, dass Gewalt nicht unbedingt zum Ziel führen musste, und Rücksichtslosigkeit schien bei den unbekannten Schiedsrichtern nicht wohlgelitten zu sein.

»Diesmal haben wir Glück gehabt«, sagte er.

»Nein!«, widersprach sie. »Wir haben uns so verhalten, wie wir es für richtig hielten, und das war wohl in dieser Runde das Entscheidende.«

Was Jalina sagte, brachte Grand zum Nachdenken. *Vielleicht geht es bei diesem Wettkampf um etwas völlig anderes, als wir bisher dachten*, überlegte er.

»Wollen wir?«, unterbrach Jalina seine Überlegungen.

Hand in Hand schwebten sie zu dem Würfel herunter. Als sie in den Fleck eintauchten, erlosch jeder Gedanke.

9. Virtual Reality

Grand konnte nichts sehen. Er konnte auch nichts spüren. Weder seinen Körper noch überhaupt irgendetwas. Es war ein seltsames, fremdes, beängstigendes Gefühl. Anders als alles, was er in seinem bisherigen Leben je empfunden hatte. Es gab weder Hitze noch Kälte – die beiden Begriffe machten nicht einmal Sinn – und er hätte nicht sagen können, ob er überhaupt eine Temperatur empfand. Und doch spürte er etwas. Eine andere Präsenz.

#Jalina?#, fragte er. Oder er wollte es fragen, doch er konnte keine Worte formen. Und dennoch fragte er es, wenn auch auf eine Art, die er nicht hätte beschreiben können.

#Ich bin hier#, hörte er die Antwort. Aber 'hören' war auch jetzt nicht der richtige Begriff. Er nahm die Worte auf … irgendwie … und doch nicht akustisch. Sie entstanden offenbar direkt in seinem Gehirn.

#Ich kann dich nicht sehen. Wo sind wir? Was ist mit uns passiert?#

#Ich … ich weiß es nicht. Ich fühle mich …, wie … wie sich ein denkendes Gehirn ohne Körper fühlen muss. Ich habe keinerlei sensorischen Input! Außer deiner Stimme, die irgendwie direkt in meinem Kopf entsteht. Den ich allerdings genauso wenig fühle wie den Rest meines Körpers.#

#Genau wie bei mir.#

#Ich habe Angst!#

Grand hatte noch nie erlebt, dass Jalina vor etwas Angst hatte. Im Gegenteil! Manchmal hatte er sie bremsen müssen, weil *er* Angst gehabt hatte. Angst davor, sie bei einer ihrer selbstmörderischen Aktionen zu verlieren. Jalina rannte nie vor einer Gefahr davon, sie rannte stets geradewegs darauf zu. Wenn sie zugab, Angst zu haben, dann ängstigte *ihn* das erst recht.

Ich will verdammt noch mal was sehen können, dachte Grand wütend.

Und er sah!

Allerdings ergab das, *was* er sah, auch nicht viel mehr Sinn.

Vor ihm erstreckte sich eine leere, weiße Fläche. Er sah sich um und musste feststellen, dass er in einem völlig leeren, weißen Kubus zu stehen schien. Als er nach unten sah, erlebte er den nächsten Schock. Er besaß keinen Körper. Der Blick nach unten zeigte nicht etwa seine Brust, seine Beine, seine Füße, sondern - nichts!

Grand wusste, dass er sich in einem Kubus befand, da sich die Ecken ganz zart abzeichneten, doch mehr wusste er nicht. Er hätte auch nicht sagen können, ob der Kubus zehn Meter oder zehn Kilometer durchmaß. Es gab nichts, was ihm einen Größenvergleich hätte ermöglichen können.

#Jalina! Wenn du sehen willst, dann **denke** *intensiv daran; du musst es wollen!#*

Einige Sekunden später erreichte ihn wieder ein Gedanke von Jalina. Grand war inzwischen überzeugt davon, dass es eine Form telepathischen Kontakts war.

#Ich stehe in einem leeren Würfel. Ist das der Würfel, in den wir eingelassen wurden?#

#Ich habe keine Ahnung, wo wir sind. Sieh mal nach

unten.#

#Was ist mit mir passiert? Wo ist mein Körper?#, kam ein Gedanke zurück, dem Grand das Entsetzen *anfühlen* konnte.

Er hatte eine Idee. Er visualisierte seinen Körper, so gut er konnte, und *wollte* ihn sehen.

Der nächste Blick nach unten zeigte ihm Brust, Beine und Füße. Allerdings war er nackt! Grand visualisiert den Bordoverall der *Rhelina*, des Schiffes, das sie leider an der *Sphäre der Erleuchtung* verloren hatten.

Für einen winzigen Moment flimmerte sein Körper, dann trug er den Bordoverall. Das wurde ja immer verrückter.

#Jalina#, schickte er einen Gedanken auf die Reise, *#stell dir deinen Körper vor. – Voll bekleidet#*, fügte er hastig hinzu.

#Oh!#, vernahm er Sekunden später.

#Und nun stell dir vor, wir wären in einem Raum und du könntest mich sehen.#

Wie aus dem Nichts erschien Jalina direkt vor ihm. Auch sie trug einen Bordoverall der *Rhelina.* Sie fielen sich in die Arme. Sie konnten sich spüren. Anscheinend hatte die Vorstellung von Körperlichkeit ihnen auch Substanz verliehen.

»Das ist das Verrückteste, was ich je erlebt habe«, sagte Jalina schließlich. »Wo zum Teufel sind wir diesmal gelandet?«

Grand konnte sie hören – *richtig* hören!

»Ich wollte, ich wüsste es«, gab er zu. »Aber irgendwie habe ich das Gefühl, dass dies nicht der silberne Würfel ist. Er ist viel zu klein.«

Jetzt, da er eine optische Referenz hatte, schätzte er die Kantenlänge auf vielleicht fünfzig oder sechzig Meter.

»Eine Gemeinsamkeit gibt es zwischen den Würfeln«, stellte Jalina fest. »Sie haben beide keine Türen.«

Tatsächlich gab es keinen sichtbaren Ausgang. Wände, Boden und Decke waren völlig glatt.

»Es könnte die Aufgabe dieser Runde sein, einen Ausgang zu finden«, vermutete Grand.

»Das erscheint mir zu trivial«, widersprach Jalina. »Zudem wäre es auch kein direkter Wettstreit mit einem anderen Kandidatenpaar.«

Damit hatte sie wahrscheinlich recht, wie Grand zugeben musste. Sie nahmen an einem Spiel teil, bei dem sie nicht einmal wussten, worum es überhaupt ging. Das Einzige, *was* man ihnen mitgeteilt hatte, war, dass es sich um einen Wettkampf handelte. Ein Wettkampf ohne Gegner machte jedoch keinen Sinn. Also war anzunehmen, dass sie hier nicht allein waren.

»Gut! Wir müssen also nicht nur den Ausgang finden, sondern auch unsere Gegner und das Ziel dieser Runde. Hast du eine Idee, wie wir vorgehen sollen?«, fragte er.

»Warum versuchen wir nicht, uns einfach eine Tür *vorzustellen*? Das hat bisher ganz gut funktioniert.«

»Bevor wir das versuchen, sollten wir uns noch über etwas im Klaren sein. Dies sind nicht unsere wirklichen Körper. Wir scheinen uns diesmal in einer Art 'Virtual Reality' zu befinden. Irgendwie hat man unser Bewusstsein hier eingespeist, auch wenn ich mir nicht vorstellen kann, wie so etwas möglich sein soll.«

»Vielleicht liegen unsere Körper irgendwo und haben einen Helm auf dem Kopf, so wie man sich das früher in alten Science-Fiction-Romanen vorgestellt hat.« Jalina musste bei der Vorstellung lachen.

»Das ist kein Grund zur Heiterkeit, mein Schatz. Wir sollten vorsichtig sein! Ich habe den Verdacht, dass wir auch in der Realität sterben, wenn uns hier etwas zustößt. Dies ist kein Spiel, auch wenn wir es bisher so genannt haben. Wer hier drin stirbt, ist mit hoher Wahrscheinlichkeit tatsächlich tot!«

Jalinas Lachen erstarb. »Du hast natürlich recht. All das geschieht nicht zum Spaß. Wir dürfen nicht aus den Augen verlieren, weshalb wir hier sind und warum wir das alles auf uns nehmen. Irgendwo dort draußen sind Rigoran und Silvar, und sie sind ebenso wie wir an diesem Wettkampf beteiligt. Wir müssen sie unbedingt aufhalten, bevor sie, und damit der *Devorator*, triumphieren können. Das könnte nicht nur für uns das Ende bedeuten.«

»Dann sind wir uns einig. Keine unüberlegten Aktionen, nur weil uns vieles nicht real erscheint. Wir haben die ersten beiden Runden überstanden und es sind außer uns nur noch einunddreißig Paare im Rennen. Die schaffen wir auch noch!« Grand zwinkerte Jalina aufmunternd zu.

»Wollen wir uns eine Tür an der rechten Wand vorstellen?«, schlug Jalina vor. »Ein Schott, das sich öffnet, wenn wir beide unsere Hände darauflegen?«

Grand nickte und schloss die Augen. Er spürte, wie

Jalina seine Hand ergriff, und konzentrierte sich auf das Bild eines ganz normalen Raumschiffschotts an der rechten Wand des Kubus. Er stellte es sich nicht nur vor, er *wollte* es dort haben. Es gehörte einfach an diese Stelle!

Als er Sekunden später die Augen wieder öffnete, befand sich genau in der Mitte der Wand ein Schott, als sei es dort schon immer gewesen.

»Vielleicht haben wir gerade den ersten Test bestanden«, sagte Jalina.

»Es wird nicht der letzte gewesen sein – und mit Sicherheit auch nicht der schwierigste«, gab Grand zurück.

»Dann sollten wir uns hier nicht länger aufhalten!«, sagte die Kolltanerin und ging auf das Schott zu.

Jalina ist wieder in ihrem Element. Immer voran und vor keiner Gefahr bange, dachte Grand amüsiert und doch gleichzeitig besorgt. Er folgte ihr und stellte sich neben sie.

Sie streckten jeweils eine Hand aus und legten sie gleichzeitig auf das Metall. Zumindest sah es wie Metall aus und fühlte sich auch so an. Das Schott schwang sofort nach Außen auf. Was sie dahinter sahen, entsprach allerdings in keiner Weise dem, was sie zu sehen erwartet hatten.

10. Kara

»Was ist das?« Jalina sah Grand ratlos an. »Es sieht fast aus wie … ein Gehirn.«

»Wie … wie das … Netzwerk eines Gehirns. Ja, daran erinnert es mich auch«, sagte Grand zögernd.

Als sie sich umdrehten, war das Schott hinter ihnen verschwunden. Rings um sie erstreckte sich in alle Richtungen ein schier endloser Raum, dessen Begrenzungen nicht einmal zu erahnen waren. Durch diesen Raum zogen sich Bahnen. Gelbe und orangefarbene, leuchtende Stränge, die sich verknüpften, verzweigten und kreuzten, sich an vielen Stellen zu dickeren Knoten vereinigten und in denen helle Lichtflecke, fast schneller, als das Auge sie wahrzunehmen in der Lage war, hin und her huschten. Tatsächlich wirkte die Umgebung wie die räumliche Darstellung einer Hirnstruktur, und die Milliarden und Abermilliarden, wenn nicht sogar Billionen Stränge repräsentierten die Synapsen, die Verknüpfungen zwischen den Neuronen.

»Ich denke, es ist genau das, wonach es aussieht«, sagte Grand schließlich. »Wir befinden uns in einem neuronalen Netzwerk.«

»Aber das kann doch nicht real sein. Es ist so … riesig!«

Grand dachte lange nach, bevor er antwortete.

»Es ist auch nicht real. Zumindest nicht in einem materiellen Sinn«, sagte er schließlich. »Besser gesagt, vielleicht existiert all dies sogar als materielle Struktur irgendwo, doch was wir hier sehen, ist nur die virtuelle

Darstellung des Netzwerks, so wie wir sie mit unseren Sinnen verarbeiten können. Mit den Sinnen unserer derzeitigen Körper, die ebenso wenig real sind. Alles hier, wir eingeschlossen, ist nichts anderes als eine virtuelle Realität, in der auch wir in Wahrheit nur als Datenpakete existieren. Eine verdammt gut gemachte virtuelle Realität, aber trotzdem nicht wirklich real.«

»Aber wenn dem so ist, wer oder was ist dann dieses Netzwerk?«, fragte Jalina.

»Ich wollte, ich wüsste es! Vor allem wüsste ich gern, was man hier von uns erwartet.«

»Irgendwo hier treibt sich mit Sicherheit noch ein anderes Kandidatenpaar herum«, erinnerte ihn Jalina.

»Davon müssen wir wohl ausgehen. Ich hoffe nur, sie sind vernünftiger, als es die Katzenwesen und die Achtihm waren.«

»Michael, schau!« Jalina deutete auf einen der Stränge. Überall um sie herum blitzten hellgelbe Funken in den 'Synapsen' auf, die die 'Nervenzellen' verbanden. Dort fand offensichtlich eine Form von Datenaustausch statt. Doch an der Stelle, auf die Jalina zeigte, war der Funke knallrot und bewegte sich deutlich langsamer. »Das muss etwas zu bedeuten haben. Vielleicht ist es in Hinweis für uns.«

»Hm … warte mal … ich will etwas ausprobieren.«

Grand schloss die Augen und konzentrierte sich. Es dauerte nur wenige Sekunden – falls die gewohnten Zeiteinheiten in dieser Umgebung überhaupt etwas zu bedeuten hatten –, bis sich aus dem Nichts vor ihm eine Holoschnittstelle aufbaute, wie beide sie aus vielen Raumschiffen kannten. Grand hatte sie aus seiner Vorstellung heraus manifestiert. Es war nicht die modernste Technologie, doch man konnte darüber mit einem KI-Netzwerk kommunizieren.

Das Holofeld umgab Grands Oberkörper wie eine semitransparente Blase. Er griff mit den Händen hinein und vollführte einige Gesten. Sofort erschien eine vielfarbige Darstellung mit Hunderten von Symbolen in mehreren virtuellen Fenstern. Grand manipulierte sie mit den Fingerspitzen, öffnete und schloss etliche Fenster oder ordnete sie neu an und verschob Dutzende Icons, bis er fand, wonach er suchte. Er griff nach dem Icon und ballte die Faust, um es zu öffnen.

#Kontakt#

Die Stimme war weder männlich noch weiblich.

Wieder manipulierte Grand einige Icons. Plötzlich materialisierte eine Gestalt vor der Holoschnittstelle. Grand wischte einmal diagonal durch das Gestenfeld und es löste sich umgehend auf.

Die schlanke, geschlechtslose Gestalt war unbekleidet, besaß eine glatte, fast weiße und vollkommen haarlose Haut. Jalina glaubte allerdings, in dem Gesicht eine gewisse Ähnlichkeit zu ihrem Eigenen feststellen zu können. Wie es schien, hatte Grand bei der Anforderung eines Kontaktavatars an sie gedacht.

»Avatar bereit. Audiovisueller In- und Output verfügbar«, erfolgte die Vorstellung.

»Wer bist du?«, fragte Grand.

»Ich bin ich. Wer seid ihr?«, fragte der Avatar zurück.

»Mein Name ist Michael und das ist Jalina.« Er zeigte auf die Kolltanerin, die dem Avatar lächelnd zunickte. Solange sie nicht wussten, mit wem sie es zu tun hatten, erschien es ihr ratsam, lieber freundlich zu bleiben.

»Hallo Michael! Hallo Jalina!«

»Wie sollen wir dich nennen?«, fragte Jalina.

»Ich habe erst dann einen Namen, wenn ihr mir einen gebt.«

»Würde dir 'Kara' gefallen?«, schaltete sich Grand wieder ein.

»Das ist akzeptabel.«

»Schön! Also … hallo, Kara! Kannst du uns ein paar Fragen beantworten?«, übernahm Jalina wieder das Gespräch.

»Natürlich.«

»Wer bist du?«

»Ich bin Kara.«

»Was ist deine Funktion?«, versuchte Jalina es auf andere Weise.

»Ich bin der Intellektualverbund der Erigal.«

»Was bedeutet das?«

»Das Volk der Erigal hat seine geistige Essenz in dieses System hochgeladen.«

»Bist du eine künstliche Intelligenz?«

»Was ist künstlich und was ist natürlich? Diese Umgebung ist künstlicher Natur – sie wurde von uns Erigal vor Jahrmillionen erschaffen – doch sie ist erfüllt von den Bewusstseinen von Millionen ursprünglich biologischen Individuen, die hierher migriert sind.«

»Moment!«, rief Grand. »Willst du uns damit sagen, dass dies ein gigantischer Computer ist, in den sich ein ganzes Volk *eingespeist* hat?«

»So könnte man es vereinfacht ausdrücken.«

»Wie groß ist dieser … Computer?«, wollte Jalina wissen.

»Inzwischen bedeckt er die gesamte Oberfläche unseres Heimatplaneten Eriga.«

»Wo befindet sich euer Heimatplanet? Um welche Sonne kreist er?«

»Um keine mehr! Als unsere Sonne zur Nova zu werden drohte, haben wir diesen Plan entwickelt. Wir waren zu diesem Zeitpunkt bereits ein sehr altes Volk und das Universum hielt keine Geheimnisse mehr für uns bereit. Wir hatten kein Interesse daran, uns noch weiter zu entwickeln oder in eine höhere Existenzebene aufzusteigen, von der wir sehr wohl wussten, dass es sie gibt. Unsere Kolonien waren längst aufgegeben worden und auf Eriga lebten nur noch wenige Millionen Erigal. Wir waren potenziell unsterblich und wollten nicht in ein anderes Sonnensystem umsiedeln. Also haben wir einen anderen Weg beschritten. Unsere Wissenschaftler erschufen dieses neuronale Konstrukt, wir haben unsere geistige Essenz hier eingebracht und die Körperlichkeit aufgegeben. Der Planet wurde in eine eigens hierfür geschaffene Blase im Bulk versetzt und wir beziehen die benötigte Energie für all unsere Bedürfnisse, indem wir die Energien des Bulk anzapfen. Sie sind unerschöpflich.«

Grand war beeindruckt. Die Erigal hatten sich

einfach aus dem Multiversum zurückgezogen und von allen anderen Universen abgekoppelt, nachdem sie ihren Zenit überschritten hatten. Sie schienen keine Expansions- oder Eroberungsgelüste mehr zu besitzen. Sie waren sich selbst genug.

»Wir befinden uns in diesem Konstrukt, nehme ich an?«

»Das ist korrekt.«

»Wie sind wir hierhergekommen?«

»Das ist mir unbekannt.«

»Warum sind wir hier?«

»Ihr seid hier, weil ich eure aberrante Qbit-Matrix nicht annullieren kann.«

Das war zwar keine Antwort auf Grands Frage, aber Kara machte damit deutlich, dass sie ihn und Jalina am liebsten 'rausgeschmissen' hätte. Sie waren ungebetene Gäste. Vielleicht gab es noch andere ungebetene Gäste im Intellektualverbund der Erigal.

»Ist außer uns noch jemand kürzlich hier angekommen?«, fragte Grand.

»Außer euch befinden sich noch zwei weitere nicht-systemkompatible Qbit-Matrizen hier.«

Das muss das andere Kandidatenpaar sein, überlegte Grand.

»Wir haben kürzlich etwas beobachtet, was wie eine Störung in deinem neuronalen Netzwerk aussah. Eine Abweichung in der farblichen Darstellung. Waren das die beiden anderen nicht-systemkompatiblen Qbit-Matrizen?«

»Das ist korrekt!«

»Kannst du uns etwas über sie sagen?«

»Sie versuchen, in meinen Ego-Kern einzudringen. Noch kann ich sie zurückhalten, aber ich weiß nicht, wie lange noch.«

»Warum sprichst du überhaupt mit uns, wenn du uns am liebsten loswerden würdest?«

»Neugier, Faszination und Überraschung. Wir hätten es niemals für möglich gehalten, dass uns jemand hier aufspüren oder sogar in den Intellektualverbund eindringen würde. Das ist höchst interessant. Außerdem hoffen wir, durch den Kontakt etwas über euch zu lernen und Erkenntnisse darüber zu gewinnen, wie wir euch eliminieren und Eindringlinge zukünftig abwehren können.«

Zumindest ist sie ehrlich, was ihre Motivation betrifft, dachte Grand. Dann hatte er eine Eingebung.

»Kannst du mir eine visuelle Darstellung deines Ego-Kerns zeigen?«

»Warum möchtest du ihn sehen?«

»Weil wir euch vielleicht helfen können, die anderen Qbit-Matrizen loszuwerden. Damit wärt ihr automatisch auch uns los. Glaub mir, Kara, wir sind froh, wenn es uns gelingt, wieder von hier zu verschwinden.«

Plötzlich drehte sich vor Grand und Jalina eine dreidimensionale Darstellung im Raum.

»Dies ist die beste optische Repräsentation meines Ego-Kerns, die mir möglich ist«, sagte Kara.

Grand und Jalina sahen einander wortlos an. Der Ego-Kern war ein Torus, ein ringförmiges Gebilde, das sich langsam um die eigene Achse drehte und in einem hellen Silberton leuchtete.

11. Firewall

»Wir helfen dir, die anderen … äh … nicht-systemkompatiblen Qbit-Matrizen loszuwerden, wenn du uns sagst, wie wir an sie herankommen können«, sagte Grand. Er hielt es für besser, Kara nicht darauf aufmerksam zu machen, dass auch er und Jalina beabsichtigten, zu ihrem Ego-Kern vorzudringen, denn es stand außer Frage, dass diesmal der silberfarbene Torus ihr Ziel darstellte. »Wie kommen wir ins Innere deines Verbundes?«

»Ich verstehe deine Frage nicht. Ihr seid bereits in meinen Intellektualverbund.«

»Natürlich, Michael!«, rief Jalina aus. »Es ist ganz einfach. Wir müssen uns nur *vorstellen*, durch die synaptischen Verbindungen zu reisen. Alles hier ist virtuell und natürlich ist jeder von uns nichts anderes als eine definierte Matrix von Quantenbits unter unzähligen anderen. Wir haben uns nur noch nicht vollständig in das neuronale Netz integriert und sehen deshalb den Rest des Netzes mehr von außen als von innen.«

»Du glaubst, allein die *Vorstellung*, wir könnten uns im neuronalen Netz frei bewegen, würde genügen, um dies möglich zu machen? Ist das so, Kara?« Grand erschien diese Lösung fast zu einfach.

»Das ist korrekt. Nur eure Vorstellungskraft setzt euch Grenzen. Das Konstrukt wird automatisch jede eurer Vorstellungen, bewusste und unbewusste, in einer virtuellen Umgebung realisieren, in der ihr mit anderen Qbit-Matrizen interagieren könnt.«

»Wenn das so ist, warum konnten dann die beiden anderen, lass sie uns der Einfachheit halber 'Eindringlinge' nennen, bisher nicht zu deinem Ego-Kern vorstoßen?«

»Die Erbauer des Intellektualverbunds haben für eine solche Situation vorgesorgt. Sie wollten verhindern, dass jemals einer von uns die alleinige Kontrolle über das Konstrukt erlangen könnte. Es gibt Sperren und Hindernisse – ihr würdet sie 'Firewalls' nennen – die nicht einmal von uns beeinflusst oder umgangen werden können. Einem Zugang zum Ego-Kern muss die Mehrheit aller hier anwesenden Erigal-Intellekte zustimmen. Doch die beiden anderen Eindringlinge sind dabei, diese Sicherungen zu umgehen. Sie gehen dabei sehr geschickt vor.«

»Mit anderen Worten: Wir haben nicht viel Zeit zu verlieren, wenn wir es verhindern wollen«, sagte Jalina.

»Sie haben die erste Firewall bereits überwunden«, gab Kara zu.

»Kannst du uns dorthin bringen? Vielleicht können wir ihre Spur aufnehmen.«

»Ihr müsst es nur wollen, dann wird es geschehen. Auch ich bin in meiner Gestalt als Avatar nicht real. Ich bin nur die Manifestation eures Willens und eurer Fantasie. Um jene Stelle innerhalb meines Verbundes zu erreichen, an der die Eindringlinge die erste Firewall überwunden haben, müsst ihr nur euren Willen bemühen. Ihr werdet dann sofort in den entsprechenden Abschnitt des Quantencodes eingespeist. Ich werde die notwendigen Verknüpfungen bereitstellen, die eure Qbit-Matrizen an die richtige Stelle im Code leiten werden.«

Grand hatte zwar nur die Hälfte der Erklärung verstanden – und ein Blick in Jalinas Gesicht zeigte ihm, dass es ihr nicht anders ging –, doch wenn sie eine Chance geboten bekamen, sich auf die Spur des zweiten Kandidatenpaares zu setzen, mussten sie sie ergreifen.

»Was genau müssen wir tun?«

»Es wollen!«

Grand und Jalina ergriffen sich – wieder einmal – bei den Händen.

»Ich hoffe, wir werden dabei nicht getrennt«, sagte Grand. »Wir sollten uns eine Wand vorstellen, in die jemand eine Bresche geschlagen hat. Und lass uns vor allem daran denken, dass wir zusammen sind!«

»Ich würde dich überall wiederfinden, Michael. Ob irgendwo im Universum auf einem Planeten oder hier als körperloses Datenpaket.«

Es klang wie ein Scherz, doch Grand wusste, dass Jalina es todernst meinte. Er wusste es, weil er genauso empfand.

Sie schlossen die Augen und konzentrierten sich. Sie spürten keine Veränderung, doch als sie eine Sekunde später die Augen wieder öffneten, hatte sich ihre Umgebung komplett verändert.

Sie standen nicht etwa vor einer Wand, in der ein Loch klaffte, oder einer Barriere, die jemand durchbrochen hatte – sie standen in einer völlig verwüsteten Landschaft.

»Mein Gott«, sagte Grand. »Hier sieht es aus wie nach einem Atomschlag!«

Tatsächlich erinnerte die Landschaft an die Oberfläche eines Planeten, der durch den Einsatz thermonuklearer Waffen vollständig zerstört worden war.

So weit das Auge reichte, gab es nichts weiter als eine verbrannte, hügelige Ebene. Überall standen Gerippe toter Bäume und Ruinen von Gebäuden, deren einstige Funktionen nicht mehr zu erkennen waren. Vereinzelt stieg aus den Ruinen sogar noch Rauch auf. In der Luft lag ein ekelhafter Geruch nach Asche und Verwesung.

Über ihnen wölbte sich ein von dunkelgrauen Wolken verhangener Himmel, durch die keine Sonne hindurchschien. Das düstere Licht verstärkte den Eindruck von Tod und Verwüstung. Weit und breit rührte sich nichts und Grand war sich instinktiv absolut sicher, dass es hier kein Leben mehr gab – falls es innerhalb dieser Illusion überhaupt jemals Leben gegeben hatte.

»Schön, jetzt sind wir hier. Und was jetzt?« Jalina sah sich suchend um, doch sie konnte keinen Hinweis darauf finden, wie sie weiter vorgehen sollten. Von dem anderen Kandidatenpaar gab es keine Spur.

»Dort drüben befinden sich besonders große Ruinen. Vielleicht finden wir dort etwas«, schlug Grand vor und zeigte dabei auf einen kleinen Hügel rechts von ihnen.

Dort, nur ein paar Hundert Meter entfernt, ragten die Überreste eines Gebäudes in den Himmel, das einstmals ein Palast oder etwas Ähnliches gewesen sein mochte. Teile von Säulen, kunstvollen Bögen und Marmorböden waren noch erkennbar. Grand fragte sich, aus welchen Tiefen seines Unterbewusstseins das Konstrukt wohl solche Bilder erschuf. Der Palast war vermutlich zweigeschossig gewesen, doch nun standen nur noch ein paar Mauern. Das gelbliche Material, aus dem er erbaut worden war, erinnerte in seiner Struktur an Sandstein.

Sie bahnten sich einen Weg durch das Trümmerfeld bis zu der Stelle, wo sich der Haupteingang befunden haben musste. Hier war das meiste erhalten geblieben. Der massive Torbogen des ehemaligen Palastes und die Säulen, auf denen er ruhte, hatten überstanden, was immer diese Verwüstung angerichtet hatte.

»Was ist das dort?« Jalina zeigte auf ein Trümmerstück, unter dem etwas herausragte. Etwas, das metallisch glänzte.

Mit vereinten Kräften hoben sie das Trümmerstück an, bei dem es sich um einen Teil des ehemaligen Eingangstores zu handeln schien, und legten das Metallstück frei. Es war kreuzförmig und etwas mehr als einen Meter groß. Einer seiner vier 'Arme' war abgebrochen und hing nur noch an ein paar Kabeln. Ein anderer war völlig zerquetscht. Doch zwei der Arme, die wie lang gezogene Quader aussahen, waren noch intakt.

»Ich frage mich, was das wohl einmal war«, sagte Grand.

»Ich bin eine Abwehrdrohne«, erwiderte das

Metallteil zu ihrer Überraschung. »Teil eines ganzen Geschwaders. Alle anderen wurden vernichtet und auch ich bin nicht mehr einsatzfähig.«

Grand musste sich in Erinnerung rufen, dass nichts von dem, was er hier sah, real war. Wahrscheinlich war die vermeintlich schwer beschädigte Drohne nichts anderes als das noch teilweise aktive Fragment eines Codes, einer Software, die als Firewall fungiert hatte und überwunden worden war. Das Konstrukt visualisierte alles in für ihn verständliche Bilder.

»Wie lange ist das her?«, fragte Jalina.

»Drei tertiäre Zeiteinheiten.«

Natürlich konnten Grand und Jalina damit nichts anfangen, doch es gab eine Möglichkeit, zumindest die subjektiv verstrichene Zeit damit zu vergleichen.

»Wie lange befinden wir uns bereits im Konstrukt?«

»Seit eurem ersten Erscheinen sind zwei tertiäre Zeiteinheiten vergangen.«

»Wir sind nach unserem Zeitempfinden bereits über eine Stunde hier«, überlegte Grand. »Also haben unsere Gegner die Firewall vor fast zwei Stunden überwunden.«

»Sie müssen also ein paar Stunden vor uns hier angekommen sein.«

»Und diesen Vorsprung müssen wir schleunigst aufholen!« Grand wandte sich wieder an die Abwehrdrohne. »Ist dir bekannt, wohin sich euer Gegner gewandt hat?«

»Die nächste logische Station auf dem Weg zum

Juwel des Innersten ist die Höhle Ofrathim. Nur durch sie ist das Juwel zugänglich. Doch sie wird von einem Drachen bewacht, der noch nie überwunden werden konnte.«

Jalina brach in schallendes Gelächter aus.

»Aus meinem Unterbewusstsein kommen solche Analogien sicherlich nicht, Michael. Ich frage mich gerade, was sich noch so alles in deinem Kopf verbirgt.«

Grand grinste. »Ich gebe zu, dass ich als junger Mann eine Vorliebe für Fantasy-Holos hatte. Dass mich das noch einmal einholen wird, hätte ich nicht gedacht.«

»Der Drache steht sicherlich symbolisch für eine weitere Firewall, die man überwinden muss, um zu dem Juwel, dem Ego-Kern, vordringen zu können«, vermutete Jalina.

»Wie kommen wir zu der Höhle?«, fragte Grand die Drohne.

»Der Weg ist sehr weit, doch ihr könnt die Höhle Ofrathim schneller erreichen, wenn ihr auf dem Vogel Paraquot reitet. Er wird euch rechtzeitig dorthin bringen, sodass ihr eure Gegner einholen könnt.«

»Das ist surreal«, sagte Jalina und schüttelte lachend den Kopf. »Erst ein Drache und nun ein Riesenvogel, auf dem wir reiten können.«

»Ich denke, das ist Kara, die hier gerade eingreift. Sie schaltet neue synaptische Verbindungen, damit wir die anderen 'Eindringlinge' einholen können. Für uns werden diese neuen Verbindungen eben als ein schneller Vogelflug versinnbildlicht. In Wahrheit dürfte es sich lediglich um einen modifizierten Datenfluss im Konstrukt handeln, über den unsere Qbit-Matrizen weitergeleitet werden.«

»Dann wollen wir die Ritterspiele beginnen lassen«, sagte Jalina. »Auf geht´s zum Kampf gegen den Drachen! Wo ist unser Vogel?«

12. Die Höhle

»Juhu!« Jalina saß hinter Grand und stieß jubelnd einen Arm in die Luft. Unter ihnen schlug der Vogel Paraquot kräftig mit den riesigen Flügeln.

Sie waren seit einer halben Stunde unterwegs. Paraquot hatte sich mit lautem Flügelschlag angekündigt und war neben ihnen gelandet. Er war wirklich ein Riesenvogel. Mit seinem fast acht Meter langen Körper wies er im Flug eine Spannweite von mindestens zwölf Metern auf. Sein Gefieder war pechschwarz bis auf einen hellgrünen Kamm auf dem spitzschnabeligen Kopf. Die intelligent blickenden Augen hatten den Durchmesser von Tellern und die brennend roten Pupillen im hellgelben Augapfel gaben ihm etwas Dämonisches. Doch er gehörte zu den 'Guten', wie sich sogleich herausgestellt hatte.

»Kara schickt mich«, hatte er mit sonorer, erstaunlich menschenähnlicher Stimme gesagt. »Ich soll euch so schnell wie möglich zur Höhle Ofrathim bringen. Steigt auf!«

Auf seinem Rücken befand sich ein Doppelsattel. Paraquot war niedergekniet und hatte geduldig gewartet, bis Grand und Jalina seinen Rücken erklommen hatten. Dann hatte er ein paar Schritte Anlauf genommen und abgehoben.

Jetzt waren sie unterwegs.

Unter ihnen erstreckte sich, so weit sie sehen konnten, die verwüstete Landschaft. Grand konnte mehrere große Krater ausmachen, wo gewaltige Vernichtungswaffen eingeschlagen haben mussten. Er fragte sich, mit welchen Mitteln es dem anderen Paar gelungen sein mochte, die Firewall außer Gefecht zu setzen. Sie nicht nur zu umgehen, sondern den Code regelrecht zu zerfetzen. Nichts anderes konnte die hier sichtbare Zerstörung symbolisieren. Nach allem, was er hier sah, durften sie ihre Gegner in dieser Runde keinesfalls unterschätzen.

»Ist das nicht toll, Michael?« Jalina genoss den rasanten Flug sichtlich, auch wenn ihr bewusst sein musste, dass nichts davon real war. Es fühlte sich jedoch sehr real an. Der Wind brannte in ihren Augen und ihre Overalls flatterten um ihre Körper.

In der Ferne begann sich eine Bergkette abzuzeichnen.

»Das dort dürfte unser Ziel sein«, rief Grand laut aus, um den heulenden Wind zu übertönen. Er nahm eine Hand von dem Haltebügel und zeigte auf den sich langsam aus dem Dunst schälenden Gebirgszug. »Wir sollten die Berge in wenigen Minuten erreicht haben.«

Tatsächlich ging Paraquot kurz darauf in einen Sinkflug über. Er hörte auf, mit den Flügeln zu schlagen, legte sich leicht auf die Seite und steuerte einen der Berge an. Langsam glitten sie tiefer. Ungefähr auf halber Höhe des größten Berges konnte Grand einen dunklen Fleck ausmachen. Paraquot flog darauf zu.

»Ich glaube, ich kann den Eingang zur Höhle sehen«, rief er nach hinten, wo Jalina sich inzwischen an ihn geschmiegt und seine Taille mit beiden Armen umfasst hatte. Sie spähte über seine Schulter.

»Ja, ich sehe es auch. Wir sind gleich da!«

Nur wenige Minuten später stellte Paraquot die Flügel in den Wind, richtete sich leicht auf und landete sanft auf einem kleinen Plateau vor dem Höhleneingang. Er machte noch zwei schnelle Schritte, um die restliche Geschwindigkeit abzubauen, und ließ sich auf die Knie nieder.

»Wir sind da«, sagte er. »Ihr solltet euch beeilen. Die anderen Eindringlinge haben die Höhle bereits betreten.«

Grand und Jalina sprangen von Paraquots Rücken und streckten die steif gewordenen Glieder.

»Danke für den Flug«, sagte Jalina. »Es war ein tolles Erlebnis.«

Paraquot nickte. »Ich habe meine Aufgabe erfüllt. Erfüllt jetzt ihr die eure!«

Dann drehte er sich um, nahm Anlauf und schwang sich in die Luft. Sie sahen ihm noch einige Sekunden hinterher. Er schraubte sich in den Himmel, viel höher als während ihres Fluges, und verschwand schließlich in den düsteren Wolken.

Vor ihnen gähnte der dunkle Eingang zur Höhle. Es drang kein Lichtschimmer heraus und das trübe Sonnenlicht war nicht stark genug, um in die Höhle hineinsehen zu können. Die kreisrunde Öffnung durchmaß mehrere Manneslängen, was auf die Größe des Drachen schließen ließ, der dort auf jeden wartete, der es wagte, einzudringen. Er musste wahrhaft gewaltig sein.

»Dir ist klar, dass wir über keinerlei Waffen verfügen«, warnte Jalina.

»Und dir ist klar, dass wir keine andere Wahl haben«, antwortete Grand. »Uns wird schon etwas einfallen.«

Als sie die Höhle betraten, schien die Dunkelheit sie verschlucken zu wollen. Sie blieben einen Moment stehen, um ihre Augen an die Finsternis zu gewöhnen, bevor sie weitergingen. Es machte keinen Sinn, blind wie ein Maulwurf in eine Falle zu laufen. Doch auch nach einigen Sekunden der Gewöhnung wurde es nicht viel besser. Sie konnten gerade genug sehen, um nicht gegen die Felswand zu laufen, die plötzlich einen scharfen Knick nach links machte.

Sie tasteten sich vorsichtig an der Wand entlang. Es wurde immer dunkler, bis sie schließlich überhaupt nichts mehr sehen konnten.

»Wenn irgendwo vor uns ein Loch im Boden ist, stürzen wir ab«, warnte Jalina. Obwohl sie instinktiv flüsterte, kam es Grand vor, als müssten ihre Worte in der gesamten Höhle zu hören sein. Jeder ihrer vorsichtigen Schritte, selbst das Tasten seiner Hände an der Wand, erschien ihm unnatürlich laut.

Nach ein paar Minuten folgte der Gang einer weiteren Biegung. Dahinter sahen sie plötzlich ein schwaches Glimmen vor sich. Ganz zart zeichnete sich ein Durchgang gegen die Dunkelheit ab. Dahinter schien eine größere, nicht völlig dunkle Höhle zu liegen. Dann bemerkte Grand im schwachen Lichtschimmer die Umrisse zweier Gestalten. Er blieb stehen und legte Jalina einen Finger an die Lippen. Er spürte, wie sie nickte. Sie hatte die beiden ebenfalls gesehen.

Grand fuhr erschrocken zurück, als sich eine der Gestalten umdrehte und ihnen zuwinkte. *Wie können die uns nur bemerkt haben*, fragte er sich. *Und wieso winken sie uns derart unbesorgt zu sich?*

»Was sollen wir jetzt machen?«, hauchte Jalina ihm leise ins Ohr.

»Da sie uns entdeckt haben, ist ein weiteres Versteckspiel unsinnig«, sagte er ebenso leise. »Es könnte natürlich eine Falle sein. Ich gehe vor und du bleibst hier. Sollten sie uns reinlegen wollen, verlasse ich mich darauf, dass dir etwas einfällt, um mir zu Hilfe zu kommen.«

Grand wusste, dass Jalina lieber die Vorhut übernommen hätte, doch sie erhob keinen Einspruch gegen seinen Vorschlag. Wahrscheinlich malte sie sich bereits tausend Todesarten für die beiden Unbekannten aus, falls sie es wagen sollten, Grand hereinzulegen.

Mit erhobenen Händen ging Grand auf das Pärchen zu. Jetzt konnte er sie in dem schwachen Licht, das aus der angrenzenden Höhle fiel, besser erkennen. Er konnte sich nicht erinnern, ihnen in der Wächterbasis begegnet zu sein, aber von den einhundertachtundzwanzig Kandidatenpaaren hatte er die meisten nie aus der Nähe gesehen.

Ihm wurde nun klar, warum sie ihn und Jalina in dem stockdunklen Höhlengang hatten sehen können. Sie waren von humanoider Gestalt, allerdings bogen sich ihre Kniegelenke in die falsche Richtung, was ihnen gewaltige Sprünge ermöglichen musste, worauf auch die überaus kräftigen Oberschenkel hinwiesen.

Am wenigsten glich ihr Kopf dem eines Menschen oder Kolltaner. Er wurde von zwei riesigen Augen beherrscht, die an den Seiten saßen und ihnen nicht nur einen ausgezeichneten Rundumblick, sondern auch eine hervorragende Nachtsicht ermöglichen mussten. Wahrscheinlich war es für sie hier sogar taghell. Der Mund war lippenlos, schmal und breit. Zwei spitze Ohren saßen direkt über den dunklen Riesenaugen. Ihre dunkelbraune, runzlige Gesichtshaut sah aus wie Leder. Der restliche Körper war von einer eng anliegenden, schwarzen Uniform verdeckt. An den Füßen trugen sie schwere Stiefel.

Es mussten gewitzte Burschen sein, sonst hätten sie die beiden ersten Runden nicht überstanden.

»Wir dachten schon, ihr kommt nicht mehr«, sagte einer von ihnen zu Grands Überraschung.

»Euch ist klar, dass wir Konkurrenten sind?«, konnte Grand sich nicht verkneifen.

»Natürlich, aber hier kommen wir alleine nicht weiter, wie ich leider zugeben muss. Außerdem wurde mein Paladin schwer verletzt, und ich weiß nicht, wie lange er noch durchhält. Ich bin Jorgal und das ist Kranyak. Wir sind Horaker und die Abgesandten des Horakischen Imperiums.«

Erst jetzt fiel Grand auf, dass der zweite Horaker sich schwer gegen die Felswand lehnte. Die rechte Seite seiner Uniform glänzte noch dunkler als das Schwarz des Stoffes. Er schien heftig zu bluten.

»Alleine kann ich gegen das Ungetüm nichts ausrichten. Es hat Kranyak mit einem Stachel seines Schwanzes durchbohrt«, erklärte Jorgal. »Du kannst deinen Paladin ruhig herbeirufen. Ohne euch kommen wir hier nie durch, also wäre es dumm, gegen euch zu kämpfen.«

»Schlägst du eine Zusammenarbeit vor?«

»Eine zeitweilige Allianz, bis wir den Torus erreichen. Danach sehen wir weiter.«

Es macht Sinn, dachte Grand. Einer der Horaker war offensichtlich schwer verletzt und der andere hatte allein keine Chance, an dem Drachen vorbeizukommen, der in der angrenzenden Höhle lauern musste. Er hatte keinen Grund, Grand und Jalina anzulügen. Selbst wenn es dem Horaker gelingen würde, sie auszuschalten, wäre er dadurch keinen Schritt weiter. Das Angebot, den Drachen gemeinsam zu besiegen, war nachvollziehbar und mit ziemlicher Sicherheit ehrlich gemeint.

Grand pfiff leise und winkte Jalina herbei. Immer noch misstrauisch näherte sie sich vorsichtig.

»Es ist okay, Liebling«, sagte Grand. »Wir sind eine einstweilige Allianz eingegangen. Einer der beiden ist schwer verletzt und sie brauchen unsere Hilfe. Und auch wir haben mit ihnen gemeinsam eine bessere Chance.«

Eine Frage trieb Grand um: Bisher war jede Umgebung aus ihren Fantasien, Erinnerungen und Vorstellungen geformt worden. Wieso sahen die beiden Horaker dasselbe wie sie? Oder sahen sie vielleicht etwas völlig anderes?

»Was verbirgt sich in der Höhle?«, fragte er.

»Ein Feuervogel«, antwortete Jorgal. »Ein mystisches Tier aus unseren Sagen.«

Das kann kein Zufall sein, überlegte Grand. *Vielleicht werden die Kandidatenpaare für jede Runde so zusammengestellt, dass sie in der gleichen Umgebung agieren können und ähnliche Voraussetzungen mitbringen. Wahrscheinlich werden wir es aber nie erfahren.*

»Wir haben versucht, uns Waffen zu denken, aber es hat nicht funktioniert«, sagte Jorgal.

Grand musste zugeben, dass ihnen diese Möglichkeit völlig entgangen war. Er schloss die Augen, stellte sich einen Plasmastrahler vor, doch nichts geschah.

»Funktioniert auch bei uns nicht«, musste er zugeben.

»Moment«, schaltete sich Jalina ein. »An was hast du gedacht?«

»An einen Plasmastrahler.«

»Lass es mich einmal versuchen«, sagte sie und lächelte schelmisch. »Ich glaube, ich weiß, wo der Fehler liegt.«

Sie schloss die Augen und konzentrierte sich. Nur Sekunden später erschien aus dem Nichts ein Schwert vor ihr auf dem Boden. Es war ein Breitschwert, wie Grand es aus alten Ritterfilmen kannte. Es war verblüfft.

»Man darf sich nichts wünschen, was nicht in die Umgebung oder zur Aufgabenstellung passt. Vorgreifende Anachronismen sind nicht erlaubt!«

Grand drückte ihr einen Kuss auf die Wange.

»Wenn wir das gewusst hätten, wäre Kranyak vielleicht nicht verletzt worden«, sagte Jorgal, der sich zu seinem Paladin hinabgebeugt hatte. Kranyak lag inzwischen auf dem Boden und hatte die großen Augen geschlossen. »Es geht ihm schlechter.«

»Hast du versucht, dir medizinische Hilfsmittel … äh … herbeizudenken?«

»Natürlich, aber außer einem Stück Stoffverband ist nichts erschienen. Nicht einmal ein blutstillendes Mittel.«

Eine Minute später hörte Kranyak auf zu atmen und starb. Jorgal war untröstlich.

»Wir haben unser halbes Leben an der *Sphäre der Erleuchtung* damit verbracht, auf unsere Chance zu warten. Und nun war alles umsonst!«

»Es tut mir leid«, sagte Grand. Er wusste nicht, was er sonst noch sagen sollte. Auch Jalina schwieg betreten. Die Horaker schienen patente Burschen zu sein, und es war bedauerlich, dass ihre Mission so enden musste. Doch Grand und Jalina konnten sich kein Mitleid leisten, wenn sie diesen Wettkampf überleben wollten.

»Gilt unsere Abmachung noch?«, fragte Grand. Es erschien ihm herzlos, sofort wieder auf ihre Aufgabe zurückzukommen, doch er hatte keine andere Wahl.

»Ja, ich halte mich daran«, sagte Jorgal. »Mit einer Änderung: Ich werde euch beim Kampf gegen den Feuervogel unterstützen. Ohne meinen Paladin wird man mich nicht zur nächsten Runde zulassen. Mein Weg ist hier zu Ende, doch ich helfe euch auf eurem!«

Jalina nahm den Horaker in den Arm. »Wir danken dir! Das ist sehr nobel von dir.«

»Wir Horaker sind keine kriegerische Spezies«, gestand Jorgal. »Die ersten beiden Runden haben wir nur mit viel Glück überstanden. Wahrscheinlich hätten wir es sowieso nicht geschafft. Ihr hingegen wirkt auf mich sehr … gefährlich. Als ich euch sah, hatte ich Angst vor euch.«

»Wir sind nur gefährlich für unsere Feinde«, sagte Grand.

»Und für Feuervögel«, fügte Jalina lächelnd hinzu.

»Dann los, Freunde, lasst uns einen Drachen töten«, entgegnete Grand.

13. Der Torus

Grand, Jalina und Jorgal trugen Brustharnische, leichte Helme und Breitschwerter. Weitere Waffen und eine bessere Schutzkleidung waren selbst mit höchster Konzentration und größtem Vorstellungsvermögen nicht *herbeizudenken* gewesen.

Grand vermutete, dass ihre Codes, denn letztlich waren sie nichts anderes als codierte Qbit-Matrizen einer komplexen Software, keine tiefergehenden Modifikationen zuließen. Jede Schadsoftware war in ihren Möglichkeiten beschränkt und konnte sich nicht selbst komplett umschreiben. In ihrem Fall bedeutete dies, dass moderne Waffentechnologien und persönliche energetische Schutzschirme in ihren Code nicht implementiert werden konnten. Ihr Quantencode war, wie es aussah, nur zu einem einem geringen Maß modifizierbar und anpassungsfähig. Zumindest war dies die Erklärung, zu der sie gekommen waren.

Der Gedanke, nichts weiter zu sein als Viren oder Trojaner in einem Quantennetzwerk, die versuchten eine starke Firewall zu umgehen, war für die drei kaum nachvollziehbar. Es spielte jedoch keine Rolle. Sie konnten hier und jetzt sterben – ob als Quantenmatrix oder als Wesen aus Fleisch und Blut, das machte im Ergebnis keinen Unterschied!

Grand lugte um die Ecke. Es war nicht besonders hell in der Höhle. Das spärliche Licht kam von einem winzigen Loch in der Decke, durch das etwas von dem trüben Tageslicht fiel. Es reichte gerade aus, um eine massige Gestalt zu erkennen, die zusammengerollt in einer Ecke lag. Hinter ihr schien ein weiterer Gang tiefer in das Gebirge zu führen. Einen anderen Ausgang gab es nicht. Dieser Gang war ihr Ziel.

Die massige Gestalt bewegte sich. Sie streckte sich und hob schnüffelnd den Kopf. Grand lief ein kalter Schauer über den Rücken. Der Drache hatte sie bemerkt – die Firewall war jetzt aktiv.

Das Biest war mehr als nur gewaltig, es war ein kraftstrotzendes Monster. Als sich der Drache erhob, konnten sie ihn zum ersten Mal in seiner ganzen Pracht bewundern.

»Oh, Scheiße!«, sagte Jalina, die neben Grand ebenfalls um die Ecke spähte. Mit diesem einen Wort fasste sie ihre Chancen zusammen.

Jalina hat vollkommen recht, dachte Grand. Unsere Chancen *sind tatsächlich beschissen. Wie sollen wir dieses Ding besiegen?*

Der Drache war mindestens fünfzehn Meter lang und ragte auf seinen vier stämmigen Beinen fast fünf Meter in die Höhe. Seine dunkelbraune, fast schwarze Haut war geschuppt, und wie Grand sehen konnte, stellten sich die Rückenschuppen fast senkrecht auf, wenn er Witterung aufnahm. Der flache Schädel saß auf einem gedrungenen Hals und hatte beinahe die Ausmaße eines kleinen Personengleiters. Mit den seitlich sitzenden, gelben Augen versuchte der Drache, die Dunkelheit zu durchdringen. Mehr als die Hälfte des ebenfalls geschuppten Kopfes nahm das riesige Maul ein, von dessen beiden Doppelreihen spitzer Zähne der Geifer tropfte. Die lange, schmale

Zunge gabelte sich an der Spitze wie bei einer Schlange und züngelte umher, um die Witterung nicht zu verlieren. Der Körper des Ungetüms lief hinten in einem Schwanz aus, der fast ein Drittel der Körperlänge ausmachte und dessen Ende mit vier fast einen Meter langen Stacheln ausgestattet war, die in den vier Himmelsrichtungen abstanden. Einer der Stacheln schimmerte noch dunkel. Es musste das noch nicht völlig getrocknete Blut des getöteten Kranyak sein.

Grand und Jalina zogen ihre Köpfe hinter den Felsvorsprung zurück.

»Ich habe keine Ahnung, wie wir an dem Ding vorbeikommen sollen«, sagte Jalina. »Solange er vor dem Durchgang steht, kann er uns mit seinem Schwanz aufspießen oder zerschmettern – wenn er uns nicht vorher schon in kleine Stücke zerbeißt.«

»Ich frage mich gerade, wie weit die Analogie mit einem Drachen geht und ob er Feuer spucken kann. Dann könnte er uns sogar aus einiger Entfernung einfach rösten«, gab Grand zu bedenken.

»Nein«, sagte Jorgal. »Die Feuervögel in unseren Mythen können feurige Blitze aus ihren Augen verschießen, aber als wir versucht haben, uns an ihm vorbeizuschleichen, hat er uns nur mit den Zähnen und mit seinem Schwanz attackiert. Ich denke deshalb nicht, dass er Feuer spucken kann, wie es bei euren Sagengestalten der Fall ist.«

»Ich hoffe, du hast recht«, seufzte Grand. »Aber wir haben so oder so keine Wahl und müssen irgendwie an ihm vorbei.«

»Ich könnte ihn ablenken und ihn zu mir in die andere Ecke der Höhle locken«, schlug Jalina vor.

»Und wie kommst du dann selbst weiter?«, fragte Grand kopfschüttelnd.

»Ich muss nur schnell genug rennen!«

»Du kannst so schnell rennen, wie du willst, Jalina. Er macht einen Schritt, während du zehn machst. Er hätte dich mit einem Satz eingeholt!«

»*Ich* werde ihn ablenken« sagte Jorgal ruhig.

»Das ist Selbstmord«, widersprach Grand. »Uns muss etwas anders einfallen.«

»Es ist der einzige Weg.« Jorgal schien entschlossen, sich seinen Vorschlag nicht ausreden zu lassen. »Das Biest muss vom Durchgang weg, und den wird es nur freigeben, wenn es die Chance wittert, einen von uns zu jagen.«

»Ich mache den Vorschlag nur ungern, bitte verzeih mir, Jorgal, aber vielleicht könnten wir den Körper deines Freundes als Köder benutzen.«

Jorgal funkelte Jalina ärgerlich an. »Das kommt nicht infrage! Ich werde nicht zulassen, dass ihr Kranyaks Leib entehrt. Er ist gestorben, um mich zu retten, und ich werde nicht erlauben, dass ihr ihn einfach *benutzt*!«

Jalina hob beschwichtigend die Hände. »Natürlich nicht, Jorgal, es war nur eine verrückte Idee. Vergiss, dass ich das gesagt habe!«

»Ich werde ihn ablenken«, wiederholte Jorgal seinen Vorschlag, sprang auf und rannte in die Höhle.

Grand und Jalina waren von der spontanen Aktion vollkommen überrascht.

»Der Kerl ist lebensmüde«, schimpfte Grand. »Wir müssen ihn zurückholen!«

»Zu spät«, sagte Jalina.

Tatsächlich war der Drache bereits auf Jorgal aufmerksam geworden und näherte sich ihm mit gesenktem Kopf, wobei er ständig in Jorgals Richtung züngelte. Jorgal stieß spitze Schreie aus, um die ungeteilte Aufmerksamkeit des Drachen auf sich zu ziehen. Langsam schob sich das Ungeheuer durch die Höhle. Der Durchgang wurde frei.

»Beeilt euch!«, rief Jorgal Grand und Jalina zu.

Er hatte fast die hinterste Ecke der Höhle erreicht. Von dort aus gab es keinen Fluchtweg mehr für ihn.

»Du kannst noch hierher zurückrennen«, schrie Grand. »Sei kein Idiot! Wenn er dich erst in die Ecke gedrängt hat, gibt es kein Entkommen!«

»Lauft! Und denkt an Kranyak und Jorgal, wenn ihr den Kreatoren gegenübersteht. Ich sagte euch doch, dass mein Weg hier zu Ende ist.«

Der Drache peitschte mit dem Schwanz in Richtung des Horakers, der sich blitzschnell bückte. Pfeifend sausten die vier mörderischen Stacheln knapp über seinen Kopf hinweg. Jorgal wich weiter in die Ecke zurück. Nun gab es keinen Weg mehr an dem Ungetüm vorbei. Jeder Versuch, den Durchgang zu erreichen, hätte ihn direkt in die Reichweite der tödlichen Stacheln gebracht.

»Wir müssen ihn da heraushauen«, rief Jalina und rannte ebenfalls in die Höhle – jedoch nicht zum Durchgang, sondern direkt auf den Drachen zu, der ihnen nun sein Hinterteil mit dem gefährlichen

Schwanz darbot, den er immer wieder durch die Luft schwang, um Jorgal in Schach zu halten. Für diesen wurde es zunehmend schwieriger, rechtzeitig auszuweichen. Jalina würde in der nächsten Sekunde ebenfalls in Reichweite der todbringenden Stacheln geraten.

Grand stürzte hinterher. Doch er kam zu spät. Der Drache holte erneut aus, um mit seinem Schwanz nach Jorgal zu schlagen. Diese Chance nutzte Jalina. Sie hob ihr Breitschwert und holte zu einem gewaltigen Hieb aus. Der Aufprall der Klinge schlug ihr die Waffe fast aus der Hand, doch einer der Stacheln wurde direkt am Ansatz durchtrennt. Der Drache brüllte vor Schmerz auf und stockte. Langsam drehte er den Kopf. Als er Jalina sah, fauchte er bösartig und begann sich langsam umzudrehen, um den neuen Feind in Augenschein zu nehmen. Grand hatte Jalina erreicht und zog sie ein Stück zurück.

»Bist du von Sinnen«, schimpfte er.

Der Schwanz zuckte auf sie zu und nur ein rascher Sprung zur Seite verhinderte Schlimmeres. Jorgal nützte die Gelegenheit, um seinerseits auf den Drachen zuzustürmen. Das Ungetüm blickte immer noch nach hinten. Es war von Grand und Jalina abgelenkt und für einen Moment unachtsam. Jorgal stand unmittelbar vor dem Drachen und stieß ihm sein Schwert tief in die Brust.

Der Drache brüllte vor Schmerz auf und drehte ruckartig seinen Kopf. Jorgal stand direkt vor ihm. Er riss das Schwert zurück, um zu einem zweiten Hieb anzusetzen, doch die Bestie war schneller. Mit einer

Geschwindigkeit, die niemand dem riesenhaften Tier zugetraut hätte, schnappte der Drache zu. Seine Kiefer schlossen sich um Jorgals Oberkörper. Der Unglückliche schrie auf und rief etwas, das Grand und Jalina nicht verstehen konnten. Dann ertränkte ein Blutschwall aus seinem Mund jedes weitere Wort.

»Wir können ihm nicht mehr helfen!« Grand ergriff Jalina am Arm und zerrte sie von dem Drachen weg. Ein Blick über die Schulter zeigte ihm, dass der sterbende, im Maul des Drachen baumelnde Jorgal immer noch sein Schwert in der Hand hielt und damit nach dem Drachen stieß. Er musste über unfassbare Kräfte verfügen und unmenschliche Schmerzen ertragen, doch er gab nicht auf. Seine Schwertspitze bohrte sich in das rechte Auge des Drachen. Laut aufbrüllend ließ die Bestie den Todgeweihten zu Boden fallen. Das Gebrüll drohte Grands Trommelfelle zu zerfetzen. Jorgal lag blutüberströmt am Boden, doch er gab ihnen ein letztes Zeichen. Mühsam hob er sein Schwert und deutete mit der Spitze auf den nun ungeschützt daliegenden Durchgang. Grand nickte, salutierte kurz, dann sprinteten er und Jalina auf den offenen Durchgang zu.

Der Drache war für einen Moment unschlüssig. Auf einem Auge blind, mit einer heftig blutenden Wunde in der Brust, dem schmerzenden Schwanzende und einem unerklärlicherweise immer noch lebenden Angreifer vor sich zögerte er eine Sekunde zu lange.

Als er sich endlich entschloss, Grand und Jalina nachzusetzen, war es bereits zu spät. Sie warfen sich in den Durchgang und rollten so weit in den finsteren Gang, wie es nur ging. Im selben Moment krachte der Drache mit seinem massigen Leib vor dem Eingang nieder. Er versuchte, mit einem Vorderlauf nach ihnen zu grapschen, doch dieser war zu kurz, um Grand und Jalina noch erreichen zu können. Jalina stand gemächlich auf und trat einen Schritt nach vorn. Als die Klaue wieder tastend nach ihnen suchte, schlug sie zu, so fest sie nur konnte. Das Schwert drang tief ins Fleisch ein und trennte den Vorderfuß fast vollständig ab, bevor es im Knochen stecken blieb. Jalina ließ den Griff los und trat zurück. Die Klaue wurde mitsamt dem darin steckenden Schwert blitzartig zurückgezogen. Aus der Höhle erklang ein schauerliches Gebrüll – eine Mischung aus Schmerz, Zorn und vielleicht sogar Angst.

Die Firewall war überwunden!

»Wir müssen weiter«, drängte Grand.

»Ich hoffe, dass Jorgals Opfer nicht umsonst war und wir am Ende dieses Ganges den Torus erreichen. Eine weitere derartige Auseinandersetzung überstehen wir nicht«, antwortete Jalina erschöpft. Grand glaubte im schwachen Licht, das aus der Höhle zu ihnen vordrang, Tränen in ihren Augen schimmern zu sehen.

»Er war sehr tapfer und ein würdiger Kandidat«, sagte er leise. »Nun komm, Liebling, es wird Zeit, dass wir aus diesem verfluchten Albtraum entkommen.«

Der Gang beschrieb einen Bogen und mündete in eine weitere Höhle. Diese war im Gegensatz zur Drachenhöhle hell erleuchtet. Am Boden der Höhle lag der silberne Torus. Er war nicht so groß wie die Pyramide und der Würfel und durchmaß nur wenige Meter, doch er war nicht weniger geheimnisvoll und beeindruckend.

Grand und Jalina gingen auf ihn zu.

»Ihr habt mich verraten!«

Sie fuhren herum. Hinter ihnen stand Kara.

»Ihr seid wie die anderen Eindringlinge. Ihr wolltet sie nie aufhalten, sondern ihnen helfen. Ihr wollt uns ebenfalls vernichten!«

»Nein, Kara, das hatten wir niemals vor. Auch die beiden anderen Eindringlinge wollten dies nicht. Wir mussten nur diesen Torus erreichen«, sagte Grand.

»Warum? Warum sollte ich euch das glauben?«

»Ich kann es dir nicht erklären, doch wir führen nichts Böses im Schilde.«

»Ihr habt uns bereits Schaden zugefügt«, sagte Kara traurig. »Ohne Firewall ist unser Ego-Kern zukünftigen Angriffen schutzlos ausgeliefert. Wenn nicht durch euch, dann durch jemand anderen. Irgendwann wird es geschehen, und es wird eure Schuld sein.«

»Es tut uns aufrichtig leid«, sagte Grand. »Doch wir hatten keine andere Wahl.«

Sie drehten sich um und gingen die restlichen Meter zum Torus. Es gab nichts mehr zu sagen. Grand bedauerte, Kara angelogen zu haben. Er würde diejenigen, die sich dieses böse Spiel ausgedacht hatten, darum bitten, die Firewall zu reparieren, wenn sich irgendwann die Gelegenheit dazu bot. Er war sich sicher, dass die Unbekannten die Möglichkeit dazu hatten.

Dieses Mal verlief alles völlig unspektakulär. Es wurden keine Fragen gestellt und keine Belehrungen erteilt. Auf dem Wulst des silbernen Torus erschien ein schwarzer Fleck und Grand und Jalina traten hindurch.

14. 30.000 v.Chr.

Die Ohrfeige brannte wie Feuer auf seiner Wange. Grand schlug die Augen auf und hielt instinktiv beide Arme schützend über das Gesicht.

»Endlich! Ich dachte schon, ich müsste dich totprügeln, um dich zum Leben zu erwecken.« Jalina hatte die Gabe, gleichzeitig verärgert und amüsiert zu klingen.

»Was … wo …?« Grand war völlig desorientiert.

»'Was' kann ich dir noch nicht sagen, 'wo' schon. Wir befinden uns diesmal an Bord eines kolltanischen Schiffes – und du solltest einmal in den Spiegel sehen!«

Grand nahm die Arme herunter und sah sich um. Er lag in der Koje einer typischen Raumschiffskabine. Die Einrichtung war zweifellos typisch kolltanisch, doch sie wirkte extrem antiquiert. Er setzte sich auf die Bettkante. Ihm war schwindlig und er fühlte sich schwach. Dies war anders als bei den bisherigen Runden.

»Als ich aufwachte, lag ich in der anderen Koje«, erklärte Jalina. »Du warst völlig weggetreten. Ich musste mich erst davon überzeugen, dass du überhaupt atmest. Und du wolltest nicht wach werden.«

Grand stand auf. Sein Blick fiel auf seine nackten Arme und Hände, die aus einem kurzärmeligen kolltanischen Overall schauten. Sie waren hellblau! Er sah Jalina bestürzt an.

»Ja! Du steckst in einem kolltanischen Körper, Michael. Die Gesichtszüge sind unverwechselbar deine, sonst hätte ich dich nicht erkannt, aber du bist ein Kolltaner. Die Glatze steht dir übrigens gut. Wie heißt du? Bestimmt nicht Michael Cordwainer Grand!«

Ähnlich wie bei der vorletzten Runde verfügte Grand plötzlich über Informationen, von denen er nicht wusste, woher sie stammten – und die er nicht hätte haben dürfen.

»Ich bin Sendar Lorgens und Wissenschaftsoffizier mit dem Spezialgebiet Xenopsychologie auf der *Zuraja*, einem Explorationsschiff. Auf *diesem* Schiff!«

»Und ich bin Jalina Lorgens, deine Frau und außerdem Xenobiologin auf der *Zuraja.* Wenigstens habe ich meinen Vornamen behalten. Und wir sind verheiratet!« Jalina grinste ihn an.

»Seit fast vier kolltanischen Jahren«, fügte Grand hinzu, der auf sämtliche Erinnerungen von Sendar Lorgens verfügte, von seiner Kindheit bis zum Beginn der Mission auf der *Zuraja.* Dieser Mission!

»Wir sind unterwegs zu einer neu entdeckten Spezies!«, rief er aus.

»Nicht nur das, *Sendar*, mein geliebter Ehemann, wir befinden uns zudem fast dreißigtausend Jahre in der kolltanischen Vergangenheit. Wir Kolltaner haben erst kürzlich den interstellaren Raumflug entdeckt und machen die ersten Bekanntschaften mit anderen Zivilisationen. Wir sind unterwegs zu einem *Erstkontakt*!«

Jetzt verstand Grand auch, warum ihm die Einrichtung der Kabine veraltet vorkam – genau das war der Fall! Sie war sogar sehr veraltet. *Im Moment räumt auf der Erde gerade der Homo sapiens die letzten Neandertaler aus dem Weg*, dachte er.

»Wieviel weißt du über diese Epoche eurer Geschichte?«, fragte er.

»Nicht genug, um zu wissen, ob es diese Mission tatsächlich gegeben hat oder ob dies eine alternative Realität ist. Vielleicht kriege ich das noch raus. Meine neuen Erinnerungen decken sich zumindest mit dem, was mir von unserer Geschichte bekannt ist. Diese Mission könnte sich also tatsächlich in unserer Realität abgespielt haben.«

»Es könnte demnach die Gefahr eines Zeitparadoxons bestehen, wenn wir es vermasseln?«

»Ich habe keine Ahnung, Sendar, mein lieber Ehemann. Ich denke aber, wer immer uns in diese Runden schickt, wird dieses Risiko nicht eingehen wollen. Daher tippe ich darauf, dass auch hier nichts real ist.«

»Ich habe seit geraumer Zeit Zweifel, ob überhaupt etwas von dem, was wir bisher erlebt haben, real war.«

»Wie meinst du das?«, fragte Jalina verblüfft.

»Es war bisher nur ein Gefühl, aber jetzt bin ich fast sicher, dass all dies hier nicht wirklich existiert.« Grand zeigte auf ihre Kabine. »Mich bringt allein schon die seltsame Umgebung unserer bisherigen Wettkampfrunden ins Zweifeln. Vielleicht hat man tatsächlich existierende Szenarien aus anderen Universen als Grundlage genommen, aber ich kann mir nicht vorstellen, dass unsere Erlebnisse mehr waren als extrem gut gemachte Simulationen. Und jetzt das hier! Weshalb bin ich plötzlich ein Kolltaner? Das ergibt doch überhaupt keinen Sinn. Man könnte mein Bewusstsein, wie schon in der zweiten Runde, vielleicht in einen anderen Körper in der alternativen Realität eines anderen Universums transferiert haben, aber dass dieser Körper auch noch meine Gesichtszüge trägt, ist mehr als unglaubwürdig. Das geht einen Schritt zu weit. Nein, ich bin davon überzeugt, dass der ganze Wettkampf nur aus einer Abfolge von Simulationen besteht.«

»Also können wir hier gar nicht sterben?«

»Vorsicht, Jalina, das habe ich nicht gesagt! Das Letzte, was mit Sicherheit wirklich geschehen ist, war unser Sprung hinunter in die Sphäre. Alles, was danach kam, ist ungewiss. Vielleicht treiben unsere Körper in der Sphäre und träumen, oder besser gesagt, jemand zwingt ihnen Träume auf. Es ist jedoch gut möglich, dass auch der Originalkörper stirbt, wenn der … hm … Scheinkörper in einer der Simulationen getötet wird. Wenn unser Bewusstsein hier erlischt, könnte es auch in der Realität erlöschen. Also ist weiterhin Vorsicht angebracht.«

Jalina überlegte einen Moment. »Also ändert sich dadurch nichts, denn wenn es stimmt, was du sagst, müssen wir jede Aufgabe so angehen, als ob alles Realität wäre.«

»Die alte philosophische Frage nach der Realität der Realität.« Grand lächelte resignierend. »Selbst wenn alles, was man erlebt, sich nur im eigenen Gehirn abspielt und in Wahrheit nichts außerhalb existiert, muss man sein Leben trotzdem so gut es geht leben. Schmerz bleibt Schmerz, Leid bleibt Leid und der Tod bleibt der Tod, denn die Empfindungen sind real, selbst wenn es die Umgebung nicht sein sollte.«

»Und Liebe bleibt Liebe!« Jalina lächelte ihren Lebensgefährten an. »Ich liebe dich, ob als real existierender Körper oder als simuliertes Bewusstsein!«

Grand lächelte zurück. Noch bevor Jalina in seine Arme sinken konnte, wurden sie unterbrochen.

»Alle Offiziere werden in Besprechungsraum eins befohlen! Alle Offiziere werden in Besprechungsraum eins befohlen!«

Die Ansage über BordInterkom war laut und dringlich genug, um jeden Gedanken an zärtliche Zweisamkeit zu verscheuchen.

Grand sah Jalina bedauernd an. »Damit sind wohl auch wir gemeint.«

Fünf Minuten später versammelten sie sich mit den anderen Offizieren der *Zuraja* um einen langen Tisch, an dessen Kopfende Kapitän Hudo Kubler Platz genommen hatte.

Kubler war massig – man hätte ihn auch groß und dick nennen können, wenn man unhöflich hätte sein wollen – und wirkte auf Grand nicht unsympathisch. Seine Glatze glänzte im hellen Licht der Bordbeleuchtung und seine Augen funkelten listig. Er war ganz anders als die kolltanischen Offiziere, die Grand während seiner Zeit in den terranischen Raumverbänden kennengelernt hatte.

»Wir werden das Zielsystem in wenigen Stunden erreichen«, eröffnete Kubler die Aussprache. »Für die Zyliden ist es der erste Kontakt mit uns – oder überhaupt mit einer anderen intelligenten Spezies. Die Crew der *Tromolak* hat lediglich Beobachtungen aus einem niedrigen Orbit und mit einem Erkundungsteam unter Einsatz von Deflektorfeldern vorgenommen. Die Zyliden sind technologisch viel zu rückständig, um davon etwas bemerkt zu haben. Aber das wissen Sie ja bereits!

Nun zum Grund für dieses Abschlusstreffen! Wir müssen äußerst behutsam vorgehen. Aus dem Bericht der *Tromolak* wissen wir, dass die Zyliden eine sehr seltsame Mischung aus Ehrenkodex und Religion kultiviert haben. Nicht jede ihrer Reaktionen wird für uns nachvollziehbar sein. Ich erwarte, dass es von unserer Seite keine spontanen, unüberlegten Reaktionen gibt! Manches wird uns nicht nur fremd, sondern nachgerade unlogisch, ja sogar böswillig vorkommen, auch wenn dies vielleicht gar nicht der Fall ist. Ein einziges falsches Wort oder eine falsche Handlung durch ein Mitglied unseres Kontaktteams könnte unsere Mission gefährden. Wie Sie wissen, verfügen die Zyliden über einen Rohstoff, der für uns von unschätzbarem Wert ist, wie das Erkundungsteam der *Tromolak* in Erfahrung gebracht hat. Eine Flüssigkeit, die unglaubliche zellregenerative Eigenschaften aufweist. Fast jede Krankheit kann damit geheilt werden. Die kleine Probe, die die *Tromolak* sicherstellen konnte, hat dies gezeigt. Leider hat sie auch gezeigt, dass es selbst für uns mit all unseren

Fähigkeiten nicht möglich ist, sie zu synthetisieren. Wir benötigen das Original, und zwar ziemlich viel davon! Wir müssen die Zyliden dazu bringen, mit uns Handel zu treiben.

Im Gegensatz zum Team der *Tromolak* werden wir deshalb auf den Schutz durch Defektortechnologie verzichten und uns den Zyliden zu erkennen geben. Wir müssen wissen, woher sie diese Substanz haben. Alles, was die Crew der *Tromolak* herausgefunden hat, war, dass sie es durch irgendein religiöses Ritual zu erhalten scheinen. Wir haben keine Ahnung, was genau dahintersteckt.

Da hier größtes Fingerspitzengefühl vonnöten ist, ernenne ich Sendar Lorgens zum Leiter des Kontaktteams. Als Xenopsychologe ist er hierfür besonders qualifiziert. Seine Gattin, Jalina Lorgens, wird dem Team als Xenobiologin angehören. Vielleicht gelingt es ihr, von den Zyliden zusätzliche biologische Informationen über die Flüssigkeit zu erhalten, die uns entgangen sind. Als Sicherheitschef des Kontaktteams wird Major Workan fungieren. Sein Stellvertreter ist Leutnant Opprex. Darüber hinaus wird das Team aus folgenden Personen bestehen …«

Kapitän Kubler verlas die Namen von vier anderen Besatzungsmitgliedern, die über unterschiedliche Qualifikationen verfügten.

Sie diskutierten noch ein paar Minuten über Kompetenzbereiche, die Notwendigkeit persönlicher Bewaffnung und andere Kleinigkeiten, dann löste der Kapitän die Versammlung auf.

Grand und Jalina zogen sich bis zur Ankunft in ihre Kabine zurück. Angeblich, um sich vorzubereiten, in Wahrheit jedoch, um in Ruhe über die Mission hinter der Mission nachdenken zu können. Über *ihre* Mission, diese Runde des Wettkampfs zu gewinnen. Sie waren gespannt, was diesmal ihre Aufgabe sein würde.

15. Erstkontakt

Die Zyliden waren eine insektoide Spezies und Zylida, ihr Heimatplanet, war eine Dschungelwelt mit Temperaturen, die selbst für einen Kolltaner am Rand des Erträglichen lagen. Grand war froh, in einem kolltanischen Körper zu stecken. Kollta war wesentlich wärmer als Terra und ein Terraner hätte es hier ohne einen kühlenden Schutzanzug kaum aushalten können. Es musste deutlich über 50° heiß sein.

Sie waren mit dem Beiboot auf einer Lichtung unweit des Dorfes gelandet, das auch schon die Crew der *Tomorak* beobachtet hatte. Dieses Mal waren sie jedoch für alle sichtbar vom Himmel geschwebt, ohne sich hinter dem Schutz eines Deflektorfeldes zu verbergen. Im Dorf musste gerade große Aufregung herrschen, und Grand war gespannt, wie lange es dauern würde, bis die Dorfbewohner sich hinauswagen würden, um nachzusehen, welch seltsamer Riesenvogel in der Nähe gelandet war. Er musste nicht lange warten.

Fünfzehn Zyliden betraten die Lichtung. Alle führten lange Messer, Speere und Steinschleudern mit sich, die modernsten Waffen, über die sie verfügten. Grand schätzte, dass ihr Zivilisationsniveau etwa dem der irdischen Bronzezeit entsprach, und er war sich sicher, dass sich eine weitere Gruppe im Dschungel rings um den Landeplatz verborgen hielt. Sie waren zu schlau, um gleich all ihre Kräfte einer unbekannten Gefahr auszusetzen. Die Größe des Dorfes deutete darauf hin, dass es mehrere Hundert erwachsene Zyliden geben musste, wovon mindestens ein paar Dutzend auch Waffen führen würden.

Die Insektoiden hatten etwa die Größe eines Menschen. Ihr hinten spitz auslaufender, ovoider Unterleib war nicht ganz einen Meter lang, aber nur halb so breit und hoch. Er ruhte auf vier Beinen, die zunächst waagrecht davon abgingen, bevor sie senkrecht nach unten abknickten. Vorn bog sich der Leib in einem Neunzig-Grad-Winkel nach oben. Der Oberkörper war wesentlich flacher als breit und ragte nochmals einen Meter auf. Auf diesem schmächtigen Rumpf saß der Kopf, der ebenso wie der Unterkörper einem liegenden Ei glich, nur dass diesmal die Spitze nach vorne wies. Zwei Facettenaugen rechts und links und zwei lange und dünne, sich nach vorn biegende Fühler vervollständigten zusammen mit einer von zwei Mandibeln gesäumten, schmalen Mundöffnung den insektoiden Eindruck. Die beiden links und rechts an dem dünnen Oberköper sitzenden, dürren Ärmchen erinnerten an zwei Spinnenbeine und wirkten äußerst zerbrechlich. Sie endeten in vier ebenfalls dünnen Fingern.

Die Zyliden näherten sich dem Beiboot, das einem Zylinder auf zwei Landekufen ähnelte. Vorsichtig streckte einer von ihnen den Arm aus und berührte die Außenhülle mit der Spitze seines Speeres. Der metallische Klang sorgte für aufgeregtes Gemurmel.

Es wurde Zeit für den ersten Schritt.

Die Besatzung der *Tomorak* hatte heimlich aufgenommene Sprachaufzeichnungen mit zurück nach Kollta gebracht, die analysiert und übersetzt worden waren. Die Translatoren des Kontaktteams waren entsprechend programmiert worden. Grand schaltete die Außenlautsprecher ein.

»Wir sind Freunde«, sagte er. Sein Translator übersetzte die Worte in die Sprache der Zyliden, die nur aus Zisch- und Reiblauten zu bestehen schien.

Die Zyliden sprangen einige Schritte zurück.

»Ihr braucht uns nicht zu fürchten! Wir sind Freunde, die vom Himmel kommen.«

Die Reaktion bestand in lauten, empörten Ausrufen und einer Salve von Speeren und Steinen, die gegen die Außenhülle prasselten.

Grand hatte mit dieser Reaktion gerechnet. Die Zyliden verehrten einen Erdgott und sahen im Himmel das Böse. Von dort kamen schlechtes Wetter, Blitz und Donner, der Ascheregen von den häufigen Vulkanausbrüchen, die diesen Planeten heimsuchten, und von dort kam auch ihr größter Feind, ein großes, raubsaurierartiges Flugtier, das Zyliden als besondere Leckerbissen ansah. Alles, was vom Himmel kam, musste demzufolge von Übel sein.

Doch die Expeditionsleitung hatte sich dafür entschieden, bei der Wahrheit zu bleiben, was ihre Herkunft anging. Früher oder später mussten sie den Zyliden das Konzept von anderen Planeten und anderen intelligenten Lebewesen begreiflich machen, und es würde jedes Vertrauen zerstören, wenn sie dann nachträglich eine Lüge geraderücken müssten. Außerdem wurden Lügner bei den Zyliden mit dem Tod bestraft. Falls es sich um eine Lüge handelte, die am religiösen Fundament ihrer Zivilisation kratzte, was hierbei wohl der Fall sein dürfte. Bei religiösen Fragen verstanden die Zyliden keinen Spaß.

»Ihr müsst uns nicht fürchten«, setzte Grand seine vorbereitete Ansprache fort. »Wir kommen aus dem Himmel *über* dem Himmel. Wir kommen von sehr weit her und stehen in keiner Verbindung zu *eurem* Himmel.«

Die Zyliden waren verblüfft, soweit Grand dies beurteilen konnte. Zumindest stellten sie ihren Angriff ein und beratschlagten sich untereinander. Ein Himmel *über* dem Himmel? Dies war ein neuer Gedanke, der besprochen werden musste.

Es schienen sich zwei Fraktionen zu bilden. Einige Mitglieder der Vorhut schüttelten wütend ihre Waffen, während andere beruhigend auf sie einredeten. Grand war gespannt, welche Fraktion sich durchsetzen würde. Davon hing der weitere Fortgang der Mission ab.

Schließlich hatten sich die Zyliden auf ein Vorgehen geeinigt. Sie schickten einen von ihnen vor, während sich die anderen an den Rand der Lichtung zurückzogen. Der Zylide trat vor das Beiboot. Die Beschädigungen an seinem chitin-ähnlichen Panzer deuteten darauf hin, dass es sich um ein älteres Exemplar der Spezies handelte – vielleicht eines, auf das man leicht verzichten konnte.

»Du bist groß«, sagte er.

Er hält das Beiboot für ein Lebewesen, dachte Grand.

»Dies ist nur meine Behausung«, erklärte er. »Darin kann ich sehr lange Strecken zurücklegen, ohne mich selbst bewegen zu müssen. Sie kann fliegen, wie ihr gesehen habt. Ich selbst bin ungefähr so groß wie du.«

»Warum versteckst du dich in deiner fliegenden Behausung?« Der Zylide reagierte ziemlich gefasst auf diese erste Erklärung.

»Ich sehe für euch sehr fremd aus und wollte euch nicht erschrecken.«

»Deine Behausung hat uns bereits erschreckt. Was könnte schlimmer sein?«

Der Alte ist nicht blöd, überlegte Grand. *Und er kann logisch denken.*

»Wenn du willst, komme ich heraus. Dann können wir direkt miteinander reden.«

Der Alte war unbewaffnet und gegen eine Bedrohung durch die Speere und Steine der restlichen Zyliden würde ihn das automatische Laserabwehrsystem des Beibootes schützen, das jedes heranfliegende Wurfgeschoss innerhalb einer Zehntelsekunde abfangen konnte. Trotzdem behielt Grand seinen Laserstrahler am Gürtel. Der Zylide würden ihn nicht als Waffe erkennen.

Grand öffnete die Schleuse und fuhr die kurze Treppe aus. Der Zylide sprang bei dem Geräusch zwar instinktiv einen Schritt zurück, rannte jedoch nicht gleich davon, was Grand als gutes Zeichen deutete.

Die Luft war für Kolltaner atembar und auch die Gravitation entsprach fast dem gewohnten Wert. Bis auf die unerträgliche Hitze wäre Zylida ein idealer Kolonialplanet gewesen, hätte nicht bereits eine intelligente Lebensform dort gewohnt.

Grand verließ das Schiff und stieg die Treppe hinunter. Der Zylide beobachtete ihn aufmerksam. Er schien keine Angst zu haben. Grand hatte sich den handgroßen Translator umgehängt. Die Kolltaner verfügten in dieser Zeit noch nicht über die Technologie, das Gerät weit genug zu miniaturisieren, um es im Gehörgang verstecken zu können.

Grand ging auf den Zyliden zu und blieb zwei Meter vor ihm stehen.

»Ich grüße dich! Mein Name ist Sendar Lorgens. Wie soll ich dich nennen?«

Der Zylide stieß eine Reihe von Zisch- und Reiblauten aus, die der Translator mit 'Grumbrack' übersetzte.

»Dir fehlen zwei Beine! Wieso fällst du nicht um?«, stellte Grumbrack fest.

Tatsächlich besaßen alle Lebewesen auf Zylida vier Beine. Eine Folge der Evolution auf diesem Planeten, die alle Zweibeiner eliminiert hatte. Es musste für Grumbrack völlig unbegreiflich sein, wie ein zweibeiniges Wesen aufrecht stehen konnte.

»In meiner Heimat haben alle Lebewesen nur zwei Beine«, antwortete Grand, obwohl das natürlich nicht stimmte. »Unser Erdgott hat es so eingerichtet.«

Dies war der nächste kritische Punkt. Grand gab zwar zu verstehen, dass auch er an einen Erdgott glaubte, aber es konnte kaum der Erdgott sein, den die Zyliden anbeteten. Wie würde Grumbrack auf das Konzept eines zweiten Erdgottes reagieren?

»Es gibt nur einen Erdgott«, erfolgte sofort die ärgerliche Reaktion. »Pass auf, was du sagst!«

»Vielleicht sind unser und euer Gott ein und derselbe«, beschwichtigte ihn Grand. »Die Wege des Erdgottes sind für uns Sterbliche nicht leicht nachzuvollziehen.«

Grumbrack brummte zufrieden. Grand hatte wohl die richtige Antwort gegeben.

»Wir kommen von weit her, um mit euch Freundschaft zu schließen«, sagte Grand.

»Warum?« Das Misstrauen wäre selbst ohne die Übersetzung durch den Translator herauszuhören gewesen.

»Wir besitzen Dinge, die für euch nützlich sein können, und ihr besitzt Dinge, die für uns von Wert sind.«

»Ihr wollt Handel mit uns treiben, wie es einige Nachbarstämme tun.«

»Zu unser beider Vorteil«, bekräftigte Grand.

Grumbrack überlegte einen Moment.

»Ich werde deine Nachricht überbringen. Warte in deiner fliegenden Behausung auf die Antwort.«

Ohne ein weiteres Wort drehte sich der Zylide um und ging zu der Gruppe der am Lichtungsrand gespannt Wartenden zurück.

Grand und der Rest des Teams mussten nicht lange warten. Die Zyliden diskutierten eine Weile aufgeregt. Dann, nach etwa fünfzehn Minuten, löste sich ein anderer Zylide aus der Gruppe. Er war deutlich jünger als der Alte und machte sich nicht die Mühe, seine Waffen abzulegen. Am Gürtel seiner Bekleidung, die den unteren Rumpf und den Oberkörper nur notdürftig verhüllte, trug er ein langes Messer, das aus

Bronze zu bestehen schien. Er war einer der wenigen, bei denen Grand eine solche Waffe gesehen hatte. Metall war hier sicher sehr kostbar, und wer über ein solches Messer verfügte, musste eine hochgestellte Persönlichkeit sein. Grand hatte sich nicht getäuscht.

»Ich bin Zachrak, der Anführer der Gottesgarde«, sagte der Zylide, nachdem Grand das Beiboot wieder verlassen hatte.

»Um unseren guten Willen zu beweisen und unsere Freundschaft zu besiegeln, erlauben wir euch in unserer Großzügigkeit, dem Erdgott ein Opfer zu bringen. Einem von euch wird die Ehre zuteilwerden, morgen einen glorreichen Tod am Feuerpfahl sterben zu dürfen. Ich bin sicher, diese Nachricht erfüllt euch mit Freude. Wenn ihr unser großzügiges Geschenk ablehnt, betrachten wir euch als Gotteslästerer und als Feinde!«

16. Ehre oder Tod

»Sterben zu *dürfen*?« Jalina schüttelte ungläubig den Kopf. »Die Zyliden sind völlig irre!«

»Wieso hat das Erkundungsteam der *Tromolak* nichts davon berichtet?«, wollte Maxor Tetrat wissen, der Geologe im Team.

»Ich nehme an, ein Ehrenopfer ist nicht alltäglich. Die *Tromolak* war nur wenige Tage hier und die Besatzung hatte wohl keine Gelegenheit, ein solches Ritual zu beobachten.«

Die acht Mitglieder des Kontaktteams saßen in der einzigen Kabine des Beiboots und überlegten gemeinsam, wie sie dem Dilemma entrinnen sollten. Natürlich war es undenkbar, einen von ihnen den Flammen zu opfern, aber es war genauso undenkbar, die Mission gleich zu Beginn scheitern zu lassen. Wenn die Zyliden sie als Feinde betrachteten, war jede Chance auf eine Handelsbeziehung vertan – und damit auch auf die kostbare zellregenerative Flüssigkeit.

Grand und Jalina hatten an Bord des kleinen Schiffes kaum eine Möglichkeit, ungestört über *ihre* Mission zu reden. Es gab so gut wie keine Privatsphäre und jedes unbedachte Wort konnte zu unangenehmen Fragen führen. Und es gab genügend zu besprechen! Was war diesmal ihr Auftrag und vor allem: Wer waren ihre Konkurrenten? Waren sie ebenfalls Teil der kolltanischen Besatzung – vielleicht befanden sie sich sogar unter den vier anderen Mitgliedern ihres Teams – oder würden sie in den

Körpern zweier Zyliden zu finden sein? Solange jedoch nicht einmal die erste Frage beantwortet werden konnte, blieb ihnen nichts weiter übrig, als ihre unfreiwilligen Rollen weiterzuspielen.

»Was also sollen wir machen?« Prek Latonar war das jüngste Mitglied des Teams. Er war Xenolinguist und sollte die Sprache der Zyliden erforschen. Außer ihm waren noch die Xenosoziologin Selgrin Minomar und Lari Allanon, eine ältere, schweigsame Chemikerin, an Bord – und natürlich Major Vulgor Workan sowie Leutnant Ekin Opprex, die beiden Sicherheitsleute des Teams. Latonar sah Grand – oder Sendar Lorgens – fragend an.

»Wir schnappen uns diesen Zachrak – oder besser noch den Chef des Stammes, halten ihm einen Strahler an den Kopf und verlangen Zugang zur Quelle dieser komischen Flüssigkeit. Warum sollen wir diese Wilden mit Samthandschuhen anfassen?« Major Workan antwortete, noch bevor Grand etwas sagen konnte.

»Weil *wir* keine Wilden sind, Major!« Jalina war sichtlich empört. »Ich bin sicher, uns wird eine weniger gewalttätige Lösung einfallen!«

Workan sah Jalina zwar missbilligend an, protestierte jedoch erstaunlicherweise nicht gegen die Zurechtweisung. Grand nahm sich vor, ein Auge auf den Major zu haben.

»Wir werden weder Gewalt anwenden noch einen von uns verbrennen lassen.« Er hob beschwichtigend die Hand. Er hatte eine vage Idee. »Selgrin, du kennst die Zyliden von uns allen am besten. Gibt es bei ihnen so etwas wie Rangordnungskämpfe oder Ähnliches? Wie wird ihr jeweiliger Status im Stamm bestimmt?«

»Nun, ich weiß nur, was das Team der *Tromolak* berichtet hat, und das war sicher unvollständig«, sagte die junge Wissenschaftlerin. »Sie konnten beobachten, dass es hin und wieder zu Zweikämpfen kam. Sie schienen geregelt zu sein und keine spontanen Gewaltakte. Meist ging es um gegenseitige Ehrverletzungen, die dann häufig in einer Art Duell beigelegt wurden. Ob dies auch bei der Festlegung eines Ranges der Fall ist, kann ich nicht sagen.«

»Danke, das hilft uns schon. Wir müssen diesen Zachrak also nur dazu bringen, dass er einen von uns beleidigt, und ihn dann zum Duell fordern. Wir könnten behaupten, solange die Ehrverletzung nicht vom Tisch ist, wäre ein Ehrenopfer für uns nicht akzeptabel. Wir lehnen es also nicht ab, sondern schinden nur Zeit.«

»Das könnte funktionieren«, stimmte Selgrin zu.

»Natürlich werde ich gegen diesen Wilden antreten«, sagte Major Workan.

»Natürlich werden Sie das nicht, Major«, widersprach Grand. »Ich bin in den Augen der Zyliden so etwas wie das Oberhaupt unserer kleinen Gruppe. Mich zu beleidigen hätte sicherlich den größten Effekt auf die Beziehung zwischen ihnen und uns.«

»Ich bin hier für die Sicherheit verantwortlich, Lorgens, und außerdem als Kämpfer ausgebildet«, beharrte der Major auf seiner Forderung.

»Und ich bin der Leiter dieses Teams, Major. Nicht nur in den Augen der Zyliden, sondern tatsächlich. Also bestimme ich, wer welche Rolle einnimmt.«

Workan sah Grand wütend an. »Sie sind Wissenschaftler und kein Kämpfer.«

»Lassen Sie sich überraschen, Major.« Grand grinste breit. »Ich bin nicht ganz so harmlos, wie ich aussehen!«

Jalina versetzte Grand unter dem Tisch einen Tritt. Wahrscheinlich fürchtete sie, er könne sich mit einer unbedachten Äußerung verraten, sich jedoch zumindest verdächtig machen. Es musste sowieso Fragen aufwerfen, wenn ein harmloser Wissenschaftler sich als gewiefter Kämpfer entpuppte, doch es war geradezu fahrlässig, bereits jetzt solche Fragen herauszufordern.

»Außerdem verlasse ich mich darauf, dass Sie notfalls eingreifen werden, Major. Sollte es brenzlig für mich werden, können Sie immer noch Ihre Laserwaffe ins Spiel bringen«, versuchte Grand, die Situation zu entschärfen. Anscheinend gelang ihm dies, da der Major einen befriedigten Eindruck machte. Vielleicht hoffte er sogar, Grand aus höchster Bedrängnis retten zu müssen und ihm ein *'Hab ich´s doch gleich gesagt'* entgegenschleudern zu können.

Am nächsten Morgen geleitete eine Gruppe von Zyliden Grands Team in das nahe gelegene Dorf. Zachrak war mit seinen Leuten bei Sonnenaufgang am Beiboot erschienen. Alle waren für ihre Verhältnisse schwer bewaffnet. Jeder trug einen Speer und eine Steinschleuder, einige von ihnen hatten wertvolle

Bronzemesser an ihre Gürtel geschnallt. Grand vermutete, dass es sich um so etwas wie die Elitetruppe dieses Stammes handelte.

Er stellte Jalina und die restlichen Mitglieder seines Teams vor. Die Zyliden waren Hermaphroditen und kannten keinen Unterschied zwischen Mann und Frau, obwohl einige der hier heimischen Tiere durchaus über unterschiedliche Geschlechter verfügten. Bei einem intelligenten Lebewesen war das Konzept für sie jedoch unvorstellbar. Grand verzichtete deshalb darauf, es zur Sprache zu bringen. Er befürchtete, damit gegen irgendein Gebot oder eine Regel ihres Erdgottes zu verstoßen.

Der nur zwanzig Minuten lange Fußmarsch führte mitten durch den Dschungel. Hier schien es noch heißer zu sein als auf der Lichtung. Grand konnte in der stickig-schwülen Luft kaum atmen.

Das Dorf selbst kannten sie bereits aus den Aufzeichnungen der *Tomorak*. Nur den bestialischen Gestank hatten die HoloVids nicht wiedergeben können. In der Hitze verfaulten und verwesten organische Abfälle mit unglaublicher Geschwindigkeit, und die Zyliden waren keine Anhänger einer geregelten Müllentsorgung. Alle Abfälle, wie etwa Essensreste, Tierkadaver und Ähnliches wurden einfach hinter den unregelmäßig geformten Lehmhäusern entsorgt, die Grand an terranische Termitenbauten erinnerten. Er wollte nicht wissen, wie man mit den Ausscheidungen der Bewohner verfuhr.

Sie wurden von neugierigen Dorfbewohnern empfangen, die beide Seiten des schlammigen Weges säumten und unverhohlen gafften. Grand war wieder verblüfft, mit welcher Selbstverständlichkeit die Zyliden die Existenz anderer intelligenter Wesen hinnahmen.

Als sie den Dorfplatz erreichten, hielt ihr Tross an. Mitten auf dem Platz war etwas errichtet worden, das frappierend einem Scheiterhaufen aus dem irdischen Mittelalter ähnelte. Nur war der aufrecht stehende Pfahl nicht von Reisig und Holzscheiten umgeben, sondern von handspannengroßen Würfeln aus einem bräunlichen Material, das Grand an Torf erinnerte. Als er näher herankam, ließ ihn der Geruch jedoch vermuten, dass er soeben das Geheimnis gelüftet hatte, wie und wo die Dorfbewohner ihre Exkremente entsorgten.

Vor dem Scheiterhaufen wartete ein uralter Zylide. Er war noch wesentlich älter als Grumbrack. Sein Chitinpanzer hatte nicht nur Kratzer und Dellen, sondern wies an einigen Stellen Löcher auf, durch die das rosafarbene Fleisch schimmerte. Eines der Facettenaugen schien blind zu sein und einer seiner Kopffühler war auf halber Länge abgebrochen.

»Ich bin Krackruch und führe mein Volk im Auftrag des Erdgottes. Ich begrüße euch in unserer Gemeinschaft. Lasst uns nun unsere Freundschaft im Namen des Erdgottes besiegeln. Habt ihr entschieden, wer von euch unser Geschenk in Empfang nehmen darf?«

Grand trat vor und zeigte auf Zachrak, der sich neben den Stammesältesten gestellt hatte.

»Dieses Mitglied deiner Gemeinschaft hat mich beleidigt! Ich kann nicht darüber hinwegsehen.«

»Wie kannst du es wagen, mich einer Beleidigung zu bezichtigen?« Zachrak zog sein Messer und hielt es drohend in Grands Richtung.

»Ich bin der Anführer dieser Gruppe. Wie konntest du es wagen, das Geschenk nicht mir persönlich anzutragen, sondern auch die Geringeren in meiner Mannschaft dafür in Betracht zu ziehen? Auch ich herrsche im Auftrag des Erdgottes und eine Geringschätzung meiner Person ist gleichbedeutend mit einer Geringschätzung des Erdgottes. Du hast mich und damit unseren Gott herabgesetzt. Du bist der Blasphemie schuldig und ich verlange Genugtuung!«

Zischen und Gemurmel der umstehenden Zyliden erfüllten den Platz. Krackruch sah Zachrak mit dem gesunden Auge von der Seite an. Eine solche Anschuldigung war, wie Selgrin bestätigt hatte, eine der schwersten Beleidigungen, die man einem Zyliden an den Kopf werfen konnte. Grand bemerkte, wie schwer es dem Anführer der Gottesgarde fiel, sich nicht sofort auf ihn zu stürzen.

»Ich fordere dich zum Duell, um meine Ehre wiederherzustellen!« Zachrak hatte sichtlich Mühe, sich zu beherrschen.

»Und ich nehme die Herausforderung aus dem gleichen Grund an«, erwiderte Grand. »Doch ich fordere einen zusätzlichen Preis für die Schmach, die ich erlitten habe.«

»Welchen Preis verlangst du?« Der Stammesälteste hielt Zackrak mit einem seiner Spinnenärmchen zurück. Dieser stand kurz davor, die Beherrschung zu verlieren.

»In eurem Besitz befindet sich eine Flüssigkeit, die Wunder wirken kann. Wenn ich das Duell gewinne, erhalte ich Zugang zu seiner Quelle.«

»Das ist ein gewagtes Ansinnen«, sagte Krackruch. »Das *Hoschtrum*, wie wir dieses heilige Wasser nennen, kommt vom Erdgott selbst. Nur mit seiner Hilfe konnte ich mein Volk so lange führen. Meine Lebensspanne hat inzwischen fast das Doppelte von dem erreicht, was ich hätte erwarten dürfen. Es gibt nur eine einzige Stelle, wo es zu finden ist. Am Sitz des Erdgottes selbst, der sich in seiner Weisheit in unserer Nähe niedergelassen hat. Wieso sollten wir es euch Fremden zugänglich machen, wo doch der Erdgott *uns* mit seiner Nähe ausgezeichnet hat?«

»Sollte ich das Duell gewinnen, dann dank der Güte des Erdgottes. Wenn er nicht will, dass wir uns dem Quell des *Hoschtrum* nähern, wird er mich verlieren lassen. Die Entscheidung liegt allein bei ihm.«

»Wahr gesprochen«, sagte Krackruch. »So sei es! Unser Gott wird entscheiden, was euch zusteht.« Er wandte sich an den wütenden Zachrak. »Dir galt der Vorwurf der Blasphemie. Also steht dir die Wahl der Waffen zu. Welche Waffe wählst du?«

»Ich werde den unverschämten Fremden vernichten«, knirschte der Angesprochene. »Wir werden mit den heiligen Messern kämpfen. Bis zum unehrenhaften Tod! Und auch ich habe eine Bedingung: Nach meinem Sieg werden die anderen Frevler sofort in ihre fliegende Behausung steigen und nie mehr zurückkehren.«

»Ich bin einverstanden«, sagte Grand.

»Holt die heiligen Messer«, rief der Stammesälteste. »Das Duell soll sofort beginnen!«

17. Der Kampf

Die zeremoniellen Messer erinnerten an türkische Krummsäbel. Im Sand – oder eher im Dreck – wurde ein Kreis mit einem Durchmesser von doppelter Manneslänge markiert, aus dem sich die Duellanten nicht entfernen durften. Falls ein Kämpfer einem Angriff durch Flucht aus dem Kreis auswich, galt er als Verlierer des Duells und würde sofort unehrenhaft getötet werden. Von der versammelten Menge – mit ihren Speeren! *Kein angenehmer Tod*, dachte Grand. Sollte einer von ihnen den Kreis unfreiwillig verlassen, weil ihn sein Gegner herausgedrängt oder -geworfen hatte, standen ihm zehn zylidische Herzschläge zur Verfügung, was ungefähr der gleichen Zahl an Sekunden entsprach, um in den Ring zurückzukehren. Nach dem zehnten Schlag ging das Duell weiter, andernfalls drohte wiederum die sofortige Tötung, vollstreckt durch die Menge der Zuschauer. Die Zeit wurde von einem 'Schiedsrichter' vorgegeben, der rhythmisch mit einem Holzstab auf einen hohlen Stein schlug. Dies war auch seine einzige Aufgabe. Bei dem Duell selbst gab es nur eine Regel: Es gibt keine Regeln …

Grand legte seinen Overall ab. Darunter trug er leichte Unterwäsche, deren Oberteil er ebenfalls auszog. Er musste zugeben, dass sein kolltanischer Körper in ansprechender Form zu sein schien. Man hatte ihm glücklicherweise nicht nur sein Gesicht gegeben. *Nicht auszudenken, ich wäre in einem verfetteten, unsportlichen Körper aufgewacht*, überlegte er amüsiert.

Sein Kontrahent entledigte sich jeglicher Bekleidung. Er hatte natürlich den Vorteil, dass sein Chitinpanzer wesentlich widerstandsfähiger war als die zarte, hellblaue kolltanische Haut. Grand überlegte, wo sich die Schwachstellen des insektoiden Körpers befinden mochten, obwohl er nicht vorhatte, seinen Gegner tatsächlich zu töten. Leider würde dieser keine Gnade kennen.

Die Duellanten betraten den Kreis. Der Schiedsrichter schlug einmal mit seinem Stock auf den Stein und der Kampf begann. Er würde erst enden, wenn einer der Gegner aufgab oder tot am Boden lag.

Grand hatte den Vorteil der größeren Reichweite und er war auf zwei Beinen beweglicher als der Zylide auf vier. Andererseits war er kein geübter Messerkämpfer, schon gar nicht mit einer unterarmlangen, gebogenen Klinge. Er versuchte, sich an seine Grundausbildung bei den Raumverbänden zu erinnern. Auch ein Messerkampf war dort in ein oder zwei Übungsstunden kurz behandelt worden. Niemand hatte es ernst genommen. In Zeiten von Laserpistolen und Plasmastrahlern war den Rekruten ein Kampf Mann gegen Mann mit einer solch vorsintflutlichen Waffe wie ein Witz vorgekommen. Man machte die Übungseinheit mit, scherzte abends bei einem Bier darüber und vergaß sie am nächsten Tag wieder.

Zachrak umkreiste Grand langsam, wobei er hin und wieder eine Finte ansetzte, um seinen Gegner zu einer Reaktion zu verleiten. Er wollte augenscheinlich herausfinden, welche Abwehrbewegungen der Fremde machen würde, um den tatsächlichen Angriff entsprechen zu planen. Grand bewegte sich kaum. Er wich den Finten mit schnellen Bewegungen des Oberkörpers und einem raschen Schritt nach hinten aus. Plötzlich erkannte er, dass Zachrak noch ein zweites Ziel verfolgte. Er drängte Grand immer näher an die Begrenzung des Kreises heran, um dessen Bewegungsfreiheit einzuschränken. Vielleicht hoffte er auch, die Menge würde ihm die Arbeit abnehmen.

Grand machte drei schnelle Schritte zur Seite, wich dem zustoßenden Messer aus und sprang ab. Mit einem eleganten Satz flog er über den Unterkörper seines Gegners hinweg, holte in der Luft aus und versetzte ihm einen Schnitt quer über den Rücken. Natürlich konnte er den harten Panzer an dieser Stelle nicht durchdringen, doch Zachrak hatte es sehr wohl verspürt. Grand hatte von Beginn an daraufgesetzt, dass ein Wesen auf vier Beinen sich niemals so schnell würde drehen können wie er auf nur zwei. Auch Springen war für einen Vierbeiner eine schwierige Angelegenheit, wenn man nicht gerade eine Katze war. Der harte, unflexible Körper war für größtmöglichen Schutz gebaut – nicht für Wendigkeit, wie es bei irdischen Raubtieren der Fall war!

Grand landete auf der anderen Seite seines Kontrahenten, der sich erst mühsam drehen musste, und setzte sofort nach. Er versetzte ihm einen erbarmungslosen Tritt in die Seite, der seinen Gegner aus dem Kampfkreis schleuderte. Sofort begann die Steintrommel mit ihrem Rhythmus.

Bei fünf stand Zachrak wieder im Ring. Die Trommel schwieg. Der Zylide musste wütend sein, da er seinen Gegner offensichtlich unterschätzt hatte. Er stürmte vorwärts und schlug mit dem Messer zu. Grand wollte nach links ausweichen, doch Zachrak hatte damit gerechnet. Er streckte sein rechtes Vorderbein aus und stellte es ihm in den Weg. Grand geriet ins Straucheln und konnte einen Sturz gerade noch vermeiden, doch Zachrak ließ nicht locker und erwischte ihn am linken Oberarm. Die tiefe Wunde brannte wie Feuer; Blut lief an seinem Arm herab. Hier, in diesem Körper, verfügte Grand nicht über die Hilfe seiner Nanoassembler, die jede Blutung schnell gestoppt hätten. Wenn er den Kampf nicht in den nächsten Minuten zu Ende brachte, würde er durch den Blutverlust entscheidend geschwächt werden und wahrscheinlich unterliegen. Ihm musste schnellstmöglich etwas einfallen.

Grand ließ sich fallen. Zachraks Messer sauste knapp über seinem Kopf durch die Luft, während er sich mehrmals um die eigene Achse drehte und auf diese Weise in Richtung Kreismitte rollte. Dort sprang er wieder auf die Beine, bevor Zachrak nachsetzen konnte.

Sie standen zwei Meter auseinander und beäugten einander. Beide hatten erkannt, dass der Gegner nicht zu unterschätzen war, und würden von nun an vorsichtiger vorgehen. Doch Grand lief die Zeit davon – und Zachrak wusste es. Er musste mehr als ein Tier bei der Jagd ausbluten gesehen haben. Grand fühlte sich bereits leicht schwindlig und er wusste, dass ihm bestenfalls eine Minute blieb, um den Kampf für sich zu entscheiden. Ein rascher Blick ins Publikum zeigte ihm Jalinas besorgtes Gesicht und Major Workan, der die Hand auf seine Laserwaffe legte.

Grand machte einen Schritt zurück. Zachrak machte einen Schritt nach vorne. Grand machte einen weiteren Schritt nach hinten, der ebenso beantwortet wurde. Zachrak spekulierte offensichtlich darauf, dass sein Gegner bald wieder die Grenze des Kreises erreichen würde und ein ähnliches Manöver wie beim letzten Mal im Sinn hatte. Doch Grand wollte etwas ganz anderes! Als er sich sicher war, dass der Platz hinter Zachrak ausreichen würde, um bei dem, was er vorhatte, nicht aus dem Kreis zu geraten, sprang er plötzlich vorwärts. Zachrak war darauf nicht gefasst und reagierte, indem er mit dem Messer nach Grands Kopf zu stoßen begann. Instinktiv suchte er den Kopf als Ziel, weil dieser bei den Zyliden das am leichtesten verwundbare Körperteil war. Grand war diese Kampftaktik bereits aufgefallen. Nun flog er regelrecht nach vorn und tauchte wie ein Limbo-Tänzer mit weit zurückgebogenem Oberkörper unter dem heranfliegenden Messer hindurch. Er ließ sich fallen und nutzte seinen Schwung, um auf dem Rücken liegend am Boden entlangzurutschen, der inzwischen aufgewühlt und schlammig war. Der Schlamm bot eine gute Gleitfläche. Als er an Zachrak vorbeischlitterte, holte er aus und durchtrennte mit zwei schnellen Hieben die beiden linken

Spinnenbeinchen. Mit einem Aufschrei kippte der Zylide zur Seite. Er wusste, dass er erledigt war.

Grand kam knapp vor der Grenze des Kreises zum Stillstand. Er erhob sich und ging auf den wimmernden Zachrak zu, der verzweifelt versuchte, mit den Händen die Blutung an den Beinstümpfen zu stoppen. Blaues Blut quoll zwischen seinen Fingern hindurch. Die Wunden waren nicht tödlich, vorausgesetzt, es würde sich bald jemand darum kümmern.

»Ich schenke dir dein Leben, Zachrak«, sagte Grand. »Möge der Erdgott über dich richten!« Dann warf er das Messer in den Dreck und wandte sich an den Stammesältesten, der dem Duell schweigend zugesehen hatte. Auch jetzt war ihm keine Regung anzusehen. »Werter Krackruch, ich sehe mich außerstande, euer Geschenk anzunehmen. Der Erdgott hat gesprochen und die Beleidigung wurde gesühnt, doch bevor ich oder einer meiner Freunde ihm freudig gegenübertreten können, muss zunächst die andere Vereinbarung, die wir getroffen haben, eingelöst werden. Alles andere wäre eine erneute Beleidigung.«

Krackruch sah auf den immer noch am Boden liegenden Zachrak und deutete zwei seiner Stammesbrüder, ihn zu versorgen, bevor er antwortete.

»Ich erkläre dich zum Sieger des Ehrenkampfes. Wir werden unser Wort halten. Sobald du deine Wunde versorgt, dich gesäubert und bekleidet hast, werden wir euch zur Quelle des göttlichen *Hoschtrum* bringen!«

18. Das Schiff

Grands Arm schmerzte, doch er ließ sich nichts anmerken. Er und Jalina waren zunächst zum Beiboot zurückgekehrt, um seine Wunde zu versorgen und frische Kleidung zu holen. Endlich hatten sie die Möglichkeit gehabt, ungestört miteinander zu reden.

»Wir wissen immer noch nicht, in welchen Körpern das ammere Kammimamemmaar schdeckt«, hatte Jalina genuschelt, während sie gleichzeitig den Faden durchgebissen hatte, mit dem sie die Oberarmwunde genäht hatte. Im Beiboot gab es leider keinen Wundlaser, der das Fleisch innerhalb weniger Sekunden verschweißen konnte, und sie hatten auf die altertümliche Methode zurückgreifen müssen.

»Ein Schritt nach dem anderen«, hatte Grand geantwortet und vorsichtig den Arm bewegt. Seine Grimasse war eindeutig gewesen – es tat höllisch weh. »Ich habe den Verdacht, dass die Quelle dieser seltsamen Heilflüssigkeit auch das Ziel unserer Mission in dieser Runde sein könnte. Wenn dem so ist, wird sich das andere Paar schon zu erkennen geben.«

Nach einer schnellen Dusche und in sauberer Wäsche waren sie in das Dorf zurückgeeilt. Dort hatten ihre Kameraden bereits ungeduldig gewartet. Die Zyliden waren nicht einmal bereit gewesen, mit ihnen zu reden, solange ihr Anführer nicht dabei war. Sie befürchteten, ihn mit Gesprächen in seiner Abwesenheit erneut zu beleidigen. Wohin dies führen konnte, hatte er ihnen gerade eindrucksvoll vor Augen geführt.

»Es wird Zeit, dass Sie kommen«, meckerte Major Workan. »Die Eingeborenen werden bereits unruhig.« Dann blickte er Grand scharf an. »Sie haben mich überrascht, Sendar, das hätte ich Ihnen nicht zugetraut.«

»Ich war in meiner Jugend kein Musterknabe und auf unserer Straße gefürchtet«, gab Grand eine fadenscheinige Erklärung ab. »Manche Dinge verlernt man eben nicht.« Workan schien sich damit zufriedenzugeben.

Zachrak war nirgends zu sehen. Man hatte ihn in eines der Lehmgebäude gebracht und versorgte dort wohl seine Wunden. Grand hatte einige Zyliden mit primitiven Holzprothesen gesehen, was ihn auf die Idee zu seinem Kampfplan gebracht hatte. Die dünnen Beinchen waren einer der Schwachpunkte des zylidischen Körpers, und die große Zahl von Dorfbewohnern, denen eine der Gliedmaßen fehlte, war ihm aufgefallen. Zachrak würde leben, doch seine Zeit als Anführer der Gottesgarde war vermutlich zu Ende.

Der Stammesälteste versammelte einen Tross aus anderen Zyliden um sich. Wie er erklärte, handelte es sich dabei um die fünf Dorfältesten und den Oberschamanen mit dreien seiner Gehilfen. Insgesamt zehn Zyliden und die acht Kolltaner machten sich auf den Weg durch den Dschungel und folgten einem ausgetretenen Pfad.

Es war stickig-heiß und Grands Oberarm schmerzte. Über ihnen wölbte sich das undurchdringliche Blätterdach des Dschungels, sodass es hier unten fast dunkel war. Zwischen den hoch aufragenden, baumähnlichen Gewächsen waberten Dampfschwaden in der mit Feuchtigkeit übersättigten Luft. Zusammen mit den vielfältigen Geräuschen der Dschungelbewohner erzeugte dies eine beinahe mystische Atmosphäre.

Über eine Stunde marschierten sie den gewundenen Pfad entlang. Der schlammige Untergrund machte das Vorankommen nicht einfacher. Grands frische Kleidung war bald vom Schweiß und von der hohen Luftfeuchtigkeit völlig durchnässt. Er war erschöpft und hätte sich eine Ruhepause gewünscht, doch er wollte keine Schwäche zeigen. Der Kampf und die Verletzung hatten ihn mehr mitgenommen, als er zugeben wollte. Major Workan und Leutnant Opprex machten, neben Jalina, den frischesten Eindruck. Die vier Wissenschaftler hingegen keuchten bei jedem Atemzug und besonders Selgrin schien am Ende ihrer Kräfte.

»Wir sind bald da«, kündigte Krackruch an. Der Stammesälteste schien von der Hitze unbeeindruckt zu sein und wirkte noch so vital wie zu Beginn des Marsches.

Fünf Minuten später erreichten sie einen hohen Holzzaun. Er schien ein kreisförmiges Territorium von mehreren Hundert Metern Durchmesser einzuschließen. Soweit Grand von außerhalb sehen konnte, setzte sich das dichte Blätterdach auch hinter dem Zaun fort.

»Kein Wunder, dass die *Tomorak* dies vom Orbit aus nicht entdeckt hat«, sagte er zu seinen Leuten. »Was immer sich hinter dem Zaun befindet, wird vollkommen vom Dschungel verdeckt.«

Der Oberschamane ging zu einem großen Doppelflügeltor und hob seinen kunstvoll geschnitzten Stock, den Grand bisher für eine Gehhilfe gehalten hatte, da sich der schweigsame Zylide unterwegs ab und an darauf gestützt hatte. Doch seine wahre Funktion offenbarte sich jetzt. Er führte den Stock in eine Öffnung im Tor ein und stieß ihn kraftvoll hinein. Grand konnte ein Klacken hören, und ein Mechanismus schien sich zu entriegeln. Das Tor schwang auf.

»Bei allen Göttern des Universums«, flüsterte Jalina und auch die anderen Mitglieder des kolltanischen Teams stießen spontane Überraschungslaute aus. Grand starrte fassungslos auf das Objekt, das sich inmitten des umzäunten Areals befand. Es handelte sich unverkennbar um ein Raumschiff – ein silbern schimmerndes Raumschiff!

Grand warf Jalina einen vielsagenden Blick zu. Die Kolltanerin nickte unmerklich. Sie hatten das Ziel ihrer wahren Mission gefunden.

»Das Heiligtum des Erdgottes!«, rief der Oberschamane aus. »Kniet nieder und huldigt unserem Schöpfer, der uns mit seinem heiligen *Hoschtrum* erquickt.«

Die zehn Zyliden sanken umgehend auf die Knie ihrer beiden Vorderbeine und pressten ihre Köpfe auf den Boden. Keiner der Kolltaner machte Anstalten, es ihnen gleichzutun.

»Ein Raumschiff«, stellte Major Workan überflüssigerweise fest. »Das erklärt, wieso die Zyliden kein Problem damit haben, fremde Lebensformen zu akzeptieren. Sie müssen in der Vergangenheit bereits damit konfrontiert worden sein.«

»Ob noch jemand der ursprünglichen Besatzung an Bord ist?«, überlegte Selgrin Minomar, die Xenosoziologin.

»Meine bisherigen Sprachanalysen zeigen, dass der Begriff 'Hoschtrum' bereits mehrere Hundert, vielleicht sogar mehr als tausend Jahre alt sein muss«, entgegnete Prek Latonar, der Xenolinguist. »Es sollte mich wundern, wenn die Erbauer dieses Schiffes derart langlebig wären.«

»Sie müssen im Schiff Bilder anderer intelligenter Spezies gesehen haben«, vermutete Maxor Tetrat, der Geologe. »Vielleicht sogar bewegte HoloVids.«

»Das Schiff beherbergt unzweifelhaft die Quelle des Hoschtrum«, sagte Lari Allanon, die Chemikerin. »Sicher befindet sie sich im Innern. Bei der geheimnisvollen Flüssigkeit könnte es sich um ein künstlich synthetisiertes Heilmittel handeln. Diese Spezies muss sehr hoch entwickelt gewesen sein, wenn es nicht einmal uns gelingt, es nachzubauen. Eine automatische Anlage könnte es immer noch herstellen.«

»Wenn dem so ist, sollten wir die gesamte Anlage in unseren Besitz bringen, anstatt mühsam zu verhandeln«, knurrte Major Workan.

»Warum kniet ihr nicht vor dem Geschenk des Erdgottes nieder?«, zischte der Oberschamane. Er hatte seinen Kopf gehoben und die Empörung war selbst in seinen Facettenaugen für alle erkennbar.

»Wir entschuldigen uns, werter Priester«, sagte Grand. »Wir waren so schockiert von diesem Wunder, dass wir unsere guten Manieren vergessen haben.«

Der Oberschamane schien Grands fadenscheinige Erklärung zu akzeptieren. Er erhob sich ohne ein weiteres Wort. Auch die anderen Zyliden standen wieder auf. »Folgt mir ins Heiligtum«, wandte er sich an die Kolltaner.

Grand war überrascht. Sowohl die Pyramide als auch der Würfel und der Torus waren bis zum Schluss nicht zugänglich gewesen. Hier war es anders. Die Zyliden gingen schon seit vielen Generationen im Schiff ein und aus. Er war sich jedoch sicher, dass es sich dabei um das Ziel dieser Runde handelte. Das silberfarbene Raumschiff wäre ansonsten ein zu großer Zufall gewesen. Grand beschloss einstweilen abzuwarten, wie sich die Dinge entwickeln würden. Vor allem aber nahm er sich vor, ab jetzt die anderen Kolltaner noch schärfer im Auge zu behalten. Er glaubte nicht, dass sich das konkurrierende Kandidatenpaar unter den Zyliden befand. Er war davon überzeugt, dass sie sich unter den sechs anderen Kolltanern verbargen – und genauso nach ihren Konkurrenten Ausschau hielten, wie er und Jalina es taten.

Das eiförmige Schiff war halb im Boden versunken, die Spitze zeigte in Richtung des Tores. Es wunderte Grand nicht, dass die Zyliden es für ein Geschenk ihres Erdgottes hielten. Zum einen schien es geradezu aus dem Boden gewachsen zu sein, zum anderen erinnerte seine Form stark an die Köpfe der Zyliden. Sie mussten darin ein göttliches Zeichen gesehen haben.

Vom Tor führte ein mit Kieselsteinen bedeckter Pfad an der Schiffsspitze vorbei. Er endete an einer offenen Schleuse, die sich etwa in Grands Kopfhöhe befand und über eine primitive Holztreppe erreichbar war.

»Ich werde unseren neuen Freunden das Innere des Heiligtums und die heilige Quelle zeigen«, sagte der Oberschamane. »Krackruch wird mich begleiten. Ihr anderen«, er deutete auf die restlichen Zyliden, »werdet in der Zwischenzeit alles für die Zeremonie vorbereiten.«

»Welche Zeremonie?«, wollte Jalina wissen.

»Das Ehrenopfer eures Anführers, selbstverständlich. Nachdem auch seine zweite Forderung erfüllt sein wird, steht dem nichts mehr im Weg.«

Grand musste sich alle Mühe geben, nicht zu grinsen. Die Zyliden gaben einfach nicht auf, doch wenn alles nach Plan lief, würden er und Jalina das silberne Schiff nicht wieder verlassen – zumindest nicht hier auf Zylida. Die zurückbleibenden Kolltaner würden hoffentlich schlau genug sein, ihr unerklärliches Verschwinden religiös zu deuten. *Der Erdgott hat sie zu sich gerufen, oder so ähnlich*, dachte Grand.

Sie stiegen die Treppe hoch und betraten das Schiff. An den Wänden hatten die Zyliden primitive Fackeln befestigt. Der Oberschamane ging voran und zündete sie der Reihe nach an. Wie es aussah, funktionierte die Energieversorgung nicht mehr, oder nur noch in einigen Bereichen des Schiffes. Der Gang war schmucklos und gab keine Hinweise auf die Erbauer. Rechts und links konnte man hin und wieder verschlossene Schotts sehen, an denen sich die Zyliden mit ihren primitiven Werkzeugen offenbar die Zähne ausgebissen hatten, wie starke Kratzspuren und tiefe Dellen zeigten. Als sie um eine Ecke bogen, fiel Grands Blick auf ein offen stehendes Schott, hinter dem ein helles Licht brannte.

»Die heilige Quelle«, sagte ihr Führer und trat ein. Die sechs Kolltaner folgten ihm.

Der Raum musste einst ein Labor oder eine MedStation gewesen sein. Die Wände waren mit Displays und Gerätschaften übersät, die allesamt nicht mehr funktionierten. In der Mitte stand eine Art Labortisch mit komplizierten Aufbauten, deren Funktionen sich Grand nicht erschlossen und die so aussahen, als hätte jemand bereits Teile davon entfernt. Doch in einer Ecke des Raumes befand sich eine Maschine, die leise vor sich hin summte. Es war ein metallischer, etwa kühlschrankgroßer Würfel mit einigen Anzeigen, die in einer unbekannten Schriftsprache Buchstaben oder Zahlen anzugeben schienen. Es gab keine Knöpfe, Drehräder, Sensortasten oder sonstige Bedieninstrumente. Die Maschine schien vollautomatisch zu funktionieren und nach wer weiß wie vielen Jahren immer noch ihren Dienst zu tun. Wahrscheinlich verfügte sie über eine eigene, extrem langlebige Energieversorgung. An einer Seite befand sich etwas, das einem Wasserhahn ähnelte, jedoch ohne jede Möglichkeit, den Durchfluss zu regulieren. Es war nur ein dünnes Rohr, das aus der Maschine austrat und nach etwa zwanzig Zentimetern senkrecht nach unten abknickte. Unter diesem Rohr stand ein Behälter, der mit Sicherheit von den Zyliden dorthin gestellt worden war. Ein Holzgefäß, das vielleicht fünf Liter fassen durfte. Aus dem Ausguss tropfte mit ermüdender Langsamkeit alle paar Sekunden ein Tropfen einer gelblichen Flüssigkeit in den Holzeimer. Sie hatten die Quelle des geheimnisvollen *Hoschtrum* gefunden.

»Dies ist der größte Schatz unseres Volkes. Andere Stämme haben schon oft versucht, ihn in ihren Besitz zu bringen, doch wir konnten alle Angriffe zurückschlagen«, sagte Krackruch. »Unsere Kämpfer konnten mit der Hilfe des *Hoschtrum* fast immer ihre Wunden und Verletzungen umgehend heilen und in den Kampf zurückkehren. Abgetrennte Gliedmaßen kann es jedoch nicht nachwachsen lassen«, erklärte er mit einem Seitenblick auf Grand. »Aber es macht uns unbesiegbar!«

»Darf ich es ausprobieren und mich von seiner göttlichen Wirkung überzeugen?«, fragte Grand.

»Ein Tropfen sei dir gestattet«, antwortete der Oberschamane.

Grand ging zu der Maschine, hielt den Zeigefinger der rechten Hand unter das Rohr und fing den nächsten Tropfen auf. Er rieb die Flüssigkeit auf die Wundnaht am linken Oberarm. Innerhalb weniger Sekunden verblasste die Rötung und er konnte förmlich sehen, wie das Gewebe zusammenwuchs. Es war unglaublich. Die Erbauer dieses Schiffes mussten begnadete Bioingenieure gewesen sein.

Plötzlich eilte einer der Gehilfen des Schamanen durch den Gang auf sie zu.

»Ihr müsst sofort kommen«, rief er ihnen atemlos zu. »Das Heiligtum … es verändert sich!«

Sie rannten den Gang zurück und stürzten über die Treppe ins Freie. Grand sah, dass man bereits begonnen hatte, einen Scheiterhaufen für ihn zu errichten. Doch dann deutete der Gehilfe auf eine Stelle an der Schiffswand, etwas fünfzig Meter entfernt. Dort zeichnete sich deutlich ein schwarzer Fleck ab, der zuvor nicht da gewesen war.

»Ich werde mir das ansehen«, sagte Grand, der nur zu gut wusste, worum es sich handeln musste. »Jalina wird mir helfen.«

»Nein, das werdet ihr nicht!« Die schweigsame, unscheinbare Chemikerin Lari Allanon hatte ihre Waffe gezogen und richtete sie auf Grand. Gleichzeitig zog Prek Latonar, der Xenolinguist, seinen Strahler und hielt Jalina in Schach.

»Ich hatte euch schon länger in Verdacht«, sagte Allanon. »Nach deinem Zweikampf war ich mir sicher. Ihr seid unsere Gegner in dieser Runde.«

»Was? … Gegner? … Welche Runde?«, versuchte Grand es mit einem Bluff.

»Stellt euch nicht dumm!« Allanon sah ihn gehässig grinsend an. »Wenn ihr es nicht wärt, hätte sich das andere Kandidatenpaar bereits gemeldet.«

»Und würde jetzt mit seinen Waffen auf *uns* zielen«, ergänzte Latonar.

Noch bevor Grand antworten konnte, griffen die Zyliden ein. Ohne Vorwarnung durchbohrten sie Allanon und Latonar von hinten mit ihren langen Messern. Die Chemikerin blickte ungläubig auf ihre Brust, aus der die Messerspitze etliche Zentimeter herausragte. Sie wollte etwas sagen, doch ein Blutschwall erstickte ihre letzten Worte. Neben ihr ging Latonar röchelnd zu Boden. Beide kamen nicht mehr dazu, einen Schuss abzufeuern.

»Welch ungeheurer Frevel!«, zischte der Oberschamane. »Wie konnten Sie es wagen, hier am Heiligtum die Waffen zu ziehen? Dies ist ein todeswürdiges Verbrechen. Nur den Dienern des Erdgottes ist es gestattet, innerhalb des heiligen Kreises von der Waffe Gebrauch zu machen. Ihr habt diesen Ort entweiht und ich fordere euch auf, ihn sofort zu verlassen und niemals zurückzukehren. Geht sofort, oder es ergeht euch wie diesen beiden.« Er versetzte einer der Leichen einen Tritt.

Auch die anderen Zyliden hatten ihre Waffen erhoben. Drohend richteten sie ihre Speere und

Schleudern auf Grands kleine Gruppe. Major Workan hatte den für ihn unverständlichen Ereignissen schockiert zugesehen. Als er ebenfalls seine Waffe ziehen wollte, knallte ein Stein an seine Schläfe. Er sackte bewusstlos zusammen. Grand hoffte, dass der Major keinen dauerhaften Schaden davontragen würde.

»Gestatte mir noch ein Wort, ehrenwerter Priester«, sagte Grand leise, um die Zyliden nicht noch weiter zu provozieren. »Es ist eindeutig, dass ich mithilfe des Erdgottes das Duell gewinnen konnte, und es ist ebenso eindeutig, dass der Erdgott dieses Zeichen nur unseretwegen geschickt haben kann. Du wirst sicher bestätigen können, dass so etwas in der Geschichte deines Stammes noch nie vorgekommen ist. Der schwarze Fleck ist nur erschienen, weil wir hier sind, und er ist auch einzig für uns bestimmt. Der Erdgott will uns allen damit etwas sagen! Bevor wir gehen, musst du uns erlauben, ihn in Augenschein zu nehmen. Das ist der Wille des Erdgottes!«

Der Oberschamane wurde unsicher. Die Fremden sofort von hier zu verweisen konnte ein Fehler sein. Es musste tatsächlich einen Grund für dieses Wunder geben und die Fremden konnten damit in Zusammenhang stehen.

»Gut«, sagte er schließlich. »Ihr beide dürft euch, wie gewünscht, dem schwarzen Fleck nähern. Ich gebe euch einhundert Herzschläge Zeit, den Willen des Erdgottes zu erkunden.«

»Was wird hier gespielt?« Leutnant Opprex war sichtlich verwirrt, doch er traute sich nicht, einzugreifen. Auch die drei anderen Kolltaner sahen sich ratlos an.

»Nichts, was Sie verstehen würden, Leutnant«, sagte Jalina. »Sehen Sie nur zu, dass Sie Selgrin und Maxor sicher zum Beiboot zurückbringen und von diesem Planeten verschwinden. Major Workan werden Sie wohl tragen müssen.«

»Was ist mit Ihnen?«

»Wir nehmen einen anderen Weg.« Jalina lächelte und zwinkerte ihm zu. »Um uns müssen Sie sich keine Sorgen machen.«

Leutnant Opprex schüttelte verwirrt den Kopf, widersprach jedoch nicht. Er verstand nichts von alldem, was sich hier gerade abspielte.

Gemeinsam traten Grand und Jalina dicht vor den schwarzen Fleck. Grand glaubte zu spüren, wie dieser ihn fast körperlich anzog. Es handelte sich unzweifelhaft um den Ausgang aus dieser Simulation. Mehr als je zuvor war Grand davon überzeugt, dass es sich nur um eine solche handeln konnte. Er drehte sich noch einmal um.

»Es ist der Wille des Erdgottes, uns bei sich aufzunehmen«, rief er den gespannt wartenden Zyliden zu. »Es ist ebenso sein Wille, dass unsere Gefährten unbeschadet abreisen dürfen.«

Er hoffte, dass dies die Zyliden beeindrucken und die Gefahr für die verbliebenen Kolltaner verringern würde. Besonders, nachdem sie gleich spurlos verschwinden würden.

Dann warfen sich Grand und Jalina dem schwarzen Fleck entgegen.

19. Die schwarze Epoche

Die Schmerzen waren vollständig abgeklungen. Grand sah auf seinen linken Oberarm. Keine Wundnaht und auch keine Narbe. Er schüttelte den Kopf. *Idiot*, dachte er. *Wieso sollte dort eine Narbe sein? Ich stecke natürlich wieder in einem anderen Körper.* Logischerweise war seine Haut nicht mehr hellblau und ein schneller Griff an den Kopf gab Grand die Gewissheit, dass auch seine Haare wieder dort waren, wo sie hingehörten.

Die Umgebung war fremd und erlaubte keinen Aufschluss darüber, wo er sich befand. Er war allein in dem fast leeren Raum. Das beunruhigte ihn. Wo war Jalina?

Grand lag auf einer harten Liege. Er schwang die Beine herunter, setzte sich auf und sah sich um. Der Raum war winzig und Grand verspürte ein leichtes Vibrieren. Er stand auf und sah sich den Raum genauer an. Die Liege, ein Sideboard mit technischen Geräten und eine Tür. Kein Fenster. Drei Meter lang, zwei Meter breit – nicht größer als eine Gefängniszelle. War er ein Gefangener? *Nein, eher nicht*, dachte er. *Warum sollte eine Gefängniszelle so seltsam ausgestattet sein*? Außerdem sah er nirgendwo eine Toilette.

An einem der Geräte klebte ein Sticker. *Property of UNCOSPEX.* Grand musste einen Moment nachdenken, bevor ihm die Bedeutung dieser Abkürzung wieder einfiel. *United Corporations Space Exploration*, dachte er. *Mein Gott, ich bin irgendwann im 22. Jahrhundert gelandet. Auf der Erde!*

Einer der Apparate, die Grand inzwischen als medizinische Geräte identifiziert hatte, besaß eine spiegelnde Oberfläche. Er bückte sich und betrachtete sein Spiegelbild. *Wenigstens habe ich mein Gesicht wieder*, stellte er zufrieden fest.

Ihm war klar, wo er sich befinden musste – an Bord eines urtümlichen Raumschiffes, irgendwo im Sol-System.

Gegen Ende des 21. Jahrhunderts hatten sich einige der größten Konzerne des Planeten zusammengeschlossen, um den Weltraum kommerziell zu erschließen und damit die Erde zu retten. Die Nationalstaaten, die es damals noch gegeben hatte, hatten schon lange nicht mehr über die Mittel verfügt, dies zu stemmen. Die Klimakatastrophe, die Religionskriege, die um sich greifenden territorialen Konflikte, Wasser- und Nahrungsmangel und nicht zuletzt die aus all dem resultierenden Flüchtlingsströme hatten die zu dieser Zeit sogenannte 'westliche Welt' an den Rand des Zusammenbruchs gebracht. Erdöl war immer knapper und teurer und somit unwirtschaftlicher in seiner Nutzung geworden, alternative Energiequellen waren nicht mit dem notwendigen Ernst gefördert worden, mehr und mehr Staaten waren in nationalistisches Gehabe verfallen. Allgemein war es zwischen den Ländern zu Misstrauen und mehr oder weniger offenen Auseinandersetzungen gekommen. Alte Allianzen waren zerfallen und neue hatte sich gebildet. Zweckbündnisse auf Zeit, bis andere Prioritäten und Notwendigkeiten diese wieder auseinanderbrechen ließen. Es war eine Zeit des Umbruchs gewesen, und mancher hatte befürchtet, die Zivilisation würde früher oder später komplett zusammenbrechen. Entweder mit einem Knall – einem globalen Krieg – oder ganz allmählich, durch den Niedergang staatlicher Institutionen, bis es letztlich zu deren vollständigem Versagen und damit zu anarchischen Verhältnissen kommen musste. Es war eine Epoche in der menschlichen Geschichte gewesen, in der alles infrage gestellt worden war, auch die Zukunft der Spezies Homo sapiens.

Erst im Jahr 2238, mit der Erfindung des FTL-Antriebs, hatte der Weltraum der Menschheit mit all seinen Ressourcen und Möglichkeiten offen gestanden. Erst dies hatte die Bewohner der Erde geeint, mit einer Geschwindigkeit, die noch wenige Jahre zuvor undenkbar gewesen wäre. Nicht zuletzt deshalb, weil die Möglichkeit, dort draußen eventuell auf andere Intelligenzwesen zu stoßen, die Menschen schlichtweg dazu zwang. Nichts eint mehr als ein potenzieller gemeinsamer Feind.

Doch die rund eineinhalb Jahrhunderte dazwischen wären ohne die Einmischung weltweit operierender Wirtschaftskonglomerate wahrscheinlich nicht zu überstehen gewesen. Die großen multinationalen Konzerne waren von Nationalstaaten schon lange nicht mehr zu kontrollieren gewesen, und schließlich hatten sie endgültig die Initiative ergriffen – und in einzelnen Ländern sogar mehr oder weniger die Macht an sich gerissen. Nicht aus Gutherzigkeit oder Menschenliebe, sondern aus Profitstreben und

Überlebenswillen. Wenn die Zivilisation zusammenbräche, würden auch ihre Macht und ihr Einfluss enden. Sie hatten es als Investition in die Zukunft gesehen – wenn es überhaupt noch eine geben konnte. Und sie waren bereit gewesen, alles dafür zu tun, dass es eine Zukunft geben würde.

Sie entwickelten riesige Raumschiffe, Basen auf dem Mond, neue Technologien und endlich auch einen funktionsfähigen Fusionsreaktor, der zumindest die schlimmste Energienot lindern konnte, auch wenn diese Technologie für die meisten Länder unerschwinglich blieb. Aber man konnte die großen Raumschiffe damit antreiben und in vertretbarer Zeit den Asteroidengürtel erreichen. Dort gab es Rohstoffe für die nächsten Jahrtausende. Dort lagen das El Dorado des Sonnensystems und die Rettung der Menschheit.

All dies hatte die Erde natürlich nicht über Nacht zu einem Paradies gemacht – für 'Normalsterbliche' hatte sich sogar recht wenig verändert –, doch es hatte die schlimmsten wirtschaftlichen Nöte gelindert und das Überleben der Spezis Mensch zwar nicht sichergestellt, aber doch zumindest wieder denkbar gemacht.

Die Menschheit hatte nicht nur überlebt, sie hatte sich mithilfe der Möglichkeiten, die eine überlichtschnelle Reise zu anderen Sonnensystemen ihnen eröffnete, sogar erstaunlich schnell erholt. Nach und nach hatte man sich im All ausgebreitet und war tatsächlich auf andere Spezies gestoßen. Trotzdem war es denkbar knapp gewesen, und zu Grands Zeit bei den terranischen Raumverbänden, Mitte des 24. Jahrhunderts, hatte man diese eineinhalb Jahrhunderte nur die 'schwarze Epoche' genannt.

Und nun war er mittendrin!

Wo war Jalina? Grand wollte gerade die Tür öffnen, die wohl in andere Bereiche des Raumschiffes führen musste, als ihm jemand zuvorkam. Als er zum Türöffner griff, wurde sie aufgerissen und eine junge Frau stürmte herein. Jalina! Als Terranerin! Mit leicht gebräunter, irdischer Gesichtsfarbe und kurz geschorenen, blonden Haaren auf ihrem normalerweise kahlen, babyhautweichen, hellblauen Kopf. Sie sah hinreißend aus.

»Mike!« Sie schloss die Tür hinter sich und fiel Grand in die Arme. »Ich bin vor wenigen Minuten aufgewacht. Stell dir meine Überraschung vor, als ich erkannte, wo ich diesmal gelandet war.«

»Wie hast du mich gefunden?«

»Ich bin anscheinend hier so etwas wie die Bordärztin, und vor mir lag eine Akte über einen gewissen Allan Dean Grand – mit deinem Bild. Du bist vor einer Stunde plötzlich bewusstlos geworden und man hat dich auf die Krankenstation gebracht – also hierher. Da bei der Untersuchung nichts festzustellen war, dachte man, es sei nur eine Folge von Überarbeitung. Es bestand keine Lebensgefahr und so ließ man dich einfach schlafen.«

In dem Moment, als Jalina ihn in die Arme nahm, brach eine wahre Sturzflut von Erinnerungen und Wissen über Grand herein. Wie schon in den bisherigen Runden sorgten die unbekannten

'Spielleiter' dafür, dass er über das notwendige Rüstzeug verfügte, um diese Mission bewältigen zu können. Grand verzog das Gesicht. Es fühlte sich an, als würde sich eine völlig fremde Persönlichkeit in seinem Geist breitmachen.

»Ah, jetzt geschieht es bei dir!« Jalina hatte Grands Reaktion richtig gedeutet. »Ich hatte dieses Erweckungserlebnis bereits kurz nach dem Aufwachen. Als ich dein Foto in der Akte sah.«

»Wir werden gesteuert wie Marionetten«, sagte Grand resignierend.

»Nicht ganz, mein Liebling. Wir haben völlige Freiheit, innerhalb jeder Runde die Entscheidungen zu treffen, die wir für richtig halten.«

»Trotzdem fühle ich mich wie ein Bauer auf einem Schachbrett. Wir können uns nicht aussuchen, in welche Richtung wir uns bewegen, und wir sind von mächtigeren Figuren umgeben, für die wir jederzeit geopfert werden können.«

»Aber wie ein Bauer im Schachspiel können wir am anderen Ende des Brettes selbst zu einer mächtigen Figur werden«, sagte Jalina. »Und nur darum geht es! Wir müssen die andere Seite erreichen. Wir sind schon weit gekommen. Es sollten jetzt nur noch acht Kandidatenpaare im Spiel sein.«

Jalina hatte recht. Von den ursprünglichen einhundertachtundzwanzig Paaren waren im Lauf der vergangenen vier Ausscheidungsrunden einhundert eliminiert worden. Das Ziel lag in greifbarer Nähe. Doch zunächst war diese Mission zu erfüllen.

»Wir sind an Bord des *SEV Elon Musk*«, stellte Grand fest.

Das *Space Exploration Vessel* war unterwegs zu einem Asteroiden, bei dem eine unbemannte *SDU*, eine *Search & Detect Unit*, ein großes Vorkommen an dringend benötigten Erzen entdeckt hatte. Sie sollten diese Entdeckung bestätigen und als Vorauskommando alles vorbereiten, damit die in wenigen Monaten ankommenden *AMUs*, die vollautomatisch agierenden *Automated Mining Units*, mit ihrer Arbeit beginnen konnten.

»Beim letzten Mal sind wir in einer Epoche der kolltanischen Geschichte gelandet, diesmal ist es ein Abschnitt eurer Geschichte«, sagte Jalina.

»Du gefällst mir als Terranerin ziemlich gut.« Grand grinste Jalina an. »Die blonden Haarstoppeln machen dich ganz schön sexy.«

»Rassist!« Jalinas Lächeln bewies, dass sie den Vorwurf nicht ernst meinte. »Hellblau und kahl entspricht wohl nicht mehr deinem erlesenen irdischen Geschmack.«

»Mir ist völlig egal, ob du hellblau, weiß, schwarz oder lila bist. Ob mit schwarzen, blonden oder ohne Haare. Ich liebe dich in jedem Körper«, sagte Grand mit ernstem Gesicht. Dann grinste er erneut fast unverschämt. »Solange er wohlgeformt ist!«

Jalina boxte ihm lachend in die Rippen. »Überheblicher Macho!«

Die traute Zweisamkeit wurde abrupt gestört, als jemand die Tür aufriss und eintrat.

»Ah, Grand, Sie sind wieder wach!« Kommandant Gregor Mischkin betrat die kleine Krankenstation. »Was macht unser Patient, Dr. Peterson?«

»Nichts Auffälliges festzustellen«, antwortete Jalina, die hier Philippa Peterson hieß. »Es war wohl nur die Folge hochgradiger Erschöpfung, verbunden mit einem plötzlichen Blutdruckabfall.«

»Gut, Doktor!« Mischkin nickte befriedigt. »Wenn Sie wieder fit sind, Grand, dann erwarte ich Sie in zehn Minuten im CCC. Wir sind bald da!«

Der Kommandant drehte sich um und verließ die Krankenstation.

»Philippa?«, fragte Grand mit hochgezogenen Augenbrauen. »Wer hat dir denn den komischen Namen gegeben?«

20. Der Asteroid

Das *Command and Control Center* befand sich im Hub des rotierenden Ringes, in dem die sechs Zweierkabinen, die Kombüse, das Gewächshaus und die Krankenstation eingerichtet waren. Durch die Zentrifugalkraft wurde dort für eine Pseudo-Schwerkraft gesorgt, was die monatelange Reise erträglich machte. Im CCC herrschte somit Schwerelosigkeit, die sich jedoch für einige Stunden gut ertragen ließ. Der Ring selbst befand sich mittschiffs. Die vordere Hälfte der fast dreihundert Meter langen *Elon Musk* beherbergte Laderäume und die drei *ALMs*, die *Asteroid Landing Modules*, während in der hinteren Hälfte der Fusionsreaktor und die Ionen-Triebwerkseinheit untergebracht waren.

Diesmal teilten sich Grand und Jalina keine Kabine. Während Grand, der auf der Mission als Seismologe fungierte, mit dem japanischen Landerpiloten Taro Ito zusammenwohnte, musste sich Jalina ihre Kabine mit der amerikanischen Biologin Shirley Hastings teilen. Der Rest der Crew bestand aus dem russischen Kommandanten Gregor Mischkin und seiner amerikanischen Ersten Offizierin Phoebe Enning, dem ebenfalls amerikanischen Navigator Haydon Brown und dem deutschen Cheftechniker Lars Brucker. Die vier Mitglieder der Groundcrew, alles hartgesottene Burschen aus der Vereinten Afrikanischen Union, die den Asteroiden für die Ankunft der AMUs vorbereiten sollten und schon etliche dieser Einsätze absolviert hatten, vervollständigten die Besatzung, waren jedoch bei der Abschlussbesprechung nicht anwesend. Sie kannten ihren Job ganz genau. Als sich die acht Offiziere und Wissenschaftler im CCC versammelten, wurde es dort recht eng.

»Leute, wir sind in zwei Tagen bei MA-3775 und sollten besprechen, wie wir vorgehen werden«, eröffnete Mischkin die Versammlung. Es gab eine Zweiteilung der Besatzung. Die vier Offiziere standen fest im Dienst von *UNCOSPEX*, während die restliche Mannschaft von verschiedenen Mitgliedsfirmen der United Corporations für diese Mission angeheuert worden war. Die acht siezten den Kommandanten und die Offiziere und wurden von diesen gesiezt, während sie untereinander das vertrauliche 'Du' benutzten. »Ich möchte Ihnen mitteilen, wie die nächsten Tage ablaufen werden. Direkt nach unserer Ankunft bei dem Asteroiden werden wir mit der Vermessung beginnen. Wie Sie wissen, ist das Objekt mehrere Hundert Meter lang und fast dreihundert Meter dick. Jemand hat es als unförmige Kartoffel bezeichnet. Die SDUs haben eine besonders hohe Metallkonzentration am dicken Ende festgestellt – also werden wir dort beginnen. Aber wir werden in den folgenden Wochen jeden Kubikzentimeter durchleuchten. Grand, Sie können unverzüglich mit Ihren Messungen beginnen. Einer der Lander steht Ihnen jederzeit zur Verfügung. Ich teile Ihnen Ito als Piloten zu. Stimmen Sie Ihre Ruhezeiten aufeinander ab. Und stimmen Sie Ihre Sprengungen mit uns ab! Ich möchte vermeiden, dass sich jemand von der Groundcrew gerade dort aufhält, wo Sie eine der Chargen hochgehen lassen.«

Grands Aufgabe bestand darin, durch gezielte Explosionen an der Oberfläche des Asteroiden seismische Wellen zu erzeugen, deren Auswertung Hinweise auf die Zusammensetzung und Fundorte der vielversprechendsten Lagerstätten geben würde. Dort sollte dann die Groundcrew alles für die Ankunft der AMUs herrichten. Das Gelände musste planiert und befestigt werden, damit die riesigen, quaderförmigen Maschinen aufsetzen konnten.

Mischkin teilte auch den anderen Besatzungsmitgliedern ihre Aufgaben und die Zeitabläufe mit und löste die Versammlung auf.

»Ruhen Sie sich in den kommenden achtundvierzig Stunden aus. Die wirkliche Arbeit beginnt erst jetzt. Die letzten vier Monate waren dagegen ein Kinderspiel!«

Es war Mischkins fünfte derartig Reise, davon die letzten beiden als Kommandant, und er wusste, wovon er sprach.

Es gab für Grand und Jalina kaum Gelegenheit, ungestört miteinander zu reden. Beide wussten, dass sich das zweite Kandidatenpaar ebenfalls an Bord der *Elon Musk* befinden musste, doch jeder benahm sich vollkommen normal. Sie vermuteten, dass ihr Ziel diesmal auf dem Asteroiden liegen würde. Stutzig machte sie jedoch, dass bisher alles so glatt und problemlos verlaufen war. Irgendetwas konnte nicht stimmen.

Zwei Tage später stand die *Elon Musk* bewegungslos über dem dicken Ende des kartoffelförmigen Asteroiden. Natürlich bewegten sie sich immer noch mit hoher Geschwindigkeit durch den Weltraum, doch in Relation zu ihrem Ziel standen sie still.

Zuvor hatte das Schiff den Asteroiden auf einer spiralförmigen Bahn umrundet und hochauflösende 3D-Aufnahmen von der Oberfläche gemacht. Mischkin wollte sich nicht ausschließlich auf die Daten der kleinen SDU verlassen, die nicht über die gleichen technischen Möglichkeiten verfügte wie das wesentlich größere Schiff. Zu Grands Erstaunen hatte es nirgendwo einen Hinweis auf ein silberfarbenes Objekt gegeben.

Die Katastrophe nahm nur wenige Stunden nach ihrer Ankunft bei MA-3775 ihren Anfang.

»Alle Besatzungsmitglieder sofort ins CCC!«

Mischkins Stimme klang mühsam beherrscht und Grand spürte sofort, dass es ein Problem geben musste. Er saß gerade zusammen mit den vier Mitgliedern der Groundcrew und Jalina beim Frühstück in der winzigen Kombüse, die maximal sechs Personen gleichzeitig Platz bot. Sie sahen sich fragend an.

»Alle? Meint er damit auch uns?« Kiano deutete auf seine Kollegen Abebi, Tsehay und Bikira. »Wir waren noch nie dort!«

»Außer bei der Einführung in diesen Schiffstyp vor vielen Jahren«, korrigierte Tsehay.

»Wenn Mischkin 'alle' sagt, dann meint er wahrscheinlich auch alle«, sagte Jalina, stellte ihre Kaffeetasse auf den Tisch und stand auf.

Kopfschüttelnd erhoben sich auch die vier Afrikaner, die inzwischen auf einen heimischen Dialekt umgeschwenkt hatten. Sie waren ein eingespieltes Team und wurden für ihre Einsätze hoch bezahlt. Sich tagelang auf der Oberfläche eines Asteroiden aufzuhalten, nur durch einen Raumanzug vor dem tödlichen Vakuum geschützt und mit nur gelegentlichen Ruhepausen in einem der Lander, war ein Knochenjob. Und ein gefährlicher dazu! Die Landestelle für eine AMU vorzubereiten, sie einzuebnen, Sprengungen vorzunehmen und dabei immer Gefahr zu laufen, den Anzug zu beschädigen, was sofort tödliche Konsequenzen haben würde, all das machte die Mitglieder der Groundcrew auf jedem Schiff zu den eigentlichen Helden – zumindest in ihren eigenen Augen. Sie sahen sich als Elite, die mit den 'Flyboys' und 'Eggheads', womit die Schiffsführung und die Wissenschaftler gemeint waren, nichts verband. Sie sonderten sich üblicherweise ab, was auch allgemein akzeptiert wurde. Niemand hätte mit ihnen tauschen wollen. Die Todesrate unter den 'Schlammwühlern', wie sie oft despektierlich, aber doch respektvoll vom Rest der Schiffsbesatzung genannt wurden, war hoch. Normalerweise wurden sie nicht zu Besprechungen gebeten, da ihre Arbeit klar definiert war und ihre Fähigkeiten und Kenntnisse während des monatelangen Fluges nicht benötigt wurden. Doch da das CCC der größte Raum im Schiff war und die dort herrschende Schwerelosigkeit es zudem ermöglichte, das Raumvolumen optimal zu nutzen, war es der ideale Ort, um die komplette Besatzung zu versammeln.

Trotzdem war es eng. Mischkin saß auf seinem Kommandositz, neben ihm hatte seine Stellvertreterin Phoebe Enning Platz genommen. Die beiden anderen Offiziere, die derzeit eigentlich Freiwache hatten, schwebten über ihnen. Grand und Jalina betraten das CCC als Letzte und fanden noch eine freie Ecke über dem Navigationscomputer. Die anderen sechs hatten sich im Raum verteilt und in jede verfügbare Nische gequetscht. Grand kam sich vor wie in einem überfüllten Aufzug.

»Wir haben vor wenigen Minuten eine Nachricht von der Erde erhalten, über die ich mit Ihnen reden muss«, sagte Mischkin. »Sie ist zu wichtig, als dass ich es über den Bordfunk machen wollte. Wir sollten uns bei dem, was es zu besprechen gibt, in die Augen sehen können.«

Niemand antwortete, doch jeder wusste, dass es hier um mehr gehen musste als um eine unwesentliche Änderung am Missionsprofil.

»Vor wenigen Stunden hat das DSDS, das *Deep Space Detection System*, einen Asteroiden entdeckt, der sich auf Kollisionskurs mit der Erde befindet. Er hat einen Durchmesser von fast sechzehn Kilometern. Der Gesteinsasteroid mit einer Dichte von 3000kg/m^3 wird mit einer Geschwindigkeit von 25 km/sec in einem Winkel von 61 Grad in nicht ganz drei Monaten im Gebiet Zentraleuropa, in der Nähe von München einschlagen. In siebenundachtzig Tagen, um genau zu sein. Die Folgen werden verheerend sein. Die Einschlagsenergie wird der Explosion von annähernd $3x10^8$ Megatonnen TNT entsprechen. Das entspricht mehreren Hundert Millionen Hiroshima-Bomben. Die Explosion wird auf dem gesamten Erdball zu vernehmen sein. Ganz Europa wird vernichtet werden – zusammen mit mehreren Hundert Millionen Menschen! Die Sonne wird von den ausgeworfenen Aschewolken für Jahre verdunkelt werden. Um das alles einzuordnen – dies ist ein Killerasteroid, mindestes so groß wie derjenige, der vor fünfundsechzig Millionen Jahren die Dinosaurier ausgerottet hat, wahrscheinlich sogar noch größer. Was das für das Überleben der Menschheit bedeutet, brauche ich Ihnen nicht zu sagen!«

Für einen Moment herrschte schockiertes Schweigen, bevor alle durcheinanderzureden begannen. Mischkin hob die Hand und bat um Ruhe.

»Es gibt allerdings Hoffnung – genau eine Hoffnung – und die sind wir. Wir sind das einzige Schiff, das den Asteroiden gerade noch rechtzeitig erreichen und aus seiner Bahn lenken kann. Weit genug, um ihn die Erde verfehlen zu lassen.«

»Aber wir sind hier im Asteroidengürtel«, wandte Ito ein. »Und warum hat man den Asteroiden überhaupt erst so spät entdeckt?«

»Was ist mit den beiden anderen Schiffen?«, wollte Brucker wissen, der sichtlich blass geworden war.

München war seine Heimatstadt, dort lebte seine Familie.

»Der Asteroid hat sich in den vergangenen Monaten, von der Erde aus gesehen, direkt vor der Sonnenscheibe befunden. Erst jetzt konnte man ihn sehen. Die *Roman Abramovitsch* ist zur Generalüberholung im Spacedock und nicht einsatzbereit, die *Steve Jobs* befindet sich auf dem Rückflug von einem Einsatz auf der anderen Seite des Sol-Systems und die *Bill Gates* wird erst in ein paar Monaten fertiggestellt sein. Es gibt nur uns!«

»Wie sollen wir von hier aus rechtzeitig bei dem Asteroiden eintreffen?«, fragte Jalina.

»Mit einem Abfangkurs werden wir ihn einige Tage vor dem Einschlag erreichen. Vergesst nicht, der Asteroid fliegt derzeit nicht auf die Erde zu, sondern auf den Punkt, den sie in siebenundachtzig Tagen auf ihrer Umlaufbahn erreicht haben wird. Wir können ihn rechtzeitig abfangen – wenn wir uns beeilen. Und genau hier liegt das Problem.« Mischkin sah alle der Reihe nach durchdringend an. »Wir müssen mit Maximalgeschwindigkeit fliegen. Maximale Beschleunigung für fast vier Wochen und dann ein genauso langes, hartes Abbremsen. Wir können den Asteroiden in siebzig Tagen erreichen. Allerdings werden unsere Vorräte an Deuterium bis dahin verbraucht sein.« Jedem war sofort klar, was dies bedeuten musste. Sie würden nicht mehr nach Hause zurückkehren können. »Und unser Zeitfenster für eine Entscheidung beträgt nur noch einen Tag. Danach hat er sich bereits zu weit entfernt, als dass wir ihn noch einholen könnten«, fügte der Kommandant hinzu.

»Ein Selbstmordkommando«, flüsterte einer der Groundcrew. Grand konnte nicht feststellen, wer es gewesen war.

Mischkin hatte es gehört. »Nicht für uns alle«, sagte er. »Wir brauchen sechs Personen, um die *Elon Musk* zu fliegen. Wir Offiziere haben bereits entschieden, es auf jeden Fall zu versuchen. Es müssen noch zwei von euch mitkommen, wenn wir überhaupt eine Chance haben wollen. Die anderen sechs erhalten zwei der ALMs und alles an Vorräten, was wir entbehren können. Damit sollten sie in der Lage sein, sich am Leben zu erhalten, bis die beiden AMUs in zwei Monaten eintreffen. Es wird knapp werden, aber es ist nicht unmöglich. Sie können dann mit deren Crews an Bord der RVs heimfliegen. Das wurde bereits durchgerechnet.«

Jede *Automated Mining Unit* wurde von einer menschlichen Besatzung zum Bestimmungsort geflogen, dort verankert und betriebsbereit gemacht. Dann kehrte die normalerweise vierköpfige Crew mit den *Return Vehicles* zur Erde zurück. Es würde zwar eng werden, aber auch mit sieben anstatt vier Personen sollte der mehrmonatige Flug möglich sein.

»Ihr braucht eine Ärztin an Bord«, sagte Jalina. »Wenn einer von euch unterwegs ausfällt, ist die gesamte Aktion gefährdet. Und damit alles Leben auf der Erde. Ich komme mit.«

»Ich bin ebenfalls dabei!« Grand ahnte, wie sicher auch Jalina, dass in diesem selbstmörderischen

Rettungseinsatz die wirkliche Mission dieser Runde lag. Hier bei MA-3775 war weit und breit kein silberfarbenes Objekt zu sehen.

»Und mich braucht ihr, um die hydroponischen Anlagen zu warten und unser kleines Gärtchen am Leben zu erhalten.« Shirley Hastings hatte recht. Ohne funktionierende Hydroponik würden sie keine vier Wochen überleben.

»Dann sind Sie überflüssig, Grand«, stelle Mischkin fest. »Wir brauchen keinen Seismologen bei diesem Einsatz. Sie bleiben mit den anderen hier und überleben.«

»Nein Sir, ich komme mit!« Grand konnte natürlich nicht zurückbleiben. »Erstens haben Sie selbst gesagt, dass Sie sechs Personen brauchen, und was machen Sie, wenn unterwegs einer von Ihnen ausfällt? Dieses Risiko können Sie nicht eingehen. Zweitens können Sie sehr wohl einen Seismologen gebrauchen, wenn es darum geht, die exakte Beschaffenheit des Asteroiden zu ermitteln, damit der optimale Angriffspunkt für die Ablenkung berechnet werden kann und er nicht einfach zerbricht, was das Problem nur vergrößern würde. Drittens erhöht es die Überlebenschancen der anderen Fünf, wenn eine Person weniger durchgebracht werden muss. Und viertens …« Grand zögerte und machte eine Pause. »Wir haben es zwar nicht öffentlich gemacht, aber Philippa und ich … nun … wir sind uns unterwegs … nähergekommen.« Er griff nach Jalinas Hand. »Ich werde sie nicht alleinlassen, Sir!«

Mischkin sah die beiden prüfend an. »Na schön, Grand. Ihr letzter Punkt ist mir zwar, ehrlich gesagt, scheißegal, aber die ersten drei Punkte sind nicht von der Hand zu weisen. Morituri te salutant! Ich hoffe, Sie wissen, was Sie tun!«

Die Todgeweihten grüßen dich, dachte Grand. *Mischkin hält wirklich nicht damit hinterm Berg, um was es hier geht.*

Doch ihm war auch etwas anderes klar geworden: Das zweite Kandidatenpaar musste sich unter den fünf anderen Todgeweihten befinden, denn von den fünf Zurückbleibenden erhob niemand Einspruch gegen die Entscheidung oder drängte sich ebenfalls für den Rettungseinsatz auf. Er wusste aber auch, dass er sich mit seinem Beharren auf die Teilnahme selbst geoutet hatte. Seine Gegner würden nun genau wissen, wen sie eliminieren mussten, während er und Jalina weiterhin im Dunkeln tappten.

21. Enttarnung

Mit vereinten Kräften war es ihnen gelungen, die Arbeit von drei Tagen in sechzehn Stunden zu erledigen. Die *Elon Musk* war vollständig entladen worden und sämtliche Gerätschaften, die für die Einrichtung der beiden Landefelder der AMUs benötigt wurden, standen an der Oberfläche von MA-3775 bereit. Die zurückbleibende Groundcrew würde nicht etwa zwei Monate untätig auf die Ankunft ihrer Retter warten, sondern den Auftrag erledigen, wegen dem sie hier waren. Die AMUs mussten bei ihrer Ankunft zwei vorbereitete Landeplätze vorfinden. Taro Ito würde die vier Afrikaner dabei unterstützen, so gut er konnte. Die beiden Lander hatte man bis in den letzten Winkel mit Vorräten sowie zusätzlichen Sauerstoffflaschen und Airscrubbern vollgepackt. Es war eng, aber man konnte in ihnen überleben. Notdürftig. Wenn die AMUs pünktlich waren.

Nach einem letzten Funkspruch, in dem man sich gegenseitig alles Gute wünschte, drehte die *Elon Musk* ab, zündete ihr Triebwerk und beschleunigte mit Maximalschub. Schon bald würde die Entfernung zu MA-3775 so groß werden, dass die schwachen Sender der Lander das Schiff nicht mehr würden erreichen können, und das große Schiff hatte seine Funkanlage, die Abermillionen Kilometer überbrücken konnte, auf die Erde ausgerichtet. Für die fünf auf dem Asteroiden würde eine lange, stille Zeit anbrechen, da erst recht kein Kontakt zur Erde möglich war. Die nächste menschliche Stimme würde in zwei Monaten von der Besatzung der AMUs kommen.

Es gab jetzt viel Platz auf der *Elon Musk*. Grand und Jalina waren in eine gemeinsame Kabine gezogen, was von den anderen unkommentiert hingenommen wurde. Ihnen war klar, dass sie sich damit für ihre Gegner, die sich ebenfalls an Bord befinden mussten, endgültig enttarnt hatten. Grand und Jalina waren bei der Demaskierung ihrer Konkurrenten hingegen noch keinen Schritt weitergekommen.

»Es kann jeder von ihnen sein«, sagte Jalina. »Sie sind sehr gut darin, keine Verbindung zueinander erkennen zu lassen.«

»Im Gegensatz zu uns.«

»Wir hatten keine Wahl, Michael. Die beiden müssen unter den vier Offizieren sein und wären sowieso mitgeflogen. Wir konnten nicht riskieren, zurückgelassen zu werden.«

»Shirley könnte auch einer von ihnen sein.«

»Jeder könnte es sein. Wir haben fast zwei Monate Zeit, es herauszufinden. Früher oder später werden sie sich verraten.«

Doch sie verrieten sich nicht. Auch am Ende der vierwöchigen Bremsperiode hatten Grand und Jalina noch nichts herausgefunden.

Die mehr als zwei Monate waren ereignislos vergangen. Inzwischen mussten die beiden AMUs bei MA-3775 angekommen sein. Grand hoffte, dass ECS, die *Earth Control Station*, ihnen mitteilen würde, ob die fünf Zurückgelassenen die lange Wartezeit gut überstanden hatten. Mischkin hatte versprochen, beim nächsten Funkkontakt nachzufragen.

Am neunundsechzigsten Tag versammelten sie sich im CCC.

»Das ist er«, sagte der Kommandant.

Auf dem Bildschirm der Navigationskonsole war ein heller Fleck vor dem Schwarz des Alls auszumachen. Sie näherten sich dem Asteroiden schräg von hinten, sodass die ihnen zugewandte, von der Sonne beschienene Seite für sie sichtbar war. Ansonsten hätten sie den nach kosmischen Maßstäben winzigen Felsbrocken im unendlichen Weltraum niemals ausmachen können.

»So klein und so tödlich«, murmelte Phoebe vor sich hin.

»Morgen werden wir ihn erreichen.« Mischkin sah zu Grand. »Bist du bereit?«

Sie waren übereingekommen, sich alle zu duzen. Unter diesen Umständen erschienen ihnen Förmlichkeiten lächerlich und unangebracht.

Grand nickte. »Phoebe wird mich mit dem verbliebenen Lander absetzen, sobald wir das abschließende Bremsmanöver beendet haben.«

»Wie lange wirst du brauchen?«

»Ich setzte zwei Sprengladungen und die Detektoren ab und dann kehren wir unverzüglich an Bord zurück. Das sollte nicht mehr als eine Stunde in Anspruch nehmen. Die Auswertung der Daten dürften mir bereits wenige Minuten nach den Explosionen vorliegen.«

»Gut! Dann wissen wir, wo wir ansetzen müssen.«

Sie hatten lange darüber diskutiert, wie sie die Bahn des Asteroiden am effektivsten würden verändern können. Schließlich hatten sie sich darauf geeinigt, die *Elon Musk* mit der Nase an einer geeigneten Stelle vorsichtig auf den Asteroiden zu setzen und vollen Schub zu geben. Sie würden das Triebwerk so lange laufen lassen, bis die letzten Deuteriumvorräte verbraucht sein würden – und dabei hoffen, dass es ausreichen würde. Um zu wissen, wo sie anzusetzen hatten, benötigten sie Grands seismische Daten. Wenn der Asteroid bei dem Manöver in zwei oder drei Stücke zerbrechen sollte, hätten sie keine Möglichkeit, zu verhindern, dass anstatt einem Felsbrocken dann gleich mehrere auf der Erde einschlagen würden. Zwei oder drei kleinere Einschläge wären in der Summe fast genauso verheerend wie ein großer.

Allerdings war allen klar, dass sie dabei ein hohes Risiko eingingen. Das fragile Schiff war für solch ein Manöver nicht gebaut und würde beträchtliche Schäden davontragen. Doch ob sie nun allmählich verhungerten und verdursteten, an Sauerstoffmangel oder dem Ausfall der Energieversorgung und der tödlichen, eindringenden Kälte starben oder bei dem Versuch, den Asteroiden abzulenken, ihr Leben verlieren würden, war letztlich gleichgültig. Wichtig war nur, die Erde zu retten.

Für Grand und Jalina spielte natürlich eine andere Hoffnung eine ebenso wichtige Rolle.

»Ich denke, das silberne Objekt dieser Wettkampfrunde wird sich irgendwo auf dem

Asteroiden befinden«, vermutete Jalina, nachdem sie in ihre Kabine zurückgekehrt waren.

»Auf MA-3775 war es jedenfalls nicht«, sagte Grand. »Und ich kann mir nicht vorstellen, dass das Auftauchen dieses Killerasteroiden ausgerechnet jetzt ein Zufall sein soll. Natürlich ist all dies Bestandteil unserer Prüfung.«

»Denkst du immer noch, dass all dies eine Simulation ist?«

»Ja, das denke ich, aber ich kann mir natürlich nicht hundertprozentig sicher sein. Vielleicht ist es auch tatsächlich eine alternative Realität in irgendeinem der unzähligen Universen. Deshalb müssen wir alles versuchen, um die Erde – *diese* Erde – zu retten! Wenn dies irgendwo Realität ist, könnten ansonsten Milliarden Menschen sterben!«

In Grands eigener Realität hatte es die Gefahr eines verheerenden Asteroideneinschlags während der 'schwarzen Epoche' nie gegeben. Zumindest berichteten die Geschichtsbücher nichts darüber. Natürlich war es denkbar, dass die herrschenden Konglomerate die Nachricht damals unterdrückt hatten, um eine Panik zu verhindern, aber Grand hielt dies nicht für sehr wahrscheinlich. Früher oder später hätte es sich herumgesprochen. Sicher war jedoch, dass auf *seiner* Erde kein Einschlag erfolgt war. Das Ereignis hatte in Grands Realität also nie stattgefunden. Die Schlussfolgerung hieraus war klar: Entweder war all dies eine täuschend echte Simulation, oder sie befanden sich in der Realität eines Paralleluniversums. Es gab keine Möglichkeit, dies festzustellen. Falls Letzteres zutraf, konnten sie jedoch nicht untätig bleiben. Hier würden tatsächlich Menschen sterben, falls sie versagten. Somit blieb Grand und Jalina keine Wahl.

Sechs Stunden später rief Mischkin sie erneut ins CCC.

»Seht euch das an!«, sagte er und deutete auf den Bildschirm.

Sie waren inzwischen nahe genug, um mit der hochauflösenden Kamera Details auf der Oberfläche des Asteroiden ausmachen zu können. Der Brocken war siebzehn Kilometer lang und etwa zwölf Kilometer dick, wobei er ziemlich genau in der Mitte eine Einschnürung aufwies, die ihm die Gestalt einer Erdnuss verlieh. Doch dies war nicht das Überraschendste. – Auf der hinteren Hälfte prangte unübersehbar eine silberfarbene Halbkugel von ungefähr einhundert Metern Durchmesser und fünfzig Metern Höhe.

»Was zum Teufel ist das?« Es war eine rhetorische Frage. Mischkin ging davon aus, dass keiner der Anwesenden eine Antwort haben würde. Er konnte nicht wissen, dass vier der sechs ihm eine Antwort hätten geben können. Es war das Zielobjekt dieser Ausscheidungsrunde im *Ruf der Erleuchtung*, von dem Mischkin natürlich noch nie etwas gehört hatte.

»Es muss sich um das Relikt einer außerirdischen Spezies handeln«, sagte Phoebe Enning.

»Ein außerirdisches Artefakt?« Shirley Hastings schüttelte ungläubig den Kopf. »Ausgerechnet hier finden wir den ersten Beweis für außerirdisches

Leben. Auf einem Asteroiden, der alles Leben auf der Erde auszulöschen droht. Ist das nicht ironisch?«

»Wir sollten den Dom erforschen, bevor uns die Zeit ausgeht«, warf Lars Brucker ein.

»Ich unterstütze den Vorschlag«, sagte Phoebe. »Eine solche Chance wird sich so schnell nicht wieder bieten.«

»Dazu ist noch Gelegenheit, wenn wir den Asteroiden aus seiner Bahn geschoben haben«, sagte Mischkin. »Unsere erste Priorität muss die Rettung der Erde sein. Danach haben wir noch genügend Zeit, das Ding zu erforschen und unsere Erkenntnisse zur Erde zu funken.«

»Wenn wir dann noch leben«, wandte Phoebe ein. »Ihr wisst genau, dass die *Elon Musk* bei dem Manöver zerstört werden kann. Wir sollten zuerst mit dem letzten Lander runtergehen und den Dom erkunden. Dafür bleibt noch genügend Zeit. Ich melde mich freiwillig dafür.«

Grand sah Jalina an und sie erwiderte seinen Blick. Phoebes Drängen machte sie zur Verdächtigen Nummer eins.

»Phoebe hat recht«, unterstützte Brucker den Vorschlag. »Ich mache ebenfalls mit. Gregor, schick uns beide mit dem Lander runter. Wir brauchen höchstens eine oder zwei Stunden.«

Lars Brucker schien der zweite Kandidat zu sein.

»Es tut mir leid«, sagte Mischkin. »Ich kann das nicht erlauben. Ihr wisst genau, dass wir für das Manöver mindestens zu sechst sein müssen. Das haben wir oft genug besprochen. Ich kann nicht riskieren, dass euch oder dem Lander etwas zustößt. Die Rettung der Erde hat Vorrang vor allem anderen. Allan«, wandte er sich an Grand. »Sobald wir näher dran sind, wirst du mit Phoebe, wie abgemacht, die Sprengkörper und die Messgeräte aussetzen, danach …«

»Nein!« Phoebe Enning und Lars Brucker hielten plötzlich Waffen in den Händen. Es waren krude, aus allen möglichen Einzelteilen zusammengebaute Schusswaffen, die sie in den vergangenen Wochen heimlich gefertigt haben mussten. Doch Grand zweifelte nicht daran, dass sie funktionierten. »Lars und ich werden den Lander nehmen und zum Dom fliegen. Versucht nicht, uns daran zu hindern.«

»Was ist in euch gefahren?« Mischkin war völlig konsterniert. »Seid ihr vollkommen durchgedreht?«

»Du verstehst nicht, worum es hier geht, Gregor, also halt den Mund!«, sagte Phoebe. »Ich bin jedoch sicher, dass zwei von euch genau verstehen, was hier geschieht. Nicht wahr, Allan und Philippa?«

Mischkin blickte irritiert zu Grand und Jalina. »Was? Könnt ihr mir erklären …«

»Du sollst den Mund halten«, unterbrach Brucker den Kommandanten. »Ich sage euch jetzt, was geschehen wird. Da ich nicht annehme, dass ihr uns bei unserem kleinen Ausflug helfen und den Lander mit uns an Bord freiwillig ausschleusen werdet, werde ich zunächst alleine an Bord gehen und Phoebe wird ihn ausschleusen. Dann werde ich zum Triebwerk der *Elon Musk* fliegen. Sobald ich dort bin, wird Phoebe im Raumanzug aussteigen und ich werde sie einsammeln. Solltet ihr versuchen, sie aufzuhalten, werde ich das Triebwerk rammen und zerstören. Dann könnt ihr die Rettung der Erde vergessen. Habt ihr das verstanden?«

»Ihr seid wahnsinnig geworden«, sagte Haydon Brown, der Navigator.

»Durchaus nicht«, widersprach Phoebe lächelnd. »Grand und Peterson können euch alles erklären, sobald wir weg sind.«

Wieder sah Mischkin Grand und Jalina durchdringend an.

»Was wird hier gespielt?«, fragte er. »Steckt ihr mit den beiden unter einer Decke?«

»Nein, Gregor«, sagte Jalina und blickte Mischkin traurig an. »Aber wir wissen, was sie vorhaben.«

»Das Gleiche, was ihr gemacht hättet, wenn wir euch nicht zuvorgekommen wären.« Brucker fuchtelte mit der provisorischen Pistole. »Genug gequatscht! Ich gehe zum Lander. Trachtran, bist du bereit?«

»Trachtran?« Wieder war Mischkin völlig konsterniert.

»Verzeih, wir haben uns nicht vorgestellt. Es spielt aber auch keine Rolle, wer wir sind.« Die vermeintliche Phoebe Enning nickte dem vermeintlichen Lars Brucker zu. »Ja, ich habe hier alles im Griff!«.

»Das könnt ihr nicht machen.« Grand versuchte, so ruhig wie möglich zu bleiben. »Es hängen Milliarden Leben von uns ab.«

»Dafür, dass ihr es so weit gebracht habt, seid ihr ziemlich unterbelichtet.« Brucker grinste Grand an.

»Habt ihr immer noch nicht bemerkt, dass dies alles nur Simulationen sind? Nichts hier ist real.«

Mischkin blickte irritiert von einem zum anderen und öffnete den Mund, um etwas zu sagen, doch Jalina kam ihm zuvor.

»Natürlich haben wir diese Möglichkeit in Betracht gezogen. Und vielleicht ist es wirklich so – aber was, wenn nicht? Was, wenn dies eine alternative Realität ist, in der tatsächlich Milliarden Leben durch einen Killerasteroiden zerstört werden, wenn wir ihn nicht aufhalten? Selbst wenn die Wahrscheinlichkeit noch so gering sein mag – könnt ihr dieses Risiko wirklich eingehen?«

»Das ist uns … wie würdet ihr Menschen sagen? Scheißegal!« Brucker grinste bösartig.

In diesem Moment handelten Mischkin und Haydon Brown fast simultan. Mischkin stürzte sich auf Brucker, dessen Aufmerksamkeit und Waffe auf Grand gerichtet waren, während Brown Phoebe attackierte, die Jalina in Schach hielt.

Mischkin stieß sich von seinem Sitz ab und segelte quer durch das CCC. Doch der Impuls war zu schwach. Alles lief wie in Zeitlupe ab. Erschreckend langsam schwebte er mit ausgestreckten Armen auf den Bordingenieur zu. Brucker sah ihn aus dem Augenwinkel kommen und musste nur den Arm um neunzig Grad drehen. Dann drückte er ab. Mischkin hatte in der Schwerelosigkeit keine Möglichkeit, der Kugel auszuweichen. Der Impulserhaltungssatz wurde ihm zum Verhängnis. Eine einmal eingeschlagene Richtung konnte nur geändert werden, wenn sich der

Impuls änderte – und Mischkin hatte keine Möglichkeit, sich irgendwo festzuhalten, um den Impuls und damit die Richtung zu ändern. Die Kugel traf ihn mitten im Gesicht.

Brown erging es nicht anders. Auch sein Angriff war von vornherein zum Scheitern verurteilt. Ihn erwischte es, noch bevor er die Hälfte der Strecke zu Phoebe überwunden hatte. Die Kugel durchbohrte seinen Brustkorb und blieb in der Navigationskonsole stecken, wo sie einen Funkenregen auslöste. Mischkins Blut und Hirnmasse bildeten eine sich ausbreitende Aureole aus kugelrunden Tröpfchen und Gewebestückchen um den zerschmetterten Kopf des Kommandanten.

Brucker hob einen Fuß und stieß den leblosen Körper von sich weg. Er landete in einer Ecke des CCC, wo er einfach im Raum hängen blieb. Brown war durch den Treffer nach hinten gestoßen worden und prallte dort auf den toten Kommandanten. Die beiden Körper sahen aus wie Puppen, die man weggeworfen hatte.

Shirley schrie auf und schlug die Hände vor den Mund. Auch Grand und Jalina waren schockiert. Ohne Mischkin und Brown würde es unmöglich sein, das komplizierte Rettungsmanöver der *Elon Musk* durchzuführen. Das andere Kandidatenpaar hatte soeben Milliarden Menschen auf der Erde zum Tod verurteilt.

22. Der Dom

Es gab keine Möglichkeit, die beiden aufzuhalten. Grand und Jalina wurden von Brucker mit vorgehaltener Waffe gezwungen, in ihre Kabine zu gehen, deren Türschloss er anschließend von außen verriegelte. Grand fragte sich, weshalb Türschlösser auf einem Raumschiff überhaupt vonnöten waren, aber es gab sie und dieses machte ihre Kabine de facto zu einer Gefängniszelle. Aber vielleicht war genau das der Grund. Immerhin hatte man dadurch die Möglichkeit, ein durchdrehendes Besatzungsmitglied effektiv wegzusperren.

Phoebe hatte in der Zwischenzeit Shirley gezwungen, ihr bei der Aktivierung des Landers behilflich zu sein. Brucker ging von Grands und Jalinas Kabine direkt zum Hanger und nahm auf dem Pilotensitz Platz.

Von ihrer Kabine aus verfolgten sie all dies über einen kleinen Monitor, über den sich ansonsten der Kommandant an die Besatzung wenden konnte. Brucker und Phoebe hatten den Bordfeed angelassen.

Grand hatte versucht, die Tür aufzubrechen, doch ohne Werkzeuge war das so gut wie unmöglich und würde auf jeden Fall zu lange dauern, um die beiden noch stoppen zu können. Jetzt konnte er nur noch darauf hoffen, dass Shirley am Leben bleiben und sie befreien würde.

»Warum haben sie überhaupt jemanden am Leben gelassen?«, wunderte sich Jalina.

»Shirley brauchen sie, um für Phoebe die Schleuse zu öffnen. Ohne Aktivierungsbefehl vom CCC kann man sie nicht entriegeln«, sagte Grand. »Und uns wollen sie wohl ihren Triumph miterleben lassen.«

»Sadistisches Pack!«, schimpfte Jalina.

»Könnt ihr mich hören?« Eine geflüsterte Stimme unterbrach Grands und Jalinas Unterhaltung. Auf dem Monitor erschien Shirley blasses Gesicht. Sie musste sich in das Bordnetz eingeschaltet haben, nachdem Phoebe das CCC verlassen hatte.

»Shirley! Wir hören dich«, sagte Jalina.

»Sie ist weg. Ich soll in fünf Minuten die Schleuse entriegeln. Was soll ich nur machen?« Shirleys Stimme brach und Tränen rannen über ihre Wangen.

»Wo ist der Lander?«, fragte Grand.

»Moment!« Shirleys Blick wanderte zur Seite. Wahrscheinlich sah sie hinüber auf den Monitor der Heckkamera. »Er schwebt direkt über dem Ionenwandler«, sagte sie schließlich.

»Brucker wird seine Drohung wahr machen«, warnte Jalina.

»Lass sie raus«, sagte Grand. »Und dann befreie uns aus unserer Kabine. Dann werden wir sehen, was wir noch tun können.«

»Wer seid ihr? Ich weiß nicht, ob ich euch trauen kann.« Die Konfrontation im CCC hatte Shirely zu denken gegeben. Lars Brucker und Phoebe Enning waren offensichtlich nicht diejenigen, für die sie sich ausgegeben hatten. Und nach all dem, was sie zu Grand und Jalina gesagt hatten, musste Shirley nun vermuten, dass auch die beiden nicht diejenigen waren, die sie zu sein vorgaben, und ihre eigenen Ziele verfolgten.

»Shirley, hör mir zu«, sagte Grand eindringlich. »Wir sind hier die Guten. Warum hätten uns die zwei sonst mit der Waffe bedroht? Wir werden dir alles erklären, wenn wir hier raus sind. Und dann werden wir zusammen einen Weg finden, die Erde doch noch zu retten.«

Dies sollte ihr weiteren Stoff zum Nachdenken geben. Shirley musste klar sein, dass es ihr alleine niemals gelingen konnte, den Killerasteroiden noch aufzuhalten. Zusammen mit Grand und Jalina gab es jedoch vielleicht noch eine Chance. Wenn auch nur eine ganz geringe.

»Na gut«, willigte sie ein. »Ich entriegele jetzt die Schleuse und dann komme ich zu euch.«

»Mach das«, sagte Grand. »Eines noch: Kannst du den Feed der Heckkamera zu uns in die Kabine legen?«

Shirley blickte wieder zur Seite. »Hier sind verschiedene Schalter für das Bordnetz. Einer sagt 'Stern Videosource In'.«

»Versuch den«, ermutigte sie Grand.

Einen Augenblick später erschien der Blick auf das Heck der *Elon Musk* auf ihrem Monitor.

»Perfekt«, rief Jalina aus. »Dort ist der Lander!«

Das unförmige Beiboot hing nur wenige Meter über dem Ionenwandler, bereit, ihn zu rammen, falls man den Forderungen nicht nachkommen würde. Plötzlich schwebte eine Gestalt im Raumanzug ins Bild.

»Hier kommt Phoebe«, sagte Jalina.

Phoebe hatte auf eine Sicherungsleine verzichtet und steuerte mithilfe der Kontrolldüsen an ihrem EVA-Tornister. Einsätze außerhalb der *Elon Musk*, sogenannte *Extravehicular Activities*, im Sprachgebrauch auch 'Weltraumspaziergänge' genannt, waren selten notwendig, meist nur, um defekte Sensoren auszutauschen oder die Hülle auf Schäden durch Mikrometeoriten zu untersuchen. Jetzt nutzte Phoebe die Steuerdüsen des Anzugs, um den Lander anzufliegen.

»Er öffnet die Schleuse«, sagte Grand.

In der Bordwand des Landers erschien eine Öffnung. Phoebe flog darauf zu und schwang sich hinein, woraufhin sich das Außenschott wieder schloss. Der Lander drehte ab, beschleunigte und verschwand aus dem Erfassungsbereich der Heckkamera.

Sekunden später hörten Grand und Jalina, wie die Kabinentür entriegelt wurde. Vor ihnen stand Shirley – mit einem Messer in der Hand.

»Kommt mir nicht zu nahe!« Drohend hob sie die Klinge. Grand erkannte das Fleischmesser aus der Kombüse und musste sich zusammennehmen, um nicht laut aufzulachen. Er hätte Shirley innerhalb weniger Sekunden entwaffnen können, doch er wollte ihr Vertrauen gewinnen.

»Keine Panik, Shirley«, sagte er und hob beschwichtigend die Hände. »Wie schon gesagt, wir sind hier die Guten.«

»Außerdem sitzen wir alle in einem Boot«, sagte Jalina. »Sprichwörtlich und tatsächlich. Wenn wir noch etwas für die Menschen auf der Erde tun wollen, müssen wir zusammenarbeiten.«

»Wer waren die beiden – und wer seid ihr? Was sollte das ganze Gerede von Simulation und Realität?« Die unter der Oberfläche schwelende Panik schwang deutlich in ihrer Stimme mit. Die Biologin war von den Ereignissen der letzten Stunde sichtlich überfordert.

Grand hatte sich eine Geschichte ausgedacht, die hoffentlich alle Fragen beantworten und doch nicht zu viel Verwirrung stiften würde.

»Wir kommen aus einem Paralleluniversum und wurden hierher entsandt, um herauszufinden, wie es euch gelingen konnte, den Einschlag des Asteroiden zu verhindern. Bei uns kam es zur Katastrophe. Doch es gibt eine Fraktion, die uns daran hindern will, da sie erst durch das Chaos nach dem Einschlag an die Macht gekommen ist. Es gibt allerdings die Theorie, dass Paralleluniversen nicht real sind, sondern nur eine Imagination unseres Bewusstseins, das versucht, etwas Sinnvolles aus einem Quantenchaos zu machen. Der Dom ist die einzige Rückkehrmöglichkeit für die beiden, weshalb sie ihn um jeden Preis erreichen wollen.«

Die Geschichte war völliger Unsinn und hatte Logiklöcher von der Größe des Mount Everest, doch auf die Schnelle war Grand nichts Besseres eingefallen. Außerdem war Shirley Biologin und keine Physikerin. Ansonsten hätte er ihr einen derartigen Blödsinn nicht vorsetzen können. Shirley schluckte den Quatsch.

»Wow!«, sagte sie. »Es gibt also tatsächlich Paralleluniversen.« Da dies so ziemlich das Einzige an Grands Geschichte war, das tatsächlich stimmte, konnte er zumindest diesen Punkt bejahen, ohne lügen zu müssen. »Wie kommt ihr nach Hause?«, fragte sie mit großen Augen.

»Wie es aussieht, überhaupt nicht«, antwortete Jalina. »Wir können unser Portal nicht erreichen. Es befindet sich auf der Erde.«

»Oh, das tut mir leid.« Shirleys Misstrauen schien völlig überwunden. Es wurde Zeit, diesen Unsinn zu beenden und zu überlegen, welche Möglichkeiten ihnen noch blieben, die Katastrophe abzuwenden.

»Wir sollten ins CCC gehen«, schlug Grand vor. Shirley legte mit einem entschuldigenden Lächeln das Messer weg und gab die Tür frei.

Im CCC trieben immer noch die beiden Leichen schwerelos umher. Grand und Jalina schafften sie mit vereinten Kräften in eine der leer stehenden Kabinen. Die Instrumente im CCC waren mit Blut und Gehirnfetzen übersät, die sich inzwischen dort abgesetzt hatten. Shirley, die als Biologin diesbezüglich hartgesotten war, reinigte alles oberflächlich.

Grand justierte die Bugkamera und stellte den größtmöglichen Zoomfaktor ein. Zwar wurde dadurch alles etwas unschärfer, doch der Dom war nun fast bildschirmfüllend zu sehen.

»Sie müssen jeden Moment ankommen«, sagte Jalina mit einem Blick auf die Borduhr.

Nur zwei Minuten später erschien der Lander auf dem Monitor. Er setzte direkt neben den Dom auf.

Die Schleuse öffnete sich und zwei Gestalten in klobigen Raumanzügen wurden sichtbar. Auch wenn das Bild unscharf war, konnte man anhand des Größenunterschieds erkennen, dass Phoebe, die kleinere Gestalt, mit einer Hand auf den Dom zeigte. Grand justierte das Bild erneut. Unverkennbar zeichnete sich auf der Wandung des silbernen Objekts nun ein schwarzer Fleck ab.

»Das war es dann für uns«, sagte Jalina und lachte trocken. »Immerhin haben wir es weit gebracht. Unter die letzten Acht.«

»Nicht weit genug«, stellte Grand nüchtern fest.

Shirley warf ihnen wieder verwunderte Blicke zu.

»Es gibt außer uns noch andere Agentenpaare mit dem gleichen Auftrag«, versuchte Grand Jalinas Bemerkung zu erklären.

Brucker und Phoebe, oder welche Namen das unbekannte Kandidatenpaar auch tragen mochte, gingen auf den Fleck zu, traten hindurch und waren verschwunden. Jalina seufzte laut, dann stieß sie einen herzhaften Fluch aus.

»Okay, dann wollen wir wenigstens noch eine gute Tat vollbringen, bevor wir unrühmlich abtreten«, sagte sie. »Lasst uns ein paar Milliarden Menschen retten!«

Sie mussten in den nächsten Stunden eine Lösung finden, wenn sich ihr Zeitfenster nicht schließen sollte.

»Wir sind nur zu dritt«, widersprach Shirley. »Um einen kontrollierten Anflug durchzuführen und sanft an den Asteroiden anzustoßen, müssten wir zu sechst sein. Zudem haben wir keinen Navigator und keinen Piloten.«

»Ich kann ein Raumschiff steuern«, sagte Grand. »Zwar nicht dieses … äh … fremde Modell, aber die Grundlagen sind immer die gleichen.« Beinahe hätte er 'altertümlich' gesagt, was eine neue Erklärung erfordert hätte.

»Wie schwer kann es schon sein?« Jalina versuchte, optimistisch zu klingen, was ihr jedoch nicht restlos gelang.

»Damit eines klar ist: Wir werden das hier nicht überleben. Egal ob wir versuchen, den Asteroiden abzulenken, oder nicht.« Grand hatte eine Idee, von der er die beiden Frauen allerdings erst überzeugen musste. »Also müssen wir uns keine besondere Mühe geben, den Aufprall so sanft wie möglich zu halten. Wir können die *Elon Musk* nicht gezielt fliegen, aber um das verdammte Ding zu rammen, sollte es allemal ausreichen.«

»Rammen?« Shirley wurde noch blasser. Jalina verstand sofort, was Grand vorhatte.

»Er hat recht, Shirley. Wenn wir nur hart genug aufprallen, sollte das genügen, den Asteroiden ein paar Meter aus seiner Bahn zu werfen. Er würde die Erde verfehlen.«

»Aber … aber …«, stotterte die Biologin.

»Wir müssen der Realität ins Auge sehen«, setzte Grand nach. »Wir sind bereits so gut wie tot. Für uns gibt es keine Rettung mehr. Lasst uns dafür sorgen, dass unser Opfer nicht umsonst sein wird.«

Shirley brach in Tränen aus, doch sie nickte zustimmend.

»Gut! Dann gehen wir folgendermaßen vor …«

Während der nächsten Minuten erklärte Grand den beiden Frauen, was er sich ausgedacht hatte. Jalina überprüfte die restlichen Treibstoffvorräte. Sie würden für das Kamikaze-Manöver ausreichen.

Grand umarmte Jalina und küsste sie zärtlich.

»Es tut mir unendlich leid, dass es so endet.« Er musste ebenfalls die Tränen zurückhalten.

»Danke für die vielen Jahre an deiner Seite. Ich bereue nicht eine Sekunde davon«, flüsterte Jalina. Auch sie bemühte sich redlich, nicht in Tränen auszubrechen. »Unsere Leben waren lang genug. Viel länger, als es den meisten vergönnt ist. Irgendwann muss es zu Ende gehen.«

Sie nahmen ihre Plätze ein. Grand startete zum letzten Mal das Triebwerk, Jalina überwachte den Energieausstoß des Fusionsreaktors und behielt den Ionenfluss im Auge, während Shirley als Navigator fungierte und Grand die sich verändernden Kursparameter zurief.

Grand steuerte die *Elon Musk* auf Zuruf und nach Sicht. Es kam nicht mehr darauf an, den Asteroiden nur sanft zu berühren und wegzuschieben, nun musste er mit Gewalt aus dem Weg geräumt werden. Er hoffte nur, dass der Treibstoff noch ausreichte, die dafür notwendige Geschwindigkeit zu erreichen, und dass der Asteroid dabei nicht zerbrechen würde.

Die *Elon Musk* schoss vorwärts. Grand hielt auf das dickere Ende zu, wo er auf größere Stabilität des

Gesteins setzte. Sie würden knapp neben dem Dom aufschlagen, der immer noch dort stand, als würde er auf sie warten.

Das Schiff raste heran wie eine Furie. Auf den Bildschirmen wurde der Asteroid schnell größer. Kurz vor dem Aufprall griff Grand nach Jalinas Hand und schloss die Augen. Sie erwiderte seinen Händedruck, dann schlug die *Elon Musk* in einem exakten Neunzig-Grand-Winkel auf. Das Schiff schob sich zusammen wie eine Ziehharmonika. Der Bug wurde regelrecht pulverisiert und wirkte dabei wie eine Knautschzone. Trotzdem wurde der Mittelteil mit dem Rotationsring und dem CCC im Zentrum in tausende Teile zerfetzt. Der Fusionsreaktor im Heck explodierte, als die magnetische Abschirmung zusammenbrach.

Sie erlebten nicht mehr mit, wie die Wucht des Aufpralls und der Explosionsdruck des Reaktors dem Asteroiden einen Impuls mitgab, der ihn mehrere Meter zur Seite schob. Weit genug, um die Erde in einigen Tagen um genau 10.378 Kilometer zu verfehlen.

Teil 2

23. Alte Bekannte (I)

Rigoran schlug die Augen auf. Die bisherigen fünf Runden waren schwierig gewesen, und die letzte hatten sie nur denkbar knapp gewonnen. Ihre Gegner waren einfallsreich, hartnäckig und gefährlich gewesen, doch Silvar und er hatten sich durchsetzen können. Nun waren sie unter den letzten vier Paaren, die sich um den Zugang zur *Sphäre der Erleuchtung* bewarben.

Wo sind wir diesmal gelandet, fragte er sich.

Inzwischen war Rigoran zu der Überzeugung gelangt, dass es sich bei ihren Missionen um Simulationen handeln musste. Zu viele Ungereimtheiten und unglaubliche Zufälle sprachen dagegen, dass es alternative Realitäten waren.

Er dachte kurz darüber nach, ob die Agenten des *Coniunctional* wohl ebenfalls noch im Rennen waren, doch dies spielte vorerst keine Rolle. Die Frage würde erst relevant werden, falls sie aufeinandertreffen sollten. Vielleicht hatten sie Glück und Grand und Jalina waren bereits von einem anderen Kandidatenpaar aus dem Rennen geworfen worden. Rigoran war nicht wirklich scharf darauf, sich den beiden stellen zu müssen. Er konnte sich keine gefährlicheren Gegner vorstellen.

Neben ihm rührte sich Silvar. Der Bragach setzte sich stöhnend auf.

»Ich bin ich selbst«, stellte er fest.

Auch Rigoran hatte diesmal den Eindruck, nicht in einem fremden Körper gelandet zu stecken. Weder existierte er als Hologramm noch sah er seinen Geist mit fremden Erinnerungen überflutet, wie es in den vorangegangenen Runden der Fall gewesen war. Er fühlte sich wie immer – wie der echte, ursprüngliche Rigoran. Mit der Einschränkung, dass nach wie vor die geistige Manipulation des *Devorators* sein Denken und Handeln beeinflusste. Er würde Grand und Jalina töten, seine ehemaligen Freunde aus der *Liga der Unsterblichen*, sobald sich die Gelegenheit dazu ergeben sollte. Gegen seinen Willen und doch bereitwillig. Rigoran hasste sich dafür, so viel freien Willen hatte der *Devorator* ihm gelassen, und doch konnte er dem Suggestivbefehl nichts entgegensetzen.

Silvar hingegen war vom *Devorator* vollkommen zu einem willigen Werkzeug geformt worden. Der letzte der Bragach besaß nicht mehr einen Funken seines früheren 'Ich'. Er war nichts weiter als eine tödliche Maschine, eine Waffe ohne eigenen Willen. Manchmal beneidete Rigoran seinen Begleiter darum. Er selbst wurde von dem inneren Zwiespalt beinahe zerrissen.

Er sah sich um. Sie befanden sich in einem nahezu leeren Raum, durch dessen Fenster das Licht einer hellgelben Sonne fiel. In den Fensterrahmen steckten Glasscherben und der Boden war von Trümmern übersät. Die Wände hatten Risse, von der Decke hingen Teile der Verkleidung herunter und über allem lag eine Schicht aus Staub und Asche.

Rigoran trat an eines der zerstörten Fenster. Vor ihm erstreckten sich bis zum Horizont die Ruinen einer gigantischen Stadt. Die Megametropole musste einst der Sitz einer hoch entwickelten Zivilisation gewesen sein. Einige der höchsten Gebäude, die sich weit in den wolkenlosen Himmel reckten, hatten die Katastrophe überstanden, wenn auch nur als Skelette aus Gerüsten und Querträgern. Was immer sich hier abgespielt haben mochte, kein einziges Gebäude der Stadt war unbeschädigt geblieben. Die Straßenzüge, von den breiten Prachtstraßen bis zu den kleinen Gassen, waren durch Trümmerstücken blockiert und nahezu unpassierbar. Die Fassaden der Ruinen waren geschwärzt, als hätte ein Feuersturm in der Stadt gewütet, und eine zentimeterdicke Schicht aus Staub, Asche und Schlacke überzog alles.

Rigoran befand sich in einem der höchsten noch stehenden Gebäude, vielleicht einhundert Stockwerke über dem Boden. So weit seine Augen reichten, und als Vogelabkömmling hatte er eine beneidenswerte Fernsicht, war keine Bewegung zwischen den zerstörten Gebäuden zu erkennen. Sie schienen allein zu sein, doch Rigoran war sicher, dass sich irgendwo in den Ruinen ein anderes Kandidatenpaar verbergen musste.

Silvar war neben ihn getreten.

»Vielleicht treffen wir hier endlich auf unsere Feinde«, sagte er.

Der Bragach war völlig darauf fixiert, Grand und Jalina zu töten. Es hatte Rigoran bei ihrem letzten Zusammentreffen mit den beiden alle Mühe gekostet, seinen Begleiter zurückzuhalten. Er hatte die beiden Unsterblichen nicht etwa schützen wollen, dies hätte seine mentale Programmierung nicht zugelassen, doch sie waren zu diesem Zeitpunkt für die Pläne des

Devorators lebend nützlicher als tot. Sein Herr hatte ihm ein gewisses Maß an freiem Willen gelassen, um genau solche strategischen Entscheidungen treffen zu können. Eine seelenlose Tötungsmaschine wie Silvar konnte in komplexen Situationen nicht flexibel genug reagieren. Doch insgeheim, tief im Unterbewusstsein, wo er immer noch der alte Rigoran war, verspürte er Erleichterung und vielleicht sogar Freude darüber, dass die beiden noch am Leben waren. Wenn sie es zu diesem Zeitpunkt noch waren, was ungewiss war.

»Ich sehe nichts Silberfarbenes.« Silvar klang ungeduldig.

»Immer mit der Ruhe, mein Freund«, sagte Rigoran. »Unsere hiesige Aufgabe wird sich schon noch offenbaren. Zunächst sollten wir uns von hier aus einen Überblick verschaffen. Einen besseren Standort können wir dafür nicht finden.«

Sie trugen die gleiche Bekleidung, die sie auch zu Beginn ihres surrealen Wettkampfs getragen hatten. Rigoran hatte das Gefühl, dass diese Runde anders sein würde als die vorherigen. Sie befanden sich in ihren eigenen Körpern mit der gewohnten Bekleidung in einer real wirkenden, wenn auch bizarren Umgebung. All dies machte auf ihn nicht den Eindruck einer Simulation. Instinktiv war er sich sicher, dass sie für diese Runde in ihren Originalkörpern auf einen echten Planeten transferiert worden waren.

»Wir sollten sehen, ob wir irgendwo Waffen finden«, schlug Silvar vor.

Ein vernünftiger Gedanke, dachte Rigoran. *Irgendwo in*

einem anderen Gebäude lauern unsere Gegner auf uns. Wir sollten vorbereitet sein.

Er warf noch einen langen Blick aus dem Fenster und versuchte, sich einige markante Punkte in der zerstörten Stadt einzuprägen. Es würde nicht einfach werden, sich zwischen den Ruinen und Trümmern zu orientieren.

»Lass uns einen Weg nach unten finden«, sagte er schließlich und drehte sich zu Silvar um.

In einer Ecke des Raumes blitzte ein helles Licht auf. Rigoran sprang einen Schritt zur Seite und suchte Deckung hinter einem bis zur Unkenntlichkeit zerschmolzenen Plastikteil, das möglicherweise ein Tresen gewesen sein mochte. Silvar warf sich hinter ein aus der Wand gebrochenes Trümmerteil, das seinen massigen Körper jedoch nur unvollständig verdeckte.

Wie können sie uns so schnell gefunden haben, fragte sich Rigoran, der an einen Angriff durch ein anderes Kandidatenpaar glaubte. *Und was ist das für eine seltsame Waffe?*

Aber es war kein Angriff, wie er sogleich feststellte. Das gleißende Licht formte sich zu einem kleinen Punkt. Rigoran musste die Augen abwenden, um nicht geblendet zu werden. Das Licht verblasste und der Punkt dehnte sich aus, bis er die Form einer etwa kopfgroßen, silberfarbenen Kugel angenommen hatte.

Ein verkleinertes Abbild der Sphäre der Erleuchtung, dachte Rigoran überrascht. Dann erfüllte eine Stimme seine Gedanken.

24. Alte Feinde (I)

Einige Staubkörnchen wurden vom Luftzug aufgewirbelt und rieselten von der niedrigen Decke herab, als Kechrak-17 sich bewegte. Eines davon geriet ihm in ein Auge und brannte unangenehm. Er blinzelte, um die Sicht zu klären. Viel zu sehen gab es allerdings nicht.

Neben ihm erhob sich Kechrak-23. Die beiden Gestaltwandler befanden sich wieder in den Körpern, deren Form sie zu Beginn des *Rufs der Erleuchtung* angenommen hatten. In den gestohlenen Körpern mit den gestohlenen Identitäten.

»Wir haben es weit gebracht«, sagte Kechrak-23. »Ob die Agenten des Devorators und die Verräter noch im Rennen sind?«

»Das ist nicht unwahrscheinlich«, antwortete Kechrak-17. »Beide Paare bestehen aus geübten Kämpfern, während die restlichen Kandidaten nur fanatische Gläubige sind, denen es an Erfahrung im Kampf mangeln dürfte.«

»Es ist seltsam, dass wir bisher auf keinen von ihnen getroffen sind, wie wir es erhofft hatten.«

»Nein, die Wahrscheinlichkeit bei einhundertachtundzwanzig Paaren betrug in der ersten Runde nur ungefähr 1,5% und hat sich seitdem mit jeder Runde zwar erhöht, aber es war immer wahrscheinlicher, dass wir es mit einer anderen Paarung zu tun bekommen würden.«

»Jetzt sind außer uns nur noch drei Paare dabei.«

»Somit beträgt die Wahrscheinlichkeit erstmals über

50%. Es kann also durchaus geschehen, dass wir auf eines der beiden Paare treffen. Dann können wir sie endlich töten«, ergänzte Kechrak-17 den Gedankengang seines Partners.

»Etwas ist diesmal anders«, stellte Kechrak-23 fest. »Ich fühle mich normal und es gibt keinen geistigen Informationsschub. Auch die Umgebung ist nicht so fremdartig wie in den bisherigen Szenarien.«

»Keine voreiligen Schlüsse«, sagte Kechrak-17. »Lass uns erst feststellen, wo wir sind.«

Der niedrige, halbdunkle Raum enthielt nichts außer Dreck und Staub. Nur in einer Ecke fiel etwas Licht durch ein Loch in der Decke. Darunter waren Stufen zu erkennen, die nach oben führten. Das schwache Licht reichte gerade aus, den Schmutz und Unrat zu erkennen, der überall herumlag. Sie schienen sich in einem Kellergewölbe zu befinden.

»Warte hier!« Kechrak-17 näherte sich den schwach beleuchteten Stufen. »Ich gehe nach oben und sehe mich um.«

»Sei vorsichtig! Wir sind unbewaffnet«, warnte Kechrak-23.

Kechrak-17 stieg vorsichtig die Treppe hinauf. Mit jedem Schritt wurde es etwas heller, bis er schließlich in einem Gang herauskam, der auf einer Seite völlig von der heruntergebrochenen Decke blockiert war. In der anderen Richtung führte ein Durchgang nach draußen. Der Rahmen war verzogen und der Türsturz eingedrückt. Die Tür selbst lag am Boden. Sie war offensichtlich mit enormer Gewalt herausgerissen worden.

Kechrak-17 schlich langsam vorwärts, bis er den Durchgang erreicht hatte. Wachsam reckte er den Kopf nach draußen, jederzeit bereit, ihn beim geringsten Anzeichen von Gefahr zurückzuziehen. Was er sah, erschreckte und beruhigte ihn gleichermaßen.

Die beiden Mathul-Elam waren im Keller eines Gebäudes erwacht, das schwere Schäden davongetragen hatte, so wie alle Gebäude, die er von hier aus sehen konnte. Auf der Straße, die von Trümmern übersät und von Ruinen gesäumt war, bewegte sich nichts außer Staub und Asche, die der schwache Wind vor sich hertrieb. Es gab weit und breit nichts Lebendiges zu sehen. Keine Bäume oder Sträucher, keine Vögel am Himmel, keine Insekten in der Luft, nicht einmal die unvermeidlichen Schädlinge, die sich normalerweise in den Ruinen zerstörter Städte sofort ausbreiteten, huschten durch die Trümmer. Es herrschte eine gespenstische Stille.

Sie befanden sich inmitten einer völlig zerstörten Stadt, soweit Kechrak-17 dies von seinem Standort aus beurteilen konnte. Wie groß die Stadt war, konnte er nicht sagen. Sie mussten einen erhöhten Punkt finden, von dem aus sie sich einen Überblick verschaffen konnten. Doch obwohl hier niemand mehr am Leben zu sein schien, musste der Eindruck trügen. Irgendwo in dieser Stadt befand sich ein zweites Kandidatenpaar, mit dem sie sich zu messen hatten. Sie würden mit aller Vorsicht vorgehen müssen.

Die Mathul-Elam konnten jeden Körper kopieren,

dessen Masse nicht zu weit von der ihren abwich. Sie hatten ein Kandidatenpaar ausgeschaltet und sich an deren Stelle in den Wettbewerb um den *Ruf der Erleuchtung* eingeschmuggelt, um die beiden Agenten des Devorators zu töten und die Verräter Michael Cordwainer Grand und Jalina Kelranar auszuschalten, die zum Feind übergelaufen waren. So lautete der Auftrag des Coniunctional, in dessen Dienst die letzten einhundert Überlebenden ihrer Spezies seit langer Zeit standen. Kechrak-17 spürte, dass sich ihnen bald die Chance bieten würde, den Auftrag zu erfüllen.

Die Körper ihrer Opfer, in die sie sich mithilfe ihres Modulationsorgans verwandelt hatten, waren durchaus für einen Kampf geeignet. Die beiden Angehörigen einer reptiloiden Spezies verfügten über zwei überaus kräftige Beine, einen von harten Schuppen geschützten Leib und zwei Arme mit furchterregenden Klauen. Auch das Gebiss konnte im Kampf gute Dienste leisten. Selbst ohne Waffen waren die beiden Mathul-Elam somit zwei nicht zu unterschätzende Gegner. Die beiden Nüstern an der Schnauze des flachen Kopfes verliehen ihnen einen hervorragenden Geruchssinn, was das Aufspüren ihrer Gegner erleichtern sollte.

Kechrak-17 drehte sich um und ging zurück in den Keller.

Er berichtete seinem Partner von seiner Entdeckung und sie beschlossen, nicht länger zu zögern. Irgendwo musste sich ein silberfarbenes Objekt befinden, das es als Erste zu erreichen galt.

Und irgendwo war ein anderes Paar, das zuvor ausgeschaltet werden musste – vielleicht sogar einer der verhassten Feinde ihres Auftraggebers. Sie durften ihren Gegnern keinen Vorsprung durch weiteres Zögern zugestehen. Sie mussten unverzüglich handeln.

»Wir sollten zunächst …«, begann Kechrak-17, der die Rolle des Anführers innehatte, doch er wurde von einem erstaunten Ausruf seines Begleiters, der als sein 'Paladin' fungierte, unterbrochen.

Kechrak-17 fuhr herum. Hinter ihm bildete sich ein heller Punkt, der unerträglich grell wurde. Geblendet schlossen beide die Lider ihrer Reptilienaugen.

Das Gleißen verblasste und Kechrak-17 blinzelte vorsichtig. Vor ihnen schwebte eine silberfarbene Kugel im Keller und erfüllte den Raum mit einem fast unwirklichen Licht.

»Das sieht fast aus wie die Sphäre«, stellte Kechrak-23 fest.

Kechrak-17 wollte antworten, doch eine mentale Präsenz, die in seinen Geist eindrang, erstickte seine Worte. Dann begann die silberne Kugel zu ihnen zu sprechen.

25. Neue Feinde (I)

Die Troxanth waren keine besonders bemerkenswerte Spezies. Sie waren durchschnittlich. Ihr technologisches Niveau war durchschnittlich, die Größe ihres Sternenreiches war durchschnittlich und auch sonst zeichnete sie nichts vor anderen Spezies aus. Sie lebten und starben – meist in Frieden mit sich und ihren Nachbarn –, und das schon seit ein paar Zehntausend Jahren als raumfahrende Intelligenzwesen. Sie hatten keine größeren Kriege geführt, weder untereinander noch gegen andere Spezies, sie waren bescheiden und verspürten kein Verlangen nach Macht oder Einfluss in ihrer Galaxie. Die Troxanth existierten unbehelligt von anderen und kümmerten sich nicht um die Belange anderer Zivilisationen. Sie besaßen nichts, das für andere Rassen von Wert gewesen wäre, und verlangten nach nichts, was andere besaßen. Nur eines unterschied sie von den meisten Lebewesen ihrer Galaxie – sie waren überaus gläubig!

Bereits ihre erste Begegnung mit einer anderen Spezies hatte sie mit jenem Mythos konfrontiert, der sich um die *Sphäre der Erleuchtung* rankte. Die Idee von den 'Kreatoren' und ihrer Rolle bei der Erschaffung der Welt, besonders aber die einmalige Chance, tatsächlich mit diesen Göttern in Kontakt treten zu können, wenn man nur geduldig genug war, fiel auf fruchtbaren Boden. Die Troxanth waren Träumer und Idealisten – auf der Erde hätte man ihre Haltung eher als weltfremd und naiv bezeichnet – und schon nach wenigen Jahrhunderte hatte die neue Religion ihre gesamte Zivilisation beherrscht. Es gab für einen Troxanth nichts Erstrebenswerteres, als irgendwann dem *Ruf der Erleuchtung* zu folgen und den Kreatoren gegenüberzutreten. Zweien von ihnen war dies nun tatsächlich gelungen. Zumindest der erste Teil dieses sehnlichen Wunsches war in Erfüllung gegangen.

Sie wussten selbst nicht, wie sie es geschafft hatten, fünf Runden zu überstehen und unter die letzten vier Paare zu kommen. Natürlich sahen die beiden Troxanth dies als göttlichen Willen an und dankten den Kreatoren. Sie fühlten sich von ihren Göttern ausgezeichnet und berufen.

Ein Außenstehender hätte den beiden Troxanth sagen können, wie es ihnen gelungen war, die vorangegangenen Runden zu überstehen. Ihre Spezies war in einer Hinsicht einzigartig – sie waren verdammt schwer umzubringen.

Die Troxanth waren intelligente Pilze, deren erste Sporen sich unter unwirtlichen Umweltbedingungen und gegen jede Wahrscheinlichkeit auf ihrem Heimatplaneten entwickelt hatten. Stark säurehaltiger Regen und ständige Vulkanausbrüche, in deren Folge jahrtausendelange Wüstenhitze von Jahrhunderten eisiger Temperaturen abgelöst wurde, heftige Sonneneruptionen mit einem für Menschen tödlichen Schauer hochenergetischer Partikel und zu allem Überfluss eine stark exzentrische Bahn um einen Doppelstern, einer dieser Sterne zudem ein starker Gammastrahler, hätten eigentlich die Entstehung von Leben auf dem einzigen Planeten des Systems verhindern sollen. Doch trotz all dieser Hürden hatte sich Leben entwickeln können. Allerdings nur sehr einfaches Leben – Sporen und Pilze. In der Lotterie der vielfältigen Mutationen, die hierfür über Generationen notwendig gewesen waren, war diesmal keine Niete gezogen worden wie auf so vielen anderen Planeten mit ähnlichen Voraussetzungen.

Niemand hätte genau sagen können, warum sich Intelligenz entwickelt hatte, doch es war geschehen. Eine der einfachen Pilzarten hatte gelernt, sich an der Oberfläche zu bewegen, um die spärlichen Nahrungsquellen erreichen zu können. Auf hunderten fadenförmiger Beinchen waren sie langsam über das zumeist kahle Gestein gekrochen und hatten sich vermehrt.

Irgendwann hatte der Funke der Intelligenz gezündet. Die Troxanth hatten gelernt, Werkzeuge zu benutzen, Kolonien zu gründen, die viel später zu schutzgebenden Städten geworden waren, und über Jahrzehntausende schließlich eine Zivilisation errichtet. Später hatten sie den Weltraum erobert und Kolonien auf anderen Planeten gegründet, die sich so sehr von denen unterschieden, die von anderen Spezies benötigt wurden, dass Konflikte praktisch ausgeschlossen waren. Auch zwischen den Troxanth selbst gab es kaum Auseinandersetzungen. Die eingeschlechtlichen Pilzwesen lebten in friedlicher Harmonie miteinander. Als sie zum ersten Mal mit der Tatsache konfrontiert wurden, dass es bei anderen Spezies unterschiedliche Geschlechter gab, amüsierte sie dies in höchstem Maß. Im Umgang mit anderen

Spezies bezeichneten sich die Troxanth stets als männlich, da sie sich durch Sporensamen vermehrten. Sie lebten vor sich hin, vermehrten sich bewusst und mit Bedacht und waren in den Augen der anderen Zivilisationen einfach durchschnittlich und langweilig.

Doch nun hatten zwei Vertreter der Troxanth die Runde der letzten vier Paare beim *Ruf der Erleuchtung* erreicht, womit sie selbst am wenigsten gerechnet hatten.

Kano öffnete das umlaufende Augenband. Die lichtempfindlichen Zellen vermittelten ihm einen perfekten Rundumblick, und was er sah, erschreckte ihn. Er richtete seinen annähernd kugelförmigen Körper mithilfe der vier Fadenarme auf, bis die vielen hundert Lauffäden Kontakt zum Boden hatten. Vor Aufregung verfärbte sich seine Haut dunkelbraun und sonderte Schleim am. Kano glänzte plötzlich, als hätte man ihn mit Öl überzogen.

Roki stand nur eine Fadenlänge entfernt. Kanos Paladin hatte die Fadenarme eingezogen, und seine hellgelbe Farbe ließ darauf schließen, dass er angestrengt nachdachte. Rokis Haut war trocken. Er musste als Erster erwacht sein.

»Wo sind wir?«, piepste Kano. »Dieser Ort ist schrecklich!«

Sie befanden sich mitten in einem tiefen Krater, dessen Hänge von zu Glas erstarrtem Gestein überzogen waren. Die Oberfläche glänzte im Licht der hellgelben Sonne fast schwarz. Hier mussten extreme Temperaturen geherrscht haben.

»Die Kreatoren haben uns auf dem Schlachtfeld

eines Krieges ausgesetzt«, vermutete Roki. Für einen Terraner hätte ihre Unterhaltung wie das Gezwitscher von Vögeln geklungen, aber ihre Stimmen passten zu den winzigen Körpern. Die Troxanth waren kaum größer als ein menschlicher Schädel.

»Hier könnte eine nukleare Waffe explodiert sein«, flötete Kano, nachdem er das geschmolzene Gestein begutachtet hatte.

»Dieser Krieg muss lange zurückliegen.« Roki kam auf Kano zu und betastete ihn mit einem ausgefahrenen Fadenarm. »Du bist aufgeregt.«

»Diese Umgebung macht mir Angst«, gestand Kano. »Hier kann es kein Leben mehr geben.«

»Das können wir nicht mit Sicherheit sagen«, widersprach Roki. »Wir müssen zunächst die Umgebung erkunden.«

»Irgendwo wird ein zweites Anwärterpaar erwacht sein. Wir müssen vorsichtig vorgehen.«

»Wir werden unsere Farbe der Umgebung anpassen. Das sollte uns Schutz geben.«

Sie fuhren ihre Fadenarme ein und begannen, den glasierten Boden hochzusteigen. Der Hang war steil, aber ihre vielen Füßchen gaben ihnen ausreichend Halt auf der glatten Oberfläche.

»Oh, ihr Kreatoren!«, rief Kano entsetzt aus, als er zerstörte Stadt sah, die sich rings um sie erstreckte.

»Lass uns dort vorläufig Unterschlupf suchen.« Roki deutete mit einem Fadenarm auf ein halbwegs erhaltenes Gebäude, nur wenige Faden entfernt.

Die geschwärzte Fassade mit den leeren Fensteröffnungen und der herausgebrochenen Tür machte keinen einladenden Eindruck, doch es war zu gefährlich, lange auf offener Straße herumzustehen. Das andere Paar konnte sie entdecken und angreifen. Sie brauchten einen Platz, wo sie in Ruhe einen Plan schmieden konnten.

Der erste Raum, den sie betraten, war wie alles andere von Staub und Asche bedeckt. In der dicken Schmutzschicht zeichneten sich keine Fußabdrücke ab, sodass sie gewiss sein durften, dass sie hier ungestört sein würden.

Kano wollte gerade damit beginnen, eine Strategie zur Erforschung der Stadt auszuarbeiten, als plötzlich in einer Ecke des Raumes mitten in der Luft ein heller Punkt erschien, aus dem sich schnell eine silberfarbene Kugel entwickelte.

»Die Sphäre der Kreatoren«, trillerte Kano ehrfürchtig.

Dann überflutete eine durchdringende Stimme seinen Geist.

26. Zweite Chance (I)

Grand schlug die Augen auf. *Das ist unmöglich*, dachte er. *Ich kann nicht am Leben sein!* Er lag auf dem Rücken, irgendwo auf einem harten Untergrund. Grand setzte sich auf. Neben ihm lag Jalina, bewegungslos, doch ihre Brust hob und senkte sich. Sie atmete. *Auch das kann nicht sein*, dachte er. *Wieso sind wir nicht tot?*

Grand kniete sich neben Jalina und fühlte ihren Puls. Ihr Herz schlug kräftig und regelmäßig. Grand schüttelte sie leicht. Als auch das nichts bewirkte, versetzte er ihr eine Ohrfeige. Mit einem Schrei riss sie die Augen auf.

Der Schrei brach ebenso plötzlich ab, wie er begonnen hatte. Sie sah Grand verwirrt an.

»Der … der Aufprall … gerade eben … ich sehe … das CCC zerbricht, und wir … ich … du …« Jalina stand unter Schock.

Grand nahm seine Lebensgefährtin in die Arme und drückte sie an sich. »Es ist okay, Liebling, wir leben«, flüsterte er ihr ins Ohr. »Hörst du? Es ist alles okay!«

»Das … das ist …«, stammelte sie. Ihre Augen weiteten sich. »Michael?« Sie starrte ihn an wie einen Geist. Dann betrachtete sie ihren Körper, als würde er jemand anderem gehören. »Wieso … wie ist das möglich?«

»Ich weiß es nicht, Jalina. Wir müssten tot sein, aber offensichtlich sind wir es nicht. Ich habe keine Erklärung dafür.«

»Wir sind in unseren richtigen Körpern. In unseren

Overalls!«

»Es sieht so aus, aber wir können nicht mehr beurteilen, was real ist. Nicht nach dem, was gerade passiert ist.«

»Ich fühle mich … normal.«

»Ja, ich mich auch«, bestätigte Grand. »Kein fremder Körper, keine Flut an Erinnerungen und keine zweite Persönlichkeit, mit der ich mir den Kopf teilen muss. Aber ist das wirklich Realität?«

»Wir können nicht mehr zwischen Traum und Realität unterscheiden. Das macht mir Angst, Michael!«

»Letztlich spielt es keine Rolle. Es fühlt sich real an, also müssen wir so handeln, als wäre es real.«

»Unser Tod war jedenfalls nicht real. Vielleicht war nichts von dem, was wir bisher erlebt haben, real. Verdammt! Ich habe die Schnauze von diesem Spiel allmählich gestrichen voll!« Jalina wurde wütend, was Grand als gutes Zeichen deutete. Er hoffte, dass sie bald wieder die Alte sein würde. Clever, unerschrocken und nicht unterzukriegen. So, wie er sie seit über fünftausend Jahren kannte.

»Real oder nicht«, sagte Grand. »Wir haben die letzte Runde verloren. Wieso geht es dann für uns weiter?«

Jalina überlegte kurz. »Geht es das denn?«, fragte sie schließlich und sah Grand zweifelnd an. »Vielleicht ist das hier der Ort, an dem die Verlierer aufwachen.«

»Wir werden es bald herausfinden. Es bringt nichts, sich darüber den Kopf zu zerbrechen, solange wir nicht mehr Informationen haben. Wo sind wir überhaupt?«

Erst jetzt begannen beide, sich ihre Umgebung genauer anzusehen. Was sie sahen, erfüllte sie nicht mit Begeisterung.

Es konnte ein Park gewesen sein oder ein lichter Wald. Was davon übrig war, ließ dies nicht mehr erkennen. Tausende verbrannter Baumstümpfe reckten ihre schwarzen Überreste in den klaren Himmel, in dessen Zenit eine hellgelbe Sonne stand. An den verkohlten, blattlosen Zweigen klebte eine graue Schicht aus Staub und Asche. Der Boden bestand nur noch aus Steinen und Geröll, das ebenfalls zentimeterdick mit Asche und Schmutz bedeckt war. Wenn hier je so etwas wie Gras gewachsen sein sollte, dann gab es jedenfalls keine Spur mehr davon. Es wehte fast kein Wind und Grand empfand die Hitze als drückend, aber erträglich. Der Park oder Wald war in einiger Ferne von den Überresten einer Stadt umgeben. Es mussten in jeder Richtung vier oder fünf Kilometer bis zum Stadtrand sein. Soweit Grand es von hier aus beurteilen konnte, war auch von der einstmals riesigen Stadt nicht viel übrig geblieben. Die von ihrem Standort aus zu sehenden Hochhäuser bestanden überwiegend nur noch aus ihrem Skelett. Es war anzunehmen, dass auch die kleineren Gebäude nicht besser aussahen.

»Wir sollten vorsichtshalber davon ausgehen, dass wir noch im Rennen sind«, sagte Grand. »Dann wartet irgendwo in dieser Ruinenstadt ein anderes Paar auf uns.«

»Und ein silberfarbenes Objekt«, ergänzte Jalina.

»Wir müssen behutsam vorgehen. Wir sind unbewaffnet und haben hier kaum Deckung. Ich fühle mich wie auf dem Präsentierteller.«

»Wenn jemand einen erhöhten Aussichtspunkt in der Stadt hat, kann er uns kommen sehen. Die traurigen Überreste dieses Waldes bieten keine Deckung.«

»Ich frage mich, was hier geschehen ist«, sagte Grand.

»Vielleicht sollten wir einfach hierbleiben, bis es dunkel wird. Zumindest kann man uns dann nicht mehr so einfach entdecken, wenn wir uns der Stadt nähern.«

»Das kostet zu viel Zeit. Es kann noch Stunden dauern, bis die Sonne hier untergeht. Wenn sich ein anderes Paar tatsächlich bereits in der Stadt befindet, haben sie jetzt schon einen Vorsprung. Wir müssen es einfach riskieren. Vielleicht haben wir Glück und sie sind auf der anderen Seite des Waldes.«

»In welche Richtung sollen wir gehen?«

Grand sah sich um. Die Ruinen zu ihrer Rechten erschienen ihnen höher als die anderen. Vielleicht lag dort das Zentrum. Vielleicht warteten dort aber auch ihre Gegner – falls es noch welche gab. Falls sie noch bei dem grausamen Spiel dabei waren.

»Dort entlang«, sagte er schließlich und deutete auf ein besonders hohes Gebäude.

Bevor Jalina antworten konnte, leuchtete plötzlich ein heller Punkt zwischen den Baumstümpfen auf. Er war heller als die Sonne am Himmel und Grand wandte sich geblendet ab. Jalina warf sich in Erwartung eines Angriffs zu Boden und rollte hinter einen dicken Baumstumpf. Grand hechtete hinterher.

Das helle Leuchten wurde langsam schwächer, und Grand wagte es, den Kopf über den schwarz verbrannten Stumpf zu heben. Er stieß einen überraschten Ruf aus.

»Das sieht aus wie eine Miniaturausgabe der Exodus Sphäre«, sagte Jalina, die ebenfalls über den Baumstumpf spähte.

Grand wollte antworten, doch er verspürte ein kurzes, unangenehmes Ziehen im Kopf, dann verdrängte eine mentale Stimme jeden eigenen Gedanken.

27. Die Botschaft

»Ihr steht kurz davor, das Megaversum betreten zu dürfen! Es gibt keinen Weg zurück. Seid gewarnt: Das Megaversum ist kein Ort für euch. Seid euch bewusst: Ihr habt euer Schicksal selbst gewählt. Seid gewiss: Wir werden über euch richten!

Dies ist die letzte Prüfung. Ihr werdet euch mit den verbliebenen Examinanden messen. Der Zugang zum Megaversum liegt in euch.

Warnung! Zum ersten Mal seit Äonen sehen wir Falschheit. Sechs der finalen Kandidaten sind nicht, was sie vorgeben zu sein. Erschlichene Unsterblichkeit, überwältigter Geist, gestohlener Körper. Ihr könnt uns nicht täuschen. Täuschung hat Konsequenzen. Täuschung wird nicht toleriert. Täuschung wird offenbart. Täuschung wird annulliert!

Das Megaversum steht nur den Würdigen, den Rechtmäßigen, den Erleuchteten offen.«

28. Alte Bekannte (II)

Der Druck in seinem Kopf ebbte ab. Rigorans Gedanken überschlugen sich. *Sie sind alle hier*, dachte er. *Alle vier verbliebenen Paarungen.* Neben ihm stieß Silvar ein tiefes Grollen aus.

»Endlich! Die Agenten des Coniunctional sind hier! Dieses Mal wirst du mich nicht aufhalten, Rigoran!«

Er hat recht, überlegte Rigoran. *Die letzte Prüfung. Die letzte Runde. Erschlichene Unsterblichkeit. Damit könnten Grand und Jalina gemeint sein.*

Doch auch er selbst war vor Tausenden von Jahren dank der dorianischen Nanoassembler unsterblich geworden. Zwar waren diese auf unerklärliche Weise aus seinem Körper verschwunden, als er die *Sphäre der Erleuchtung* betreten hatte, doch wer auch immer dafür verantwortlich war, musste ihr Vorhandensein natürlich bemerkt haben. Wenn dies überhaupt sein wirklicher Körper war und nicht nur eine weitere Simulation. Vielleicht bezog sich die Warnung auch auf ihn.

»Wir können nicht sicher sein«, sagte er deshalb zu Silvar. »Doch wir sollten davon ausgehen, dass wir hier auf die beiden treffen. Umso wichtiger ist es, uns Waffen zu verschaffen.«

»Die anderen stecken irgendwo in dieser Stadt.«

»Wahrscheinlich in einer der Ruinen. So wie wir«, vermutete Rigoran.

»Wie sollen wir sie finden?«

Hierin lag tatsächlich ein Problem. Die Ruinen der Stadt erstreckten sich in alle Richtungen bis zum

Horizont, selbst von ihrem erhöhten Standort aus. Ihre Gegner konnten überall sein, vielleicht Dutzende von Kilometern entfernt, oder noch weiter! Man hatte ihnen weder ein Ziel genannt noch verfügten sie über die Möglichkeit, schnell voranzukommen. Zu Fuß würde es Jahre dauern, auch nur einen Bruchteil dieser Riesenstadt zu durchkämmen – und es wäre sowieso unmöglich, in den Ruinen jemanden aufzuspüren, der nicht gefunden werden wollte. Andererseits war es sinnlos, einander aus dem Weg zu gehen. Keines der Kandidatenpaare – 'Examinanden', wie die körperlose Stimme sie genannt hatte – konnte ein Interesse daran haben, der unvermeidlichen Konfrontation dauerhaft auszuweichen und Jahre in diesem Trümmerfeld zu verbringen. Doch das löste nicht ihre dringendsten Probleme. Sie brauchten Waffen und ein Ziel, auf das sie sie richten konnten.

»Wir müssen hier raus und nach Waffen suchen«, sagte Rigoran. »Es muss Kellergewölbe oder sonstige Bereiche geben, die der totalen Vernichtung entgangen sind. Wenn hier ein Krieg geherrscht hat, dann gibt es sicherlich irgendwo Waffenlager oder Depots. Wir müssen eines davon finden.«

»Wohin sollen wir uns wenden?«, fragte Silvar.

Rigoran ging zu einer der Fensterhöhlen auf der anderen Seite des Raumes und ließ seinen Blick über das Ruinenfeld schweifen. Überall herrschte die gleiche Verwüstung. Unterschiedlich hohe Ruinen, wovon die höheren die größeren Schäden davongetragen zu haben schienen. In der Ferne konnte er die verbrannten Überreste von etwas ausmachen, das ein Park oder ein kleiner Wald gewesen sein musste. Vielleicht eine ehemalige Erholungszone inmitten der Stadt. Jetzt ragten dort nur noch schwarze Baumstümpfe aus der Erde empor.

Nichts war heil geblieben. Er nahm an, dass eine Hitze- und Druckwelle dafür verantwortlich gewesen war. Es konnte eine gewaltige nukleare Explosion gewesen sein. Hier musste ein fürchterlicher Krieg getobt haben. Alle Gebäude waren völlig zerstört. Fast alle.

Vielleicht zehn Kilometer weiter stand ein großes, gedrungenes Gebäude, dessen kuppelförmige Oberfläche zwar ebenso geschwärzt war wie alles andere, aber dabei relativ unbeschädigt geblieben war. Die Druckwelle war an der glatten Kuppel auf weniger Widerstand gestoßen. Es war das einzige Gebäude, das noch einigermaßen intakt aussah. Somit schien es die logische Wahl.

»Wir werden dort hingehen«, sagte Rigoran und deutete auf den Kuppelbau. »Wenn überhaupt noch irgendwo etwas erhalten geblieben ist, dann dort.«

Ihm war klar, dass die drei anderen Teams zu ähnlichen Schlussfolgerungen kommen mussten. Es war anzunehmen, dass man sie nicht allzu weit voneinander entfernt oder gar auf verschiedenen Seiten dieses Planeten ausgesetzt hatte. Wer auch immer hinter all dem steckte, wollte sie zusammenbringen, um den Sieger des Wettkampfs zu ermitteln. Rigoran war davon überzeugt, dass sie sich alle in diesem Bereich der Stadt aufhielten.

Erschlichene Körper, überlegte er. *Ich habe keine Ahnung, was damit gemeint sein könnte.*

Ihm war jedoch sehr wohl bewusst, was die mentale Stimme mit 'betrogener Geist' gemeint haben musste, und er ahnte, dass noch weitere Überraschungen auf sie warteten.

»Schau!« Silvar deutete auf die Kuppel. Auf dem höchsten Punkt war ein Licht aufgeflammt. Obwohl es draußen noch taghell war, konnte man eindeutig erkennen, dass es sich um eine silberfarbene Flamme handelte.

29. Alte Feinde (II)

Kechrak-23 lag wimmernd am Boden. Auch für Kechrak-17 waren die Schmerzen fast unerträglich gewesen, doch er versuchte, sich zusammenzureißen. Er hatte fühlen können, wie sich die imitierten neuronalen Strukturen der kopierten Körper gegen das Anfluten der mentalen Wellen gewehrt hatten. Wie es schien, reagierten nachgebildete Gehirnmuster, die nur vom Modulationsorgan in ihrer gegenwärtigen Form gehalten wurden, auf psychische Einflüsse wesentlich empfindlicher als das Original. Kechrak-17 spürte, wie das Modulationsorgan arbeiten musste, um die Gewebeorganisation zu bewahren und ihn und seinen Partner nicht zu formlosen Klumpen auseinanderfließen zu lassen.

Gestohlene Körper!

Er hatte sofort gewusst, was damit gemeint war. Es machte ihm Angst. Man hatte sie durchschaut.

Die Täuschung wird offenbart!

In ihren wirklichen Körpern würden sie völlig hilflos sein. Die Mathul-Elam waren eine Spezies von Gestaltwandlern, die als protoplasmatische Zellhaufen nur unter besonderen Bedingungen überleben konnten. Bedingungen, wie es sie nur auf ihrem Heimatplaneten und in der Station des Coniunctionals gab, wo die letzten Angehörigen ihres Volkes lebten. Sollten sie hier enttarnt werden und zu einem Klumpen modulationsfähiger Zellen zerfließen, wären sie jedem Angriff schutzlos ausgeliefert. Die anderen Kandidaten würden leichtes Spiel mit ihnen haben.

Wir werden über euch richten!

Seltsamerweise beunruhigte ihn diese Ankündigung weniger. Wer gerichtet wurde, hatte das Anrecht auf eine Verteidigung, und Kechrak-17 war von der Rechtschaffenheit ihrer Mission überzeugt. Sie jagten die Vertreter einer Entität, die niemals Zugang zur *Sphäre der Erleuchtung* erlangen durfte! Die Auswirkungen auf die Zukunft des Multiversums wären unabsehbar. Jeder musste dies verstehen. Auch die sogenannten Kreatoren.

Die Schmerzen hatten so weit nachgelassen, dass er sich erheben konnte.

»Die letzte Runde«, sagte Kechrak-17 zu seinem Partner. »Vier Kandidatenpaare, die gegeneinander antreten.«

»Wir haben es fast geschafft«, antwortete Kechrak-23.

»Sollten die Agenten des Devorators und die Verräter noch am Leben sein, werden wir nun endlich auf sie treffen.«

»Und sie töten!«

»Sie dürfen die Sphäre niemals betreten. Dies zu verhindern, ist unsere Aufgabe.«

»Selbst wenn wir dabei unser Leben lassen.«

»Selbst dann!«

Sie beschlossen, das Kellergewölbe zu verlassen und sich in die Stadt zu wagen. Es erschien unwahrscheinlich, sogleich auf einen der Mitbewerber zu stoßen, und selbst wenn – sie konnten sich nicht ewig hier verkriechen. Je länger sie zögerten, umso näher würden die anderen dem Erfolg kommen.

»Wir müssen uns einen erhöhten Standort suchen und uns einen Überblick verschaffen. Vielleicht sehen wir dann, wohin wir uns wenden sollten«, sagte Kechrak-17, als sie auf der von Trümmern übersäten Straße standen.

Sie wählten ein nahestehendes Gebäude, das noch einigermaßen intakt zu sein schien und sich etliche Dutzend Stockwerke in den Himmel reckte. Zwar war die Verkleidung der Fassade zerstört und verkohlt, sämtliche Fenster unter der Wucht der Druckwelle geborsten, die sich hier ausgetobt haben musste, und es zeigten sich gefährliche Risse in den Wänden, doch es war bisher nicht zusammengebrochen und würde hoffentlich auch diesen Tag noch überstehen.

Sie quälten sich in ihren Reptilienkörpern über die Reste von Aufgängen, Rampen und Treppen, bis sie das fünfzigste Stockwerk erklommen. Teilweise hatten sie klettern müssen, um die nächste Etage zu erreichen. Doch hier ging es nicht mehr weiter nach oben.

Mehrmals hatten sich unter ihrem Gewicht Trümmer gelöst und den Aufstieg erschwert, und einmal waren sie nur knapp einem Sturz in die Tiefe entkommen, als eine Rampe unter ihren Füßen zusammenzubrechen drohte. Nur ein rascher Sprung auf die nächste Plattform hatte sie vor dem sicheren Tod gerettet.

Von hier aus hatten sie einen guten Blick über die Stadt. Alles, was sie sahen, war restlose Zerstörung. Von den übrigen Kandidaten war hingegen nichts zu sehen, was Kechrak-17 aber auch nicht erwartet hatte.

Die anderen würden ebenso vorsichtig vorgehen wie sie selbst und nicht offen und unbesorgt durch die Ruinen marschieren.

Die beiden Mathul-Elam diskutierten eine Weile darüber, wo sie hoffen konnten, vielleicht weitere Hinweise und dringend benötigte Waffen zu finden. Kechrak-17 sah sich noch einmal um. Im Augenwinkel nahm er ein helles Licht war.

»Ein Zeichen«, sagte Kechrak-23 im gleichen Moment und deutete auf eine flache Kuppel, die noch einigermaßen intakt zu sein schien. Auf ihrem Dach flackerte eine silberne Flamme.

»Nun dürfte klar sein, wohin wir uns wenden müssen«, sagte Kechrak-17.

Wie es von hier oben aussah, würden sie sich nicht durch die nahezu unpassierbaren Straßen kämpfen zu müssen. Der Weg zu der Kuppel führte durch einen ebenen Wald oder Park, von dem nur noch verkohlte Baumstümpfe zu sehen waren.

30. Neue Feinde (II)

»Die anderen sind furchterregende Gegner«, flötete Roki, nachdem die silberne Kugel sich einfach aufgelöst hatte. »Die Kreatoren mögen uns beistehen!«

»Die anderen scheinen Betrüger zu sein.« Kanos Haut, die selbst ein Laserstrahl kaum durchdringen konnte, verfärbte sich erneut dunkelbraun vor Erregung. »Die Anschuldigungen waren nicht gegen uns gerichtet. Wir haben uns nichts zuschulden kommen lassen.«

»Umso mehr Ansporn, die Sphäre der Erleuchtung nicht durch wertlose Kreaturen beschmutzen zu lassen. Wir sind die letzten wahren Gläubigen, die noch verblieben sind.«

»Auf uns lastet eine große Verantwortung«, bestätigte Kano.

»Die Stimme sagte, der Zugang zum Megaversum, was wahrscheinlich die göttliche Ebene der Kreatoren ist, wäre in uns zu finden. Das verstehe ich nicht.« Roki nahm die leicht rötliche Farbe der Verwirrung an. »Gibt es dieses Mal kein silberfarbenes Objekt, das es zu finden gilt?«

»Ich kann es nicht sagen. In dieser Runde ist alles anders. Der Wille der Kreatoren wird sich uns offenbaren. Wir müssen Geduld haben.«

»Was sollen wir tun?«

»Zunächst müssen wir Näheres über unsere Umgebung erfahren. Vielleicht ergeben sich dann die nächsten Schritte von selbst. Die Kreatoren werden ein Zeichen hinterlassen haben. Wir müssen ihrer Weisheit vertrauen.«

»Es ist gefährlich, sich im Freien zu bewegen«, warnte Roki.

»Untätigkeit führt nicht zum Ziel!«, zitierte Kano einen Lehrspruch der Priester ihres Heimatplaneten.

Sie kamen überein, in dem Gebäude, das sie als Unterschlupf gewählt hatten, weiter nach oben zu steigen.

»Vielleicht gelingt es uns, auf das Dach zu gelangen«, piepste Kano.

Es dauerte länger, als sie gehofft hatten, doch schließlich standen sie auf dem Dach des Gebäudes, vielmehr auf dem, was davon übrig geblieben war.

Die Fläche wies eine gefährliche Neigung auf und war in der Mitte etliche Faden tief in sich zusammengesackt. Große Löcher, durch die ein Troxanth leicht gepasst hätte, machten den Aufenthalt hier zusätzlich zu einem Risiko. Jederzeit konnten weitere Brocken unter dem Gewicht ihrer Körper herausbrechen und sie in die Tiefe reißen. Sie arbeiteten sich vorsichtig zum höchsten Punkt vor. Unter ihnen gähnte ein Abgrund von vielleicht zwanzig Faden bis zur Straßenebene.

»Das ist nicht hoch genug«, stellte Kano fest. »Blas dich auf.«

»Du musst mich gut festhalten!« Roki war anzumerken, dass er von der Idee nicht begeistert war. Als Kinder hatten sie dieses Spiel oft gespielt, obwohl es von den Erwachsenen untersagt worden war. Wenn ein Troxanth dabei die Kontrolle verlor, konnte es sehr gefährlich werden.

Roki begann in seinem Körper Wasserstoff zu metabolisieren. Die Troxanth waren in der Lage, aus aufgenommenen Rohstoffen verschiedene Substanzen herzustellen. Von komplexen Giftstoffen über ätzende Säuren, die sie als Waffe einsetzen konnten, bis hin zu Gasen, die in ihrem Konverterorgan durch Aufspaltung von Wasser erzeugt wurden. Sie besaßen einen extrem flexiblen Körper und konnten Unmengen dieser Gase in ihrem Verdauungstrakt speichern, wobei sie sich fast auf die doppelte Größe ausdehnten. Wenn sie Wasserstoff erzeugten, konnten sie sich damit für kurze Zeit in die Luft erheben. Es gab jedoch keine Möglichkeit, das Schweben durch kontrolliertes Ablassen von Wasserstoff zu beeinflussen. Wer einmal abgehoben hatte, blieb oben, bis das Gas von selbst entwich. Diese Zeitspanne war jedoch nie exakt zu bestimmen. Wer sich dann zu hoch in der Luft befand, konnte einen schweren Sturz nicht mehr verhindern. Es gab nur eine Möglichkeit, einen Unfall zu vermeiden. Der 'Schweber', wie die Jugendlichen den Betreffenden genannt hatten, musste von einem anderen Troxanth gesichert und notfalls heruntergezogen werden.

Kano bildete einen langen Pilzfaden aus, den Roki mit einem flexiblen Fadenarm ergriff. Dann nahm er an Umfang zu. Als sich genügend Wasserstoff gebildet hatte, hob er langsam ab.

Er stieg etwa zehn Faden auf, bis sein Körper die natürliche Grenze erreicht hatte. Höher konnte es nicht mehr gehen. Auch der Fadenarm hatte die

Maximallänge erreicht, zu der Kano fähig war.

»Was siehst du?«, piepste er nach oben.

»Die Stadt ist riesig! Überall gibt es nur Zerstörung. Kein silberfarbenes Objekt in Sicht. Ich beginne Wasserstoff zu verlieren. Zieh mich runter!«

»Warte! Nur noch ganz kurz. Siehst du etwas, was von Interesse sein könnte?«

»Nein, es gibt keinen Hinweis, wohin … Warte! Ein Licht! Eine Flamme! Über einer halbwegs intakten Kuppel.«

»Merke dir die Richtung und den Weg.«

»Ja, ja! Zieh mich runter!«

Rokis Durchmesser begann bereits zu schrumpfen. Kano zog den Fadenarm ein, bevor Rokis Körpergewicht die verbliebene Tragkraft des Gases übersteigen konnte. Trotzdem stürzte sein Paladin ein Stück über dem Dach ab.

»Bist du in Ordnung?«, wollte Kano wissen.

»Ja, aber es hätte nicht viel höher sein dürfen.«

»Bist du sicher, dass du eine Flamme gesehen hast?«

»Ja, und sie leuchtete silberfarben. Das muss unser Ziel sein.«

»Hast du dir gemerkt, wie wir von hier aus zu der Kuppel kommen?«

»Natürlich! Wir müssen uns zwar ein Stück zwischen den Ruinen vorarbeiten, aber dann wird es einfacher. Zwischen uns und der Kuppel liegt eine früher bewachsene Fläche, von der nur noch verkohlte Reste übrig sind.«

31. Zweite Chance (II)

»Wir müssen schnellstens verschwinden!«
Grand fürchtete, sie könnten auf dieser relativ offenen Fläche leicht gesehen werden. Die Baumstümpfe boten keinerlei Deckung, und da sie es nun mit drei anderen Paaren zu tun hatten, war auch die Gefahr dreimal so groß.

Die nächsten Ruinen waren nicht weit entfernt, und sie schafften es in weniger als fünf Minuten, dazwischen unterzutauchen. Sie waren die ganze Strecke gerannt und ließen sich nun mit dem Rücken an eine Wand gelehnt zu Boden sinken.

»Wow!«, stieß Jalina schwer atmend aus. »Das war unangenehm. Eine körperlose Stimme in meinem Kopf. Aber ich begreife immer noch nicht, warum wir überhaupt noch im Rennen sind.«

»Ich begreife die ganzen Regeln dieses verdammten Spiels nicht«, gestand Grand. »Aber ich habe eine Vermutung: Es geht anscheinend nicht nur darum, das jeweilige silberne Objekt zu erreichen, auch das Verhalten im Laufe der einzelnen Runden scheint eine Rolle zu spielen. Vielleicht ist es sogar der ausschlaggebende Faktor.«

»Du denkst, dass unser Verhalten in bestimmten Situationen bewertet wird?«

»So ungefähr! Ich habe inzwischen den Eindruck, beim *Ruf der Erleuchtung* werden vor allem bestimmte Eigenschaften der Kandidaten überprüft. Man will wissen, ob sie charakterlich geeignet sind. Überlege mal, was bisher geschehen ist und was notwendig war, um eine Runde zu überstehen. In der ersten Runde waren es noch grundsätzliche Wesenszüge, die getestet wurden: Ausdauer, Mut und schließlich Intelligenz bei der Beantwortung der Fragen. Die zweite Runde war bestimmt von Aspekten wie Aufrichtigkeit, der Fähigkeit zu Vertrauen und Fragen der Ehre. In der virtuellen Realität ging es um Fantasie und Einfallsreichtum sowie um die Befähigung zur Zusammenarbeit, da der Firewall-Drache im Alleingang niemals zu überlisten gewesen wäre, und um die Bereitschaft, einander zu helfen. Bei den Zyliden waren unter anderem kulturelles Verständnis und das Potenzial zur Anpassung gefragt, in der terranischen Episode, der letzten Runde, schließlich die Bereitwilligkeit, notfalls das größte Opfer zu bringen, um andere zu retten – das eigene Leben! Es ging nicht darum, um jeden Preis den silbernen Dom zu erreichen. Es ging darum, ob man bereit war, seine eigenen Ziele für das Leben anderer aufzugeben.«

»Wow!«, sagte Jalina wieder und sah Grand mit großen Augen an. »Eine versteckte Prüfung der Teilnehmer.«

»Das vermute ich, aber ich kann mich natürlich auch irren. Es würde jedoch erklären, warum wir noch dabei sind.«

»Seit wann hast du diesen Verdacht?«

»Schon seit der zweiten Runde, als der Tantron eliminiert wurde, obwohl er sich als Erster Zugang zu dem Würfel verschafft hatte. Er hatte jedoch nur mit Lug und Betrug und schließlich durch den Mord an seinem Paladin gewinnen können. Er ist in eine Falle gelaufen, wie du damals richtig festgestellt hast. Er war egoistisch, gierig und niederträchtig – und demzufolge charakterlich nicht geeignet.«

»Und uns war es in der letzten Runde wichtiger, die Erde zu retten, als den Dom zu erreichen.«

»Genau! Deshalb haben wir diese Runde überstanden. Zumindest wäre dies eine Erklärung. Aber vielleicht sind die Regeln auch völlig andere und wir haben keine Ahnung, worum es hier geht. Vielleicht tappen wir orientierungslos durch eine Welt, die wir nicht verstehen.«

»Nein, Michael, ich denke, dass du richtigliegst«, sagte Jalina.

»Noch eines, Jalina, ich bin inzwischen davon überzeugt, dass alles nur eine Simulation ist – allerdings eine, in der wir tatsächlich sterben, wenn wir versagen!«

»Dann macht es keinen Unterschied.«

»Nein, das macht es nicht. Die Simulation ist für die Teilnehmer bittere Realität, in der sie ihr Leben einsetzen. Wer eine Runde verliert, wer ausscheidet, wer nicht für gut genug befunden wird, der stirbt tatsächlich.«

»Dann sollten wir besser nicht verlieren!«

»Und deshalb brauchen wir einen Plan!« Grand erhob sich und sah sich um. »Die Stimme sprach von vier Paarungen, die nun gegeneinander antreten werden – und drei davon erhielten eine Warnung. Mit 'erschlichener Unsterblichkeit' sind sicherlich wir gemeint. Sie wurde uns verliehen, künstlich eingepflanzt mithilfe einer hochstehenden Technologie. Wir haben sie nicht im Lauf eines evolutionären Prozesses auf natürlichem Weg erworben. Rigoran und Silvar müssen ebenfalls hier sein. Ich bin sicher, der Ausdruck 'überwältigter Geist' kann sich nur auf sie beziehen. Wir wissen, dass beide unter der mentalen Kontrolle des Devorators stehen. Ich habe jedoch keine Ahnung, wer oder was mit 'gestohlener Körper' gemeint sein könnte. Allerdings schließe ich daraus, dass ein Kandidatenpaar nicht das ist, was es zu sein vorgibt. Es wäre ein zu großer Zufall, wenn ausgerechnet jetzt plötzlich noch eine dritte Fraktion mit von der Partie wäre. Also müssen wir davon ausgehen, dass sie entweder ebenfalls vom Coniunctional geschickt wurden oder die Interessen des Devorators vertreten. Drei von vier Paarungen haben demzufolge eine versteckte Agenda. Wir müssen sehr, sehr vorsichtig agieren.«

»Wir brauchen unbedingt mehr Informationen und vor allem Waffen.«

»Und einen besseren Überblick! Lass uns versuchen, in eines der höheren Gebäude einzudringen. Von dort sehen wir vielleicht, wo unser nächstes Ziel liegen könnte.«

Eine Viertelstunde später standen sie an einem zerborstenen Fenster im oberen Stockwerk einer der höheren Ruinen.

»Mein Gott«, sagte Michael. »Hier müssen Abermillionen Bewohner gelebt haben.«

»Vielleicht erstreckt sich diese Stadt sogar über einen ganzen Kontinent.«

»Hier lebt niemand mehr, so viel ist sicher. Es sieht aus wie nach einem Atomschlag.«

»Michael! Sieh dir das an!« Jalina deutete aufgeregt auf ein Gebäude, das nur ein paar Kilometer entfernt lag. Über einer relativ gut erhaltenen, flachen Kuppel flammte ein silbernes Licht auf. »Das ist eindeutig eine Aufforderung.«

»Wenigstens wissen wir jetzt, wo man uns haben will. Aber die anderen Kandidaten werden die Flamme mit Sicherheit auch sehen. Man wird uns nicht allzu weit voneinander entfernt ausgesetzt haben.«

»Dann sollten wir uns äußerst vorsichtig nähern – und zusehen, dass wir schnellstens irgendwo Waffen auftreiben!«

»Ich bin nicht sicher, ob die Lösung in dieser letzten Runde in der Anwendung von Gewalt besteht«, warnte Grand.

»Sag das den anderen!« Jalina rümpfte die Nase. »Wie sagt man auf Terra: Vorsicht ist besser als Nachsicht.«

Zwei Stunden später näherten sie sich der Kuppel, wobei sie versuchten, jede Deckungsmöglichkeit auszunutzen. Zeitweise waren sie sogar durch einen unterirdischen Gang gekrochen, der ungefähr in die richtige Richtung führte. Dem immer noch spürbaren Geruch zufolge hatte es sich früher um einen Teil der Kanalisation gehandelt. Glücklicherweise waren alle Flüssigkeiten entweder bei dem Atomschlag verdampft oder im Lauf der inzwischen vergangenen Jahre längst verdunstet. Aber was zurückgeblieben war, zierte nun Ellbogen und Knie ihrer Overalls.

»Wenn man uns nicht sieht oder hört, dann wird man uns meilenweit riechen können«, hatte sich Jalina beschwert. Ihre Laune wurde erst besser, als sie in einem verlassenen Kellergewölbe zwei Messer und eine Art Axt fanden. Der Größe und den Griffen nach zu urteilen mussten die Bewohner der Stadt in etwa die Körpergröße eines Terraners und ähnlich geformte Hände gehabt haben. Es waren sicher keine Waffen für den Kampf gewesen, sie hatten wahrscheinlich eher als Werkzeuge gedient, doch Jalina fühlte sich sofort wohler. Auch Grand musste zugeben, dass es ein beruhigendes Gefühl war, sich notfalls mit mehr als nur Händen und Füßen verteidigen zu können. Rigoran und Silvar waren vermutlich ebenfalls hier, und er wusste nur zu gut, was sie von den beiden Agenten des Devorators zu erwarten hatten.

Sie hatten sich die Zeit genommen, die Kuppel einmal komplett zu umrunden. Jede Deckung ausnutzend, hatten sie sich durch Ruinen und über Trümmerberge, durch Abwasserkanäle und Kellerräume gequält. Es gab nur einen Weg, um ihr Ziel zu erreichen, und der führte über einen weitläufigen Platz, wo es kaum Deckung gab.

Jalina reckte die Nase um eine Ecke der Ruine, die der Kuppel gegenüberlag und in der sie sich versteckt hielten. Nur noch der große Platz trennte sie von dem Gebäude, das bis auf die geschwärzte Fassade und einige kleinere Löcher im Dach weitgehend intakt geblieben zu sein schien. Über dem höchsten Punkt flackerte nach wie vor die silberne Flamme. Von den anderen Paaren war weit und breit nichts zu sehen.

»Entweder sind die anderen schon drin oder wir sind die Ersten«, raunte sie Grand zu.

»Oder sie verstecken sich genau wie wir und warten darauf, wer den ersten Schritt macht«, flüsterte er genauso leise zurück.

»Es würde helfen, wenn wir wüssten, was von uns erwartet wird. Sollen wir uns bekämpfen, bis das letzte Paar übrig ist, oder zählt auch jetzt edles Verhalten mehr?« Der spöttische Unterton in Jalinas Stimme war nicht zu überhören. »Ist das ein Gladiatorenkampf zur Erbauung der Kreatoren, oder …« Sie kam nicht dazu, den Satz zu beenden. Grand legte ihr eine Hand über den Mund und zog sie in die Deckung zurück.

»Dort drüben!«, zischte er.

»Was …?« Jalina wusste nicht, was sie da sah.

Zwei Kugeln, jede nicht viel größer als ein menschlicher Kopf, betraten den von Schutt bedeckten Platz. Sie schienen sich auf Hunderten winziger Beinchen fortzubewegen. Die kleinen, lehmfarbenen Körper zeichneten sich gegen den Hintergrund aus Trümmern, Staub, Asche und Schlacke kaum ab.

Vorsichtig krochen Grand und Jalina zurück in die Ruine und duckten sich hinter einen Fenstersims. Von dort aus hatten sie einen guten Überblick, ohne selbst gesehen zu werden.

»Entweder sind das überlebende Einheimische oder es handelt sich um eines der anderen Paare«, sagte Grand leise.

»Ich glaube nicht, dass es hier Überlebende gibt. Außerdem wären die zwei Messer und die Axt, die wir gefunden haben, viel zu groß für die beiden Kugelwesen. Das muss eines der anderen Paare sein.«

»Sie bewegen sich recht sorglos«, stellte Grand fest.

Kaum hatte er ausgeredet, als ein Speer aus jener Ruine geflogen kam, an der die beiden Kugelwesen gerade vorbeihuschten. Eines von ihnen wurde genau in der Mitte getroffen. Es handelte sich um eine krude Waffe, gefertigt aus einem Holzstiel und einem spitzen Metallstück. Der Speer prallte wirkungslos an der zähen Lederhaut des Kugelwesens ab.

Die beiden beschleunigten auf eine unglaubliche Geschwindigkeit. Ihre kleinen Beinchen trommelten so schnell auf den Boden, dass man sie mit bloßem Auge nicht mehr voneinander unterscheiden konnte. Innerhalb weniger Sekunden hatten die beiden die Kuppel erreicht, warfen sich in den Eingang, der wie ein schwarzes Loch vor ihnen gähnte – und wurden zurückgeschleudert. Sie unternahmen einen zweiten Versuch – mit dem gleichen Ergebnis. Dann tauchten sie zwischen den herumliegenden Trümmerstücken unter.

Grand und Jalina sahen sich entgeistert an.

»Der Zugang wird von einem Abwehrfeld blockiert«, sagte Jalina.

Grand nickte. »Man will anscheinend auch hier wieder nur dem Sieger dieser Runde den Zutritt erlauben.«

»Die seltsamen kleinen Burschen können sich immerhin zwischen den Trümmern verstecken. Wir können das nicht!«

»Und sie sind zäh«, sagte Grand. »Sie verlassen sich anscheinend darauf, dass man sie mit dem, was hier an Waffen zu finden ist, kaum wird töten können.«

»Aber sie sind jetzt direkt vor dem Eingang. Damit haben sie einen gehörigen Vorsprung.«

»Sie werden sich früher oder später uns und den anderen Kandidatenpaaren stellen müssen.«

»Wir haben immer noch keine Ahnung, was man von uns erwartet.«

»Aber wir wissen jetzt, wo sich ein weiteres Paar versteckt hält«, sagte Grand. »Und ich habe da eine Idee!«

32. Die Kombattanten (I)

Rigoran fluchte leise. Silvars voreilige Handlung hatte nicht nur nichts bewirkt, sondern auch ihren Standort verraten, falls jemand den Angriff auf die seltsamen Kugelwesen beobachtet hatte, und davon musste er ausgehen. Zu allem Überfluss lag nun ihr Speer, die einzige Waffe, die sie unterwegs hatten improvisieren können, mitten auf dem Platz. Sie konnten ihn nicht holen, ohne Gefahr zu laufen, selbst gesehen und angegriffen zu werden. *Der Bragach ist ein hirnloser Idiot*, dachte Rigoran wütend.

»Der Zugang ist versperrt«, stellte Silvar überflüssigerweise fest. »Nur das siegreiche Paar erhält Zutritt. Damit läuft es auf einen Kampf hier auf dem Platz vor der Kuppel hinaus.«

»Ich bin nicht sicher, ob es das ist, was man von uns erwartet.«

»Was denn sonst«, widersprach Silvar. »Wir müssen die anderen ausschalten!«

Rigoran war von der eindimensionalen Denkweise seines Begleiters angewidert. Bereits in den vorherigen Runden hatte er ihn mehrfach zurückhalten müssen. Silvar kannte nur Angriff oder Niederlage, doch der Gerbaraner war inzwischen überzeugt davon, dass beim *Ruf der Erleuchtung* nicht nur die Eignung als Kämpfer geprüft wurde.

»Die beiden anderen Paare müssen ebenfalls hier irgendwo stecken«, unterbrach Silvar Rigorans Gedanken. »Wir sollten sie aus ihrer Deckung herauslocken und dann zuschlagen.«

Rigoran wollte gerade antworten, als er ganz in der Nähe, hinter einem kleinen Mauerrest, der einst Teil der Umfriedung des Platzes gewesen sein mochte, eine Bewegung wahrzunehmen glaubte.

»Ich denke, eines der anderen Paare habe ich soeben entdeckt«, sagte er und deutete in die Richtung, wo er die Gegner vermutete.

»Dann sollten wir uns anschleichen und sie auslöschen.«

»Das wird nicht mehr nötig sein«, sagte Rigoran, denn in diesem Moment stürmten zwei Gestalten hinter der Mauer hervor und rannten über den Platz. Sie schlugen Haken und nutzten jede Deckungsmöglichkeit aus, um sich dem Zugang zur Kuppel zu nähern – und dem Standort der beiden Kugelwesen, die sich direkt davor versteckt hielten.

33. Die Kombattanten (II)

Die beiden Mathul-Elam hatten den unwirksamen Speerwurf ebenfalls beobachtet. Nachdem die beiden Kugelwesen zwischen den Trümmerteilen aus ihrem Blickfeld verschwunden waren, blickten sie einander beunruhigt an.

»Das vierte Paar«, sagte Kechrak-17.

»Die Unbekannte in der Gleichung«, stellte Kechrak-23 fest. »Wenn die Agenten des Devorators und die Verräter tatsächlich hier sein sollten.«

»Wen sonst sollte die Stimme gemeint haben? Erschlichene Unsterblichkeit und überwältigter Geist. Wir wissen, dass zumindest drei von ihnen durch die Nanoassembler, die sie sich unrechtmäßig aus dem Erbe der Vorfahren unseres Auftraggebers erschlichen haben, unsterblich geworden sind. Und dass sie unter der geistigen Kontrolle des Devorators stehen, dürfte unstrittig sein. Es wäre ein zu großer Zufall, wenn diese Attribute noch auf andere Kandidaten zutreffen würden. Nein, sie sind hier!«

»Ich stimme dir zu.«

»Wir werden sie töten, doch wir werden auch diese kugelförmigen Wesen ausschalten müssen. Sie könnten sich auf die Seite unserer Feinde stellen und unseren Auftrag gefährden. Zudem sind sie Konkurrenten, die nichts unversucht lassen werden, um uns aufzuhalten. Wir sollten nicht an zwei Fronten kämpfen. Also müssen wir sie schnellstens aus der Gleichung eliminieren.«

»Ein notwendiges Opfer für das größere Gut!«

»Bedauerlich, aber unvermeidlich«, stimmte ihm Kechrak-17 zu. »Wir müssen schnell handeln, bevor die anderen uns zuvorkommen, und sich Einlass in die Kuppel verschaffen. Wir dürfen nicht länger zögern!«

»Wie gedenkst du vorzugehen?«

»Über effektive Waffen dürfte hier niemand verfügen. Der lächerliche Speer hat dies deutlich gemacht. Schnelligkeit, Gewandtheit und Stärke führen zum Ziel. Diese Körper sind für einen Kampf wie geschaffen. Weder die Agenten des Bösen noch die Verräter verfügen über solche Körper. Die beiden kleinen Kugelwesen sind mit Sicherheit keine ernst zu nehmenden Gegner für uns. Wir werden einen Überraschungsangriff starten. Während die anderen noch zögern, werden wir einen strategischen Vorteil erlangen. Wir werden die Kugelwesen ausschalten und uns direkt vor dem Eingang zur Kuppel postieren. Unseren Feinden wird es niemals gelingen, an uns vorbeizukommen. Sie werden es jedoch mit Sicherheit versuchen – und dabei sterben!«

»Ich habe keine Einwände.«

»Dann sollten wir nicht länger zögern.«

»Für das Coniunctional«, sagte Kechrak-23.

»Für das Coniunctional, unseren Herrn«, rief Kechrak-17 aus.

Dann stürmten sie los.

34. Die Kombattanten (III)

Kano quiekte erschrocken auf, als er die beiden Mathul-Elam in ihren Reptilienkörpern auf sich zurasen sah. Natürlich hatte er keine Ahnung, wer die beiden furchterregenden Gestalten in Wahrheit waren – er wusste nur, dass es sich um Konkurrenten handeln musste, die ihnen nichts Gutes wollten.

»Die Wurfwaffe muss von ihnen gekommen sein« zirpte Roki aufgeregt, ohne zu ahnen, wie falsch er mit dieser Vermutung lag. Instinktiv begann sein Körper, das Abwehrsystem zu aktivieren. Ätzende Flüssigkeiten und giftige Substanzen sammelten sich in den Speicherorganen. Die Ringmuskeln um die winzigen Hautdrüsen öffneten und schlossen sich in nervöser Bereitschaft.

Dann waren die beiden Echsen über ihnen.

Kano zog seinen Körper zusammen und spritzte einem der Angreifer einen dünnen Strahl der metabolisierten Säure entgegen. Die Flüssigkeit traf Kechrak-23 an der rechten Hand, die er mit ausgefahrenen Krallen schlagbereit erhoben hatte. Laut aufbrüllend fuhr er zurück und schüttelte verzweifelt den schmerzenden Arm, um die Säure loszuwerden. Die Schuppen am Handgelenk begannen bereits, schaumige Blasen zu bilden.

Kechrak-17 warf sich auf Roki, bevor dieser eine körpereigene Waffe einsetzen konnte. Mit beiden Beinen landete er auf dem unglücklichen Troxanth, der flach zusammengepresst wurde. Roki versuchte, ebenfalls einen Säurestrahl auszustoßen, doch der

Druck auf seinen Körper war zu groß, um pumpen zu können. Aus den Drüsen sickerte lediglich ätzendes Sekret aus, das jedoch über die Füße des Matul-Elam lief. Es fraß sich blitzschnell durch die dünnen Stiefel und erreichte die Krallenzehen. Kechrak-17 schrie auf, doch er ließ nicht in seinem Angriff nach. Mit den spitzen Krallen beider Hände durchbohrte er unter Aufbietung aller Kraft die schützende Lederhaut seines Gegners. Diesmal war es Roki, der einen hellen Hilfeschrei ausstieß. Kechrak-17 riss und zerrte mit tief in Rokis Körper versenkten Krallen an dessen Fleisch. Die Schmerzen an seinem Fuß, wo sich die Säure allmählich bis zum Knochen durchfraß, wurden fast unerträglich. Doch er ließ nicht locker. Kechrak-17 wusste, dass sich der Kampf hier und jetzt entscheiden musste.

Inzwischen hatte Kechrak-23 einen neuen Anlauf genommen. Er ignorierte den beißenden Schmerz an seinem rechten Handgelenk und stürmte wieder auf Kano zu. Dieser hatte seine Säure verschossen und stieß eine Wolke giftigen Zyanidgases aus. Kechrak-23 erwischte einen vollen Atemzug. Er fiel vornüber auf den Troxanth und drückte ihn zu Boden. Er spürte, wie ihm die Sinne zu schwinden begannen. Kechrak-23 riss das Echsenmaul seines kopierten Körpers so weit auf, wie er nur konnte, und biss mit aller Kraft zu. Noch immer inhalierte er mit jedem Atemzug das giftige Gas, das schnell eine tödliche Konzentration in seinem Blut erreichte. Er wunderte sich noch für einen Moment, wie schwer es ihm fiel, seine Zähne im Körper des Gegners zu versenken, dann verlor er das

Bewusstsein. Während Kano versuchte, sich unter dem schweren Echsenkörper hervorzuwinden, blieb das Herz von Kechrak-23 stehen. Als das Modulationsorgan versagte, zerfloss sein Körper augenblicklich zu einer formlosen Zellmasse, die Kano unter sich begrub.

Roki stieß weiterhin helle, spitze Schreie aus, während Kechrak-17 unermüdlich Fleischbrocken aus dem Körper seines Gegners riss. Roki war längst nicht mehr in der Lage, Säure oder Gas zu metabolisieren oder gar zur Verteidigung einzusetzen. Er spürte, dass es mit ihm zu Ende ging. Kurz bevor ihm die Sinne schwanden, wanderte sein Blick zu Kano, der nur wenige Meter von ihm entfernt ebenfalls um sein Leben kämpfte. Die Welt schien stillzustehen und er nahm alles um sich herum mit einer seltsamen Klarheit auf. Die Schmerzen waren plötzlich verschwunden. Er konnte sehen, wie Kano unter einer eklig aussehenden, gelblichen Masse hervorkroch und sich mühsam erhob. Sein Freund wies tief Fleischwunden an der gesamten Oberfläche seines Körpers auf, aus denen kostbarer Lebenssaft floss. Das Letzte, was Roki wahrnahm, waren zwei fremde Gestalten, die über den Platz angestürmt kamen. Er wollte seinem Freund noch eine Warnung zurufen, doch plötzlich überflutete ihn eine wohlige Wärme und er schloss, von Müdigkeit übermannt, sein Augenband.

Roki glaubte, die heiße Sonne seines Heimatplaneten über sich brennen zu spüren, er sah die heimischen Sanddünen und roch den würzigen Duft der Sporenfelder. Er starb glücklich, in dem Gefühl, endlich wieder zu Hause zu sein.

35. Die Kombattanten (IV)

»Sie müssen die beiden komischen Bälle ebenso gesehen haben wie wir«, vermutete Rigoran. »Jetzt wollen sie einen Konkurrenten ausschalten. Die zwei Winzlinge werden gegen diese beiden kaum eine Chance haben.«

Die Reptiloiden waren furchterregende Kampfmaschinen. Ihre schuppenbedeckte Haut bot ihnen einen guten Schutz und die stämmigen Beine mit den muskulösen Oberschenkeln waren in der Lage, einen Gegner in den Boden zu stampfen. Mit den beiden Krallenhänden und nicht zuletzt mit ihren spitzen Reißzähnen konnten sie jeden Feind in Stücke reißen.

»Dann sollen sie uns die Arbeit abnehmen«, sagte Silvar. »Wer auch immer gewinnt – wir nehmen uns den Sieger vor. Und dann erledigen wir endlich die Agenten des Coniunctional!«

Rigoran und Silvar beobachteten den Kampf, der nicht so ungleich zu sein schien, wie sie anfangs gedacht hatten.

Die beiden Echsen hatten sich auf je eines der Kugelwesen gestürzt und rangen mit ihnen verbittert um den Sieg.

Rigoran hatte sehen können, dass eine Flüssigkeit die Hand eines Angreifers getroffen hatte. Dort bildeten sich immer noch Blasen. Die winzigen Kugelwesen waren offensichtlich um einiges wehrhafter, als sie angenommen hatten. Dann glaubte er den schwachen, aber unverkennbaren Geruch von Zyanidgas in der leichten Brise wahrzunehmen, die über den Platz wehte.

»Wir müssen uns in Acht nehmen«, warnte er Silvar. »Die kleinen Geschöpfe können gefährliche Substanzen absondern.« Er deutete auf die miteinander ringenden Kämpfer. »Die Echsen scheinen in gehörige Schwierigkeiten geraten zu sein. Sie haben die Kugelwesen sicherlich unterschätzt.«

»Wir sollten die Situation ausnutzen«, sagte Silvar. »Solange sie miteinander beschäftigt sind, können wir sie überraschen.«

Vielleicht hat Silvar diesmal recht, überlegte Rigoran.

»Dann los!«, sagte er laut, während ihn ein weiterer Gedanke umtrieb. *Ich wollte, ich wüsste, wo Grand und Jalina stecken*, dachte er mit ungutem Gefühl. Er hielt die beiden nach wie vor für die gefährlichsten Gegner.

Rigoran und Silvar stürmten hinter ihrer Deckung hervor und rannten über den Platz. Sie mussten dabei den herumliegenden Trümmerbrocken ausweichen, über Löcher im Bodenbelag springen und ständig darauf achten, nicht auf dem glitschigen Film aus Staub und Asche auszurutschen, was ihr Vorankommen deutlich verzögerte. Rigoran konnte aus dem Augenwinkel wahrnehmen, wie Silvar sich bückte und im Laufen den provisorischen Speer aufhob. Wenigstens hatten sie ihre einzige Waffe wieder.

Als sie nur noch ein paar Meter vom Ort des Kampfes trennten, erkannte er, dass einer der Kandidaten auf jeder Seite auf die Beine kam. Silvar nahm Kurs auf den Reptiloiden, während sich Rigoran auf das überlebende Kugelwesen stürzte. In diesem Moment glaubte er über sich eine Bewegung wahrzunehmen, doch ihm blieb keine Zeit, sich darum zu kümmern. Das Kugelwesen pumpte sich auf und schickte sich an, ihm einen Strahl der ätzenden Flüssigkeit entgegenzuschleudern.

Rigoran stieß sich ab, vollführte im Flug einen Salto – und der dünne Strahl schoss knapp unter ihm hindurch. Er landete direkt vor seinem Gegner, nutzte sein Vorwärtsmomentum, um über eine Schulter abzurollen, sprang sofort wieder auf und warf sich auf seinen heftig blutenden Gegner. Sofern es sich bei der dunklen Flüssigkeit, die aus tiefen Wunden über den runden Körper lief, um Blut handelte.

Dann überschlugen sich die Ereignisse.

36. Sieger und Verlierer

Grand und Jalina waren in eine Ruine zurückgehastet, wo ihnen auf dem Weg hierher eine Seilrolle aufgefallen war. Zunächst hatten sie keine Verwendung dafür gesehen und sich nicht damit belasten wollen, doch nun würde dieses Seil ihr Problem lösen können, zur Kuppel vorzudringen, ohne den Platz überqueren zu müssen.

Sie sammelten das lange Seil auf und eilten durch die Ruinen, die den freien Platz umgaben, bis sie der Kuppel sehr nahe gekommen waren. Über vollkommen zerstörte Treppen stiegen sie mühsam in die vierte Etage hinauf.

»Gib mir die Axt«, sagte Grand zu Jalina, als er die Kuppel schräg unter sich liegen sah.

Er knotete die Axt an das eine Ende des Seils. Als er nach unten blickte, konnte er sehen, wie zwei Echsenwesen auf die Stelle vor dem Kuppeleingang losstürmten, wo sich die beiden Kugelwesen zwischen den Trümmern versteckt hatten.

»Es geht los!«, sagte er zu Jalina. »Das zweite Paar hat sich gezeigt.«

»Wollen wir nicht warten, bis sie sich gegenseitig ausschalten?«, fragte Jalina.

»Dann laufen wir Gefahr, zu spät zu kommen. Wenn es einem von ihnen gelingt, in die Kuppel einzudringen, haben wir das Nachsehen.«

Grand hoffte, dass keiner der Kämpfer ausgerechnet jetzt nach oben blicken würde. Er stellte sich auf den Sims der leeren Fensterhöhle, nahm das

Seilende mit der Axt in die rechte Hand und wirbelte es immer schneller neben seinem Körper im Kreis. Dann ließ er los und hoffte, genau genug gezielt zu haben.

Die schwere Axt flog durch die Luft, zog das Seil hinter sich her, das Grand locker durch die Hand gleiten ließ, und landete auf dem Kuppeldach. Er hatte richtig geschätzt. Das Seil war gerade lang genug gewesen.

Vorsichtig zog er am freien Ende. Die Axt rutschte langsam über die leichte Schräge – bis sie an eines der vielen Löcher geriet und hineinfiel. Nun würde sich zeigen, ob sein Plan aufgehen würde. Er gab etwas Seil nach, ruckte ein paarmal daran und zog erst sacht, dann immer fester an. Er stieß auf Widerstand. Die Axt hatte sich mit ihrem Blatt irgendwo verhakt.

Grand spannte das Seil und befestigte es an einem vorstehenden Metallstab, der neben dem Fenster aus der Wand ragte. Etwa zwei Meter Seil blieben übrig.

Grand zog eines der beiden Messer und schnitt zwei Stücke von jeweils fast einem Meter Länge ab. Eines davon gab er Jalina.

»Leg es in einer Schlaufe über das Seil und halte dich gut mit beiden Händen daran fest.«

Grand machte den Anfang. Er stellte sich wieder auf den Fenstersims, prüfte noch einmal die Spannung des Seils, legte sein Stück darüber und ergriff es, so fest er nur konnte. Dann stieß er sich ab.

Das Seil führte schräg nach unten auf das Dach der Kuppel, und wie er gehofft hatte, glitt er immer schneller daran entlang. Jalina wartete, bis er etwa die

Mitte erreicht hatte, dann folgte sie ihm.

Unter sich sah Grand gerade noch, wie Rigoran und Silvar aus einer Ruine stürmten und auf die Kämpfenden zurannten, bevor er über dem Dach angelangt war.

Grand kam hart auf, ließ sofort los und rollte sich ab. Die Kuppel war glücklicherweise nicht so steil, dass er abrutschte.

Dann riss das Seil. Entweder war es zu altersschwach oder sie hatten seine Tragfähigkeit überschätzt und es hatte der zusätzlichen Belastung durch Jalinas Gewicht nicht lange genug standgehalten. Kurz bevor sie die Kuppel erreichte, riss es direkt hinter ihr auseinander. Geistesgegenwärtig griff Jalina mit einer Hand nach dem Seil und konnte so verhindern, dass sie senkrecht nach unten stürzte. Doch ganz war ein Absturz nicht zu vermeiden. Jalina hing hilflos an dem gerissenen Seil und schlug wie ein Pendel knapp unterhalb der Dachrundung hart gegen die Wand der Kuppel. Beim Aufprall entglitt das Seil ihrer Hand und sie stürzte etwa vier Meter nach unten. Sie prallte unweit der Kämpfenden auf dem Boden auf.

Grand hatte all dies mitangesehen und schaltete blitzschnell. Er rutschte bis zum Dachrand, ergriff den herunterhängenden Teil des Seils und kletterte, so schnell er konnte, daran herunter. Es reichte nicht bis zum Boden und er musste die letzten zwei Meter springen.

Er kam direkt neben Jalina auf die Beine, die aus einer klaffenden Wunde an der Stirn blutete und gerade versuchte, sich stöhnend aufzurichten.

»Bist du in Ordnung?«, fragte er.

»Ich habe mir einen Knöchel verstaucht, wohl ein paar Rippen angeknackst und den Kopf ziemlich heftig angeschlagen, aber ich werde es überleben«, krächzte sie und stützte sich vornübergebeugt auf eines der Trümmerteile, um Atem zu schöpfen.

Grand wandte sich gerade rechtzeitig den Kämpfenden zu, um zu sehen, wie sich Rigoran und Silvar auf eines der Kugelwesen und einen der Reptiloiden stürzten.

Grand überlegte einen Moment, ob sie in den Kampf eingreifen sollten, doch dies war nicht nötig. Die Echse und die Kugel waren für die beiden erprobten Kämpfer keine Gegner. Während Rigoran mit einem eleganten Salto einem Flüssigkeitsstrahl auswich, den das Kugelwesen ihm entgegengeschleudert hatte, sprang auch Silvar aus vollem Lauf ab, flog fast durch die Luft und durchbohrte seinen Gegner mit dem Speer, den er in der Hand hielt. Augenblicklich zerfloss die Echse zu einer gallertartigen Masse.

Rigoran landete neben der Kugel, die sich ihm nicht schnell genug zuwenden konnte. Das kleine Wesen war bereits schwer verwundet und sicherlich nicht mehr vollends bei Kräften. Es hatte keine Chance gegen den ehemaligen Unsterblichen, der schon unzählige Kämpfe bestritten hatte.

Rigoran trat mit voller Wucht gegen den kleinen Körper, der sich mehrfach überschlug und gegen einen Trümmerblock krachte. Der Gerbaraner setzte sofort nach. Er hob einen großen Brocken auf, aus dem etliche armlange Metallstifte ragten, wahrscheinlich ein Teil einer ehemaligen Verstrebung. Wieder und wieder schlug er mit der primitiven Waffe auf sein wehrloses Opfer ein. Wieder und wieder bohrten sich die Metallstifte tief in den Körper des bedauernswerten Kugelwesens. Die Wunden, die es bereits davongetragen hatte, waren sein bevorzugtes Ziel. Dann sackte die Kugel in sich zusammen wie ein undichter Ballon. Schwer atmend richtete sich Rigoran auf. Sein Blick bohrte sich in Grands.

Gerade als Grand etwas sagen wollte, drehte sich Silvar ebenfalls um. Er sah die beiden verhassten Feinde nur wenige Meter vor sich stehen, und noch bevor irgendjemand etwas unternehmen konnte, hob er erneut den primitiven Speer, bog den Arm zurück und schleuderte die Waffe mit aller Kraft in ihre Richtung.

Für Grand schien alles in Zeitlupe abzulaufen. Er sah den Speer durch die Luft segeln, sah die verrostete Spitze, die aus einem zufällig gefundenen Metallstück bestand, dann sah er, wie Jalina sich mit dem Rücken zu ihnen langsam aufrichtete und wie der Speer seine große Liebe mitten zwischen den Schulterblättern traf.

Der Speer durchbohrte ihren Oberkörper und die Spitze trat vorn wieder aus. Jalina blieb halb umgedreht stehen und starrte Grand fassungslos an. Ihr Blick ging nach unten, zu dem aus ihrer Brust ragenden Metallteil. Sie blickte auf und sah Grand in die Augen. In ihrem Blick lagen Verwirrung, Verzweiflung und Angst. Sie wollte noch etwas sagen, doch nur ihre Lippen bewegten sich, während Blut aus ihrem Mund sickerte. Dann sackte sie auf die Knie. Noch einmal suchte sie den Blickkontakt mit Grand, dann schloss sie die Augen und fiel tot zur Seite.

Teil 3

37. Die Kuppel

Grand hörte sich selbst aufschreien. Er stürzte auf Jalina zu, nahm ihren leblosen Körper in den Arm und spürte sofort, dass es keine Rettung mehr geben konnte. Auch wenn er sich inzwischen sicher war, dass sie sich in einer Simulation befanden, so wusste er doch, dass der Tod hier mit dem Tod in der Realität einherging.

»Nein, nein, nein«, stammelte er.

In Bruchteilen von Sekunden durchzuckten ihn widersprüchliche Gefühle. Liebe. Verzweiflung. Und abgrundtiefer Hass.

Plötzlich überkam ihn eine unnatürliche Ruhe. Es war, als hätte jemand anders seinen Körper übernommen und würde ihn fernsteuern. Er war nicht mehr als ein unbeteiligter Zuschauer. Seine Gedanken wurden nur noch von einem unstillbaren Verlangen nach Rache erfüllt.

Die Welt schien stillzustehen. Er stand langsam auf und drehte sich zu Silvar um, der ihn höhnisch angrinste.

»Als Nächster bist du dran«, sagte er und fuhr seine Krallen aus.

Grand fixierte den Mörder seiner großen Liebe. Den eingeschnürten Leib des Insektoiden, die kräftigen Beine, die beiden mit jeweils drei langen Krallen bewehrten Hände und den länglichen Kopf, in dessen Maul zwei Reihen spitzer Zähne funkelten.

Grand wusste, dass er keine Chance gegen diese Killermaschine haben würde, doch das schreckte ihn nicht ab. Die Gewissheit, in Kürze zu sterben, schreckte ihn nicht ab. Jetzt nicht mehr.

Mit einem unmenschlichen Schrei stürzte er sich auf den völlig überraschten Silvar. Der Bragach war sich sicher gewesen, dass das zarte Menschlein es niemals wagen würde, ihn mit bloßen Händen anzugreifen. Das Überraschungsmoment verschaffte Grand einen winzigen Vorteil, den er auszunutzen gedachte.

Der Ansturm brachte Silvar zu Fall. Grand landete auf ihm und spürte, wie sich die Krallen des Mörders in seinen Rücken bohrten. Seltsamerweise verspürte er keinen Schmerz. Wieder und wieder schlug er mit bloßen Fäusten in die hässliche Fratze. Nichts existierte mehr für ihn, nur der Wunsch, seinen Feind auszulöschen, zu zermalmen, in den Boden zu treiben, ihn zu Klump zu schlagen. Grands Knöchel platzten auf und Blut lief ihm über die Hände. Er spürte nichts davon. Dann drückte er einen Daumen in eines von Silvars Augen.

Der Schmerz schien den Bragach aus seinem Schockzustand zu reißen. Er brüllte wie ein verwundetes Tier und bäumte sich wütend auf. Grand wurde zurückgeworfen, abgeschüttelt wie ein lästiges Insekt. Den Körperkräften seines Gegners hatte er nichts entgegenzusetzen. Grands anfänglicher Vorteil löste sich in Nichts auf. Silvar sprang auf und packte ihn.

Er hob Grand hoch wie eine Puppe und stemmte ihn über seinen Kopf. Dann schleuderte er ihn zu Boden. Grand erwartete, sich sämtliche Knochen bei dem Aufprall zu brechen. Doch noch immer spürte er keinen Schmerz. Aus Silvars zerquetschtem Auge lief Blut und tropfte auf Grand herab, der jetzt hilflos vor ihm am Boden lag.

»Jetzt bringe ich dich zu deinem Liebchen«, knurrte der Bragach und warf sich auf ihn.

Anstatt ihn mit seinen Krallenhänden einfach zu zerreißen, wollte er den Tod seines Feindes so lange wie möglich hinauszögern. Er wollte ihn leiden lassen. Er sollte begreifen, was mit ihm geschah. Silvar legte beide Hände um Grands Hals und drückte zu.

Grand spürte, wie jegliche Energie aus ihm entwich. Er bekam keine Luft mehr und konnte das auf ihm lastende Gewicht von Jalinas Mörder – von *seinem* Mörder – nicht abschütteln. Er verbrauchte die letzten Reserven und bäumte sich noch einmal auf. Schlug seinem Peiniger mit letzter Kraft seitlich in die Rippen. Versuchte verzweifelt, aus dem Todesgriff zu entkommen. Doch es war vergebens.

Sein Blickfeld verengte sich. Sein Gehirn schrie nach Sauerstoff, den es nicht mehr bekam.

Er glaubte, Jalinas Stimme zu hören, die nach ihm rief.

Unvermittelt ließ der Druck um seinen Hals nach. Warmes, dunkles Blut lief über sein Gesicht, vor dem die Fratze Silvars sich plötzlich verzog. Aus dem Maul des Monsters kam ein unartikulierter Laut. Erst jetzt sah Grand die Messerspitze, die vorn aus Silvars Kehle ragte. Dann verschwand sie, kam wieder, verschwand erneut und war wieder da. Mehr und mehr warmes Blut floss nun aus Silvars durchbohrter

Kehle in einem stetigen Strom über Grand Gesicht, in seinen vor Pein und Atemnot weit aufgerissenen Mund.

Dann sackte Silvar über ihm zusammen. Grand konnte wieder atmen und sog so viel Luft in seine Lungen, wie er nur konnte.

Er hörte einen Schrei. Rigoran stand über Silvar gebeugt, ein blutiges Messer in der Hand. Jalinas Messer. Rigoran musste es an sich genommen haben. Der Gerbaraner hatte ihm das Leben gerettet. *Warum?* Grand verstand nicht, was sich gerade abgespielt hatte.

Rigoran ließ das Messer fallen, griff sich mit beiden Händen an den Kopf und schrie erneut auf. Und schrie. Und schrie.

Er sank auf die Knie und seine Schreie gingen in ein Wimmern über. Er fiel vornüber, umschlang sich mit den Armen und wiegte sich hin und her, als könnte er sich selbst Trost spenden. Die Laute, die von ihm ausgingen, jagten Grand einen Schauer über den Rücken.

Grand stieß den toten Silvar von sich und stand auf. Er spuckte das Blut des Bragach, das in seinen Mund eingedrungen war, angewidert aus. Der ekelhafte Geschmack blieb.

»Rigoran, warum?«, wollte er fragen, doch aus seiner geschundenen Kehle kam nur ein Krächzen.

Der ehemalige Unsterbliche, der ehemalige Freund, der Agent des Devorators musste für einen Moment seine Konditionierung abgeschüttelt, überwunden haben. Gerade lange genug, um den Rest des *alten*

Rigoran zum Vorschein kommen zu lassen. Jenen Rest, den der Devorator ihm gelassen haben musste. Den Rest, der Grand das Leben gerettet hatte. Jetzt bekam Rigoran die Folgen zu spüren. Die geistige Essenz des Devorators, die seinen Geist beherrschte, wollte wieder die Oberhand gewinnen. In Rigorans Kopf spielte sich ein unbarmherziger Kampf ab, der dem, den Grand gerade ausgefochten hatte, in nichts nachstand.

Dann erstarb das Wimmern und Rigoran verlor das Bewusstsein.

Grand blickte sich um. Außer ihm war niemand mehr am Leben. Nur Rigoran, und Grand war sich nicht sicher, ob der Gerbaraner das mentale Ringen überleben würde.

Jalinas Leiche lag immer noch dort, wo sie zusammengebrochen war.

Grand ging zu ihr und nahm sie in die Arme. Endlich kamen die Tränen. Er hielt ihren Körper fest umklammert und weinte.

Schließlich stand er auf. Er legte Jalina sanft auf den Boden, nachdem er, so vorsichtig, als könnte sie es spüren, den Speer entfernt hatte. Er faltete ihre Hände über der Brust und küsste sie noch einmal auf die Stirn. Dann stand er auf und blickte zur Kuppel. Erneut erfüllte Hass all sein Denken. Hass auf diejenigen, die für all dies verantwortlich waren.

»Seid ihr nun zufrieden?«, schrie er. »Sind euch nun genug Opfer gebracht worden? Habt ihr euch genug amüsiert?«

Es blieb still. Niemand antwortete ihm.

»Was seid ihr? Götter? Nein, ihr seid Monster, die sich am Leid anderer Kreaturen ergötzen! Macht dem endlich ein Ende. Bringt mich auch um. Bringt einfach *alle* um, die euer mörderisches Spiel spielen. Das ist es doch, worum es euch geht. Leid, Tod und Vernichtung. Zu eurem Vergnügen. Hier bin ich, macht endlich Schluss!«

Von Rigoran kam ein Stöhnen. Er schien am Leben zu sein, war jedoch nicht bei Bewusstsein.

#Es tut uns leid. Wir wollen euch nicht töten. Das erledigt ihr ganz alleine. Wir beobachten und richten nur.#

Die Stimme kam von überall und nirgends. Grand drehte sich im Kreis, doch es war niemand zu sehen.

#Es hat kein Kandidatenpaar überlebt, wie es leider meistens der Fall ist. Niemand bedauert das mehr als wir. Der Ruf der Erleuchtung, wie ihr ihn nennt, war nie für Sterbliche gedacht. Doch diejenigen, die zu uns vordringen sollten, sind nie gekommen.#

»Wer seid ihr, verdammt noch mal? Was wollt ihr? Auf wen wartet ihr? Warum lasst ihr all das zu?«

#Wir haben keine Wahl. Der Zugang zu uns steht jedem offen, der die Hürden meistert. Doch bisher ist dies niemandem gelungen. Wir hoffen seit undenkbaren Zeiten darauf. Doch diejenigen, die die letzte Hürde bisher überwinden konnten, konnten bei uns nicht existieren.#

»Ich verstehe nicht, was du mir sagst. Ich verstehe nicht, was ihr wollt, auf wen ihr wartet. Ich verstehe nur, dass ihr Leid und Tod verursacht.«

#Komm zu uns, und du wirst verstehen. Du bist der Sieger und hast das Anrecht, vor uns zu treten. Doch sei gewarnt – noch niemand, der so ist wie du, hat dies je überlebt oder ist gar

auf seine Ebene zurückgekehrt.#

Grand hatte nichts mehr zu verlieren. Es war ihm egal, was nun geschehen würde. Was mit *ihm* geschehen würde. Doch er wollte vor die Verantwortlichen treten und ihnen seine Anklage ins Gesicht schleudern.

Neben ihm stöhnte Rigoran erneut auf. Er zuckte wie unter heftigen Krämpfen.

»Was ist mit ihm?«, fragte Grand.

#*Er hat verloren.*#

»Er hat mir das Leben gerettet«, sagte Grand. »Ich kann ihn nicht einfach hier liegen lassen.«

#*Er hat verloren*#, wiederholte die Stimmer.

»Nein!«, sagte Grand. »Ich bestehe darauf, ihn mitzunehmen. Wohin auch immer ihr mich bringt. Jalina, mein Paladin, ist eurem mörderischen Spiel zum Opfer gefallen. Ich hätte das Recht als Sieger, meinen Paladin mitzunehmen, wohin ich auch gehe, nicht wahr?«

#*Das ist korrekt.*#

»Dann erkläre ich Rigoran zu meinem neuen Paladin und verlange das gleiche Recht für ihn!«

Es blieb für einen Moment still.

#*Wir akzeptieren*#, sagte die Stimme schließlich. #*Ihr könnt eintreten.*#

Grand hob Rigoran auf. Der Gerbaraner wog nicht viel, trotzdem erschien er ihm schwer wie Blei. Grand warf einen letzten Blick auf Jalinas toten Körper. Er empfand es als seine Pflicht, herauszufinden, wofür sie gestorben war. Es war das Letzte, was er in seinem Leben noch zu tun hatte.

Mit Rigoran auf den Armen ging er zum Eingang der Kuppel. Er konnte nicht sehen, was dahinter lag. Im Innern war es vollkommen dunkel.

Diesmal versperrte kein Abwehrfeld den Zutritt.

Grand trat ein.

38. **Megaversum**

Grand öffnete die Augen. Er lag auf einer bequemen Couch in einer exakten Kopie – denn etwas anderes konnte es nicht sein – ihrer Unterkunft im *Hort*. Wieder eine Simulation. Die Erinnerung und der Schmerz über Jalinas Tod durchzuckten ihn wie ein elektrischer Schlag. Sein Herz raste. Ihm war übel. Er war alleine. Hier, jetzt und in seinem Leben. Was auch immer davon noch übrig sein mochte. Grand erinnerte sich an die Warnung. *Niemand, der so ist wie du, hat dies je überlebt.* Es war ihm gleichgültig.

Er wusste nicht, was nun kommen würde, und auch dies berührte ihn nicht. Er wollte nur noch diejenigen, die all dieses Leid, die närrischen Versuche, die *Erleuchtung* zu finden, und die vielen Toten zu verantworten hatten, seine Verachtung spüren lassen. Seinen Zorn vor ihnen herausschreien. Danach sollten sie mit ihm machen, was immer sie wollten. Es war ihm egal.

Grand verspürte keine Schmerzen, keine körperliche Erschöpfung. Man hatte seinen Körper wieder vollkommen hergestellt. Nur seinen Geist hatte man nicht heilen können. Dort tobte der Schmerz unvermindert weiter. Fast wünschte er sich den versprochenen Tod herbei.

Die Tür öffnete sich und ein Mann trat ein. *Eine weitere Simulation*, dachte Grand. *Nichts hier ist echt. Weder der Mann noch das, was er mir zu erzählen hat. Eine Lüge, wie alles andere.*

»Ich hoffe, du fühlst dich hier wohl«, sagte der

Mann nonchalant und nahm ihm gegenüber Platz.

Grand hätte ihm ob dieser gefühlskalten Begrüßung am liebsten die Faust ins Gesicht geschlagen. Dieser Mann hatte Jalina auf dem Gewissen. Er oder diejenigen, die er repräsentierte. Doch es wäre eine sinnlose Geste gewesen. Er würde es nicht einmal spüren. Kochend heißer Zorn brodelte in Grand. Unbewusst ballte er die Fäuste.

Der Mann hatte es bemerkt. »Du musst uns hassen«, sagte er ruhig. »Ich kann es verstehen. Doch ich … *wir* … fühlen uns verpflichtet, dir unsere Geschichte zu erzählen. Du hast dir das Anrecht darauf erworben, auch wenn es hier für dich keine Zukunft geben kann. Es war nie unsere Absicht, die *Exodus-Sphäre*, wie du den Durchgang zu uns so treffend genannt hast, zum Mittelpunkt einer Religion zu machen. Es war nie geplant, Wesen deiner Entwicklungsstufe dorthin zu locken und sie die Prüfung durchlaufen zu lassen. Doch wir können es nicht rückgängig machen. Wir können – wir *dürfen* – den Durchgang nicht verschließen. Er ist von zu großer Bedeutung für die kosmologische Evolution. Er führt zum Ende und zum Anfang. Er schließt den Kreis. Würde er nicht mehr existieren, wäre die Kette der Entwicklung unwiderruflich unterbrochen und der Sinn jeglicher Existenz wäre somit hinfällig.«

»Wo bin ich? Und wo ist mein Begleiter?«

»Dein neuer Paladin befindet sich in einer mentalen Stasis, in der wir seinen Geist gerade noch am Leben erhalten können. Wir versuchen, sein 'Ich' von den Einflüssen einer anderen Macht zu befreien. Ihr befindet euch beide auf einer Zwischenebene außerhalb des Multiversums, aber noch nicht im Megaversum.«

»Er hat mir das Leben gerettet. Es war noch genug vom alten Rigoran übrig, um den Einfluss für kurze Zeit abzuschütteln. Ich hoffe, ihr habt Erfolg. Was ist das Megaversum? Dieser Begriff wurde bereits einmal erwähnt.«

»Eine Ebene der Existenz, die völlig losgelöst ist von dem, was ihr als Multiversum bezeichnet. Das Multiversum ist, bei aller für niedrigere Intelligenzen unverständlichen Größe und Komplexität, letztlich nur eine materielle Ebene. Strings, Quanten und noch kleinere Einheiten, die euch bisher unbekannt geblieben sind, aber letztlich alles physikalisch erklärbar. Das Megaversum hingegen ist reiner Geist. Nicht Energie, nicht Masse, nichts, was ihr verstehen könntet. Ihr besitzt nicht einmal Worte, um es auszudrücken. Nicht einmal die Fantasie, es euch vorstellen zu können. Selbst jetzt, wo ich versuche, es zu beschreiben, muss ich versagen. Es ist schlechterdings für euch geistig nicht erfassbar. So wenig, wie sich eines eurer Bakterien das Multiversum vorstellen könnte.«

»Wir sind also für euch nur so etwas wie Bakterien?«, fragte Grand provokant.

»Es fällt uns schwer, überhaupt mit euch zu kommunizieren. Beinahe so schwer, wie es für dich wäre, mit einem Bakterium zu kommunizieren. Dies ist nicht despektierlich gemeint, es soll nur die Diskrepanz zwischen uns verdeutlichen. Wir respektieren euch. Wir lieben euch sogar. Doch wir haben nichts mehr mit euch gemein.«

»Nichts *mehr*?«

Der Mann schwieg für einen Moment und sah Grand nachdenklich an.

»Auch wenn es für dich kaum vorstellbar ist, so stammen wir doch aus deiner Existenzebene. Seitdem sind allerdings so viele deiner Jahre vergangen, dass selbst die gesamte Geschichte deines Universums dagegen nur ein Wimpernschlag ist. Wir sind der Endpunkt allen Seins. Von aller Intelligenz, die sich jemals im Multiversum entwickelt hat, war es nur uns vergönnt, dieses Ziel zu erreichen. Wir sind wie ein Atom, ein *Quant* in der Fülle eines ganzen Universums. Wir sind die Ausnahme, die Ausgezeichneten, die *Erleuchteten*. Und wir wünschen uns nichts sehnlicher, wenn menschliche Begriffe es überhaupt beschreiben können, als dass dies noch anderen gelingen möge. Doch bisher warten wir vergebens.«

»Und die Sphäre …?«

»… ist der einzige Zugang zu uns!«, setzte der Mann Grands Worte fort. »Wenn wir diesen Zugang verschließen, ist es auf alle Zeit unmöglich, das Megaversum zu erreichen. Wir würden jeglicher Intelligenz, die sich in den vergangenen Äonen entwickelt hat oder in den noch kommenden Äonen entwickeln wird, das Ziel ihrer Existenz entreißen. Dies können wir nicht verantworten. Es wäre das Ende der großen kosmischen Idee!«

»Also seid ihr die wahren Herrscher des

Multiversums?«

»Du hast mich nicht verstanden, Michael Cordwainer Grand! Das Multiversum interessiert uns nicht. Wir leben auf einer Ebene, für die es nicht das Geringste bedeutet. Das Multiversum ist die Petrischale der eigentlichen Intelligenz. Das Ziel der kosmischen Entwicklung liegt hier. Alles zuvor ist nur ein Zwischenschritt, eine Bewährungsstufe, ein Ausleseprozess. So wie auf deiner Erde einst ein Einzeller aus dem Urschlamm gekrochen ist, dessen Nachfahren das Land und schließlich die Sterne erobert haben, so muss sich Intelligenz durch das Multiversum quälen, um hier ihre eigentliche Bestimmung zu finden. So wenig, wie für den Einzeller die Ursuppe seine finale Bestimmung war, so wenig ist die materielle Existenz die finale Bestimmung intelligenten Lebens. So wie er sich erhoben hat, müsst auch ihr euch erheben. Die Bestimmung allen Seins liegt hier – im Megaversum. Verstehst du nun, warum wir den Zugang nicht verschließen dürfen?«

»Aber muss deswegen jeder sterben, der ihn zu durchschreiten versucht? Musste Jalina deshalb sterben?« Grand schrie die letzten Worte heraus.

»Auch hier unterliegst du einem Irrtum, Michael Cordwainer Grand. Wir steuern diesen Prozess nicht. Ihr selbst steuert ihn! Alles, was ihr erlebt habt, war nur eine Manifestation eurer unterbewussten Gedanken. Der Durchgang prüft, aber er richtet nicht. Wer die Prüfung nicht besteht, dessen Geist und Körper verlöschen. Nichts von dem, was ihr erlebt habt, war euch wirklich fremd. Die Fragestellungen waren immer eindeutig. Die moralischen Dilemmas waren euch nicht unbekannt. Nur wer geistige Reife zeigt, kann die Prüfungen bestehen. Doch sie waren nicht für euch Sterbliche gedacht, sondern für weit höher entwickelte Intelligenzen. Leider haben diese den Weg zur Sphäre seit Äonen nicht gefunden.«

»Du lügst!«, ereiferte sich Grand. »*'Wir werden über euch richten!'*, habt ihr in der mentalen Botschaft gesagt.«

»Und das werden wir! Denn nun richten wir dich. Wir richten über den Sieger des Wettkampfes, nicht über die Teilnehmer. Du bist tatsächlich nach langer Zeit der Erste, mit dem wir überhaupt kommunizieren. Die bisherigen Sieger der Prüfung wurden direkt ins Multiversum vorgelassen, wo ihr mentales Substrat verwehte, denn Wesen wie ihr können dort nicht existieren. Doch ihr habt unser Interesse geweckt. Ihr wart anders als alle, die zuvor gekommen waren. Einige von euch standen unter geistiger Beeinflussung, zwei hatten sich fremde Körper angeeignet, um zu betrügen, und drei von euch waren auf unnatürlichem Weg unsterblich geworden. Eine künstliche Unsterblichkeit, die ihr euch nicht auf evolutionärem Weg verdient habt. Du und dein neuer Paladin gehört dazu!«

Grand lachte verächtlich auf. »Wie könnt ihr es wagen, uns zu verurteilen? Weil ihr so viel älter seid? Weil ihr euch für etwas Besseres haltet?«

»Weil es gegen die Natur ist. Weil die Evolution ihren natürlichen Lauf nehmen muss und nicht überlistet werden darf. Wir sind sicher, dass nach uns keine andere Spezies diesen Weg gehen konnte, weil sie sich niemals die Zeit genommen hatten, sich auf natürlichem Weg zu entwickeln. Immer wurden technische Hilfsmittel benutzt, um voranzukommen. Dies führt in die Sackgasse, Michael Cordwainer Grand, und stellt den Sinn aller Existenz infrage. Die höchste Form des Seins kann nicht erzwungen werden, indem man die kosmologische Ordnung zu betrügen versucht.«

»Ihr könnt philosophieren, so lange ihr wollt.« Grand hatte von dem Geschwafel des Mannes die Nase voll. Er wollte nur noch, dass es zu Ende ging, und sah seinem Tod gelassen entgegen. Doch zuvor wollte er ihnen noch die Augen öffnen. »Ihr wisst nicht, was sich im Multiversum abspielt. Ihr schwebt seit langer Zeit so hoch über den Dingen, dass ihr den Blick für die Realität der materiellen Ebene verloren habt. Dort findet ein ständiges Ringen zwischen den Kräften des Guten und denen des Bösen statt. *Das* ist schon lange der natürliche Lauf der Evolution! Und wenn das Gute nicht untergehen will, so muss es alles einsetzen, was ihm zur Verfügung steht. Sei es Unsterblichkeit oder ein anderes technisches Hilfsmittel.«

»Das können wir nicht glauben. Die Evolution ist ein heiliger Prozess, dessen Endziel im Megaversum liegt. Den Weg dorthin kann nur beschreiten, wer rein bleibt. Das Reine wird immer über das Unreine obsiegen.«

»Ihr seid offensichtlich nicht so hoch entwickelt,

wie ihr glaubt.« Grand war über die Naivität des Mannes entsetzt. »Ihr seid nicht nur naiv, sondern ignorant und unwissend. Ihr haltet euch für Götter, doch ihr seid nur ahnungslose Narren.«

Der Mann wollte etwas sagen, aber Grand stoppte ihn mit einer schroffen Handbewegung. »Im Multiversum kämpfen seit Jahrmillionen zwei Entitäten gegeneinander, die beide weder gut noch böse sind. Die beide weder rein noch unrein sind. Sie sind ganz einfach egoistisch und mächtig und sie benutzen die Wesen auf meiner Ebene wie austauschbare Figuren in einem kosmischen Spiel. Auch ich war lange naiv und habe angenommen, auf der richtigen Seite zu kämpfen. Doch inzwischen bin ich sicher, dass es keine richtige Seite gibt. Wir niederen Wesen, wir *Bakterien* werden in diesem Kampf zerrieben. Wir spielen keine Rolle. Und eines Tages wird es einer dieser Entitäten in ihrer Gier nach immer größerer Macht gelingen, zu euch vorzudringen. Mit all den 'unreinen' Hilfsmitteln, die ihr so sehr verachtet. Und dann werden sie euch in eurer armseligen Naivität genauso zur Seite drängen und auslöschen, wie sie es mit uns tun werden. Ihr habt nicht verstanden, welchen Weg die Evolution eingeschlagen hat, und deshalb schon so gut wie verloren! Ich kann euch in eurer Ignoranz nicht einmal mehr hassen. Ich verachte und bemitleide euch!«

Der Mann sah Grand schweigend an. »Ich werde zurückkehren. Wir werden noch einmal miteinander reden. Wir werden eine Entscheidung treffen – und dann wirst du eine Entscheidung treffen müssen.«

Die Gestalt löste sich einfach auf. Grand war wieder alleine in dem so vertrauten Zimmer und sein Schmerz kehrte zurück.

39. Enthüllungen

Diesmal verzichtete der Abgesandte der mysteriösen Macht darauf, durch die Tür zu kommen, und materialisierte einfach wieder auf dem Sessel gegenüber dem Sofa, auf dem Grand nach wie vor bewegungslos saß. Es waren höchstens zehn Minuten vergangen.

»Erzähle uns deine Geschichte«, forderte er.

»Bevor ich etwas erzähle, will ich Informationen. Das ist der einzige Deal, auf den ich mich einlasse. Wie du selbst gesagt hast, habe ich nichts mehr zu verlieren.«

»Was willst du wissen?«

»Wer seid ihr? Woher kommt ihr? Was ist euer Ziel? Ach ja, wer bist du und wie soll ich dich nennen?«

Der Mann schien in sich hineinzulauschen, bevor er antwortete. »Ich bin befugt, dir diese Fragen zu beantworten. Die letzte zuerst. Ich bin unsere Stimme. Ich habe keinen Namen, aber wenn es dir dann leichter fällt, mit mir zu reden, darfst du mir einen geben.«

»Dann nenne ich dich einfach 'Stimme'«, sagte Grand, dem es im Grunde egal war, wie er sein Gegenüber nennen sollte, solange es nur irgendein Name war. »Weiter!«, forderte er.

»Wir sind die vereinigte Essenz dreier Spezies, die das Megaversum erreicht und erfüllt haben. Wir stammen aus verschiedenen Universen und haben über eine Zeitspanne, die dein Fassungsvermögen überschreitet, den langen Weg der Evolution zurückgelegt. Wir haben unsere Universen beherrscht, wir wachten über das Multiversum und haben schließlich gemeinsam den letzten Schritt getan. All dies ohne den Drang nach Macht und in völliger Eintracht mit der kosmischen Ordnung. Unser Ziel? Diese Ordnung zu bewahren. Hier auf diejenigen zu warten, die nach uns kommen werden, und sie zu anzuleiten. Wir leben in der Ektase unseres Seins. Wir sind uns selbst genug. Wir erschaffen uns geistige Welten, deren Schönheit, Eleganz und Vielfalt deine Vorstellung überschreiten. Wir sind der Anfang und das Ende. Wir sind alles, was existiert. Wir sind eins mit der Schöpfung. Doch eines sind wir nicht: Wir sind nicht die Kreatoren eurer Welten oder gar des Multiversums. Wir sind keine Götter, auch wenn wir in euren Augen allmächtig sein mögen, denn wir können mit unserem Geist alles erschaffen, was überhaupt vorstellbar ist. Doch nicht für euch, nicht im Multiversum, nur hier, im Megaversum. Der Weg zurück ist uns für immer versperrt. So wenig, wie du in die Fruchtblase deiner Mutter zurückkehren könntest, so wenig ist es uns möglich, auf die Geschicke des Multiversums noch Einfluss zu nehmen. Wir sind dieser Ebene entwachsen. Wir sind das Megaversum, denn es ist erfüllt mit unserem Geist und existiert nur durch diesen.«

Die Hälfte dessen, was *Stimme* erzählte, blieb für Grand völlig unverständlich. Doch eine Aussage trat hervor.

»Ihr könnt nicht nur keinen Einfluss auf das

Multiversum ausüben, ihr wisst überhaupt nicht, was dort vor sich geht!«, stellte er verblüfft fest. »Ihr seid blind gegenüber allem, was dort geschieht!«

»Das ist korrekt, Michael Cordwainer Grand. Deshalb ist deine Geschichte für uns von großem Interesse. Wenn es stimmt, was du angedeutet hast, ist die kosmische Ordnung in Auflösung begriffen.«

Die nächsten zwei Stunden – soweit es hier überhaupt so etwas wie Zeit gab – verbrachte Grand damit, seine Geschichte zu erzählen. Von seinem Dienst in den Terranischen Raumverbänden. Von der Entdeckung der Ra´hul und ihrer Invasion. Von Jalina und der Liga der Unsterblichen. Von den Dorianern und ihrem Erbe. Von seiner eigenen Unsterblichkeit und von der Rettung seines Universums. Von seiner und Jalinas Tätigkeit als Agenten des Coniunctionals und vom Devorator, dem Bruder und Gegenspieler, den sie so lange bekämpft hatten. Und schließlich von seinen Zweifeln. Davon, dass er sich nun fragte, ob sich die beiden Entitäten in Wahrheit überhaupt voneinander unterschieden.

»Ihr Machtstreben und ihre Gier zu herrschen wird das Multiversum in seinen Grundfesten erschüttern«, sagte er zum Schluss. »Davon bin ich überzeugt. Ihre Auseinandersetzung wird eskalieren. Sie werden bei ihrem Kampf nicht davor zurückschrecken, ganze Universen zu opfern und das, was ihr die kosmische Ordnung nennt, zu zerstören. Und eines Tages werden sie auch den Weg zu euch finden. Sie werden mächtiger sein, als ihr es euch vorstellen könnt. Und ihr werdet ihnen entgegentreten müssen, oder sie werden auch euch vernichten, denn sie sind unersättlich.«

Stimme war sichtlich erschüttert. »Das darf nicht geschehen!«, sagte er. »Das Megaversum selbst geriete in Gefahr!«

»Ihr könnt nach eigener Aussage nichts dagegen unternehmen. Der Weg ins Multiversum ist euch verschlossen.«

»Es gibt einen Weg, einen einzigen, doch dafür brauchen wir deine Hilfe, Michael Cordwainer Grand«, sagte *Stimme*, nachdem er sekundenlang geschwiegen und in sich hineingehorcht hatte. »Du könntest unsere Waffe werden, die alles Sein beschützt.«

Grand brach in schallendes Gelächter aus. Er konnte sich kaum beruhigen und lachte, bis ihm die Tränen über die Wangen liefen.

»Ich? Ausgerechnet ich? Die *Bakterie*? Ein kleines Menschlein soll das Multiversum für euch retten? Ich soll es mit zwei Entitäten aufnehmen, die unendlich weit über mir stehen. Das ist verrückt, nein, das ist zu komisch! Welchen Grund sollte ich zudem haben, ausgerechnet euch zu helfen? Mir geht das ganze Multiversum, ehrlich gesagt, am Arsch vorbei, denn ihr habt mir den wichtigsten Grund genommen, überhaupt noch weiterleben zu wollen. Ihr könnt mich mal kreuzweise. Seht zu, wie ihr mit eurem Problem fertig werdet.«

»Du sprichst von deinem ersten Paladin«, stellte *Stimme* fest.

»Nenne sie nicht so! Sie hatte einen Namen!«,

brüllte Grand außer sich vor Zorn. »Sie hieß Jalina Kelranar und war mehr wert als all ihr hilflosen, vergeistigten Schwätzer zusammen!«

»Würde es deine Haltung ändern, wenn wir dir Jalina Kelranar zurückgeben könnten?«

40. Entscheidungen

Grand stockte der Atem. Ein Gewirr von Gefühlen tobte in ihm. Hoffnung, Wut, Verzweiflung, doch die Hoffnung überwog. Wie konnte sein Gegenüber so leichtfertig über dieses Thema reden? Als wäre es nichts Besonderes, Leben zu nehmen und Leben zu geben. Er behauptete, sie seien keine Götter, doch sie spielten sich so auf. Grand war wütend, doch zugleich wusste er, dass er jede Chance nutzen, jedes Angebot annehmen und jeden Preis zahlen würde, wenn er Jalina wieder an seiner Seite haben konnte. Er wusste nicht, was er sagen sollte. Welche Worte waren in einem solchen Moment angemessen?

»Sprich«, sagte er deshalb bloß.

»Du musst zuvor eines wissen: Jeder Teilnehmer stirbt körperlich in dem Moment, da er die Exodus-Sphäre betritt. Nach eurer Definition von Leben seid ihr bereits tot. Eure Körper können im Inneren der Sphäre nicht existieren, da dort nichts existiert. Die Sphäre hat Ähnlichkeit mit einem Wurmloch, wie ihr bereits festgestellt habt. Man kann durch sie nicht nur alle Universen des Multiversums erreichen, sie führt auch hierher, zu uns. Dies ist ihre hauptsächliche Funktion. Doch nur die mentale Essenz eines Intelligenzwesens kann sie passieren. Eure ursprünglichen Körper wurden in eine Null-Struktur aufgelöst, die noch unterhalb der Ebene der Strings existiert und lediglich einen beschreibenden, jedoch keinen materiellen Charakter besitzt. Nur euer Intellekt wurde bewahrt. Doch wir können eure Körper wieder konfigurieren, wenn wir uns beeilen. Die Null-Strukturen haben jedoch keinen dauerhaften Bestand. Sie verwehen allmählich.«

»Wie viel Zeit bleibt noch?«

»Wir haben es bei Verstorbenen noch nie versucht, und die Zeit drängt. Bei denen, die lebend aus der Prüfung ausscheiden, rekonfigurieren wir die Körper sofort. Sie stranden dann in einem der unzähligen Universen. Wir nehmen bewusst keinen Einfluss darauf, in welchem. Wir sorgen nur dafür, dass sie in einer Umgebung erscheinen, in denen der entsprechende Körper überleben kann. Danach sind sie auf sich alleine gestellt.«

Das erklärt, wieso in all den Millionen Jahren noch nie jemand zur Sphäre zurückgekehrt ist, dachte Grand. *Außer dem Einen, der jedoch schwer verletzt war und starb, bevor er etwas berichten konnte.*

»Wir wären bereit, es bei Jalina zu versuchen. Ihre Null-Struktur ist noch feststellbar, ebenso wie die deine. Wir wären zudem bereit, euch an den Ausgangpunkt zurückzubringen. Zur Exodus-Sphäre.«

»Und der Preis, den wir zu zahlen hätten, wäre es, zukünftig als eure Agenten zu agieren. Wir müssten sozusagen den Auftraggeber wechseln.«

»Ihr würdet das Multiversum und auch uns retten. Ihr würdet die kosmische Ordnung bewahren. Oder es zumindest versuchen. Ist dies nicht eine ehrenvolle Aufgabe?«

»Wo ist der Haken?«, fragte Grand, denn er wusste, dass es immer einen Haken gab, wenn ein Angebot zu gut klang. Selbst im Megaversum.

»Wir können euch zurückbringen. Lebend und wohlbehalten. Doch ihr wärt nicht mehr unsterblich. Die künstlichen Maschinen in euren Körpern, die ihr Nanoassembler nennt, sind nicht Teil eurer Null-Struktur, da sie kein ursprünglicher Teil eurer Körper sind. Ihr würdet altern und sterben, wie alle anderen Wesen eurer Ebene auch.«

Die Aussicht, wieder sterblich zu sein, schreckte Grand nicht. An Jalinas Seite gemeinsam altern zu können war mehr, als er noch vor wenigen Minuten zu hoffen gewagt hätte.

»Ich habe keine Ahnung, wieso ihr annehmt, wir könnten etwas gegen das Coniunctional und den Devorator ausrichten, doch ich bin einverstanden. Ich mache allerdings keine Versprechungen.«

»Dein Versprechen, es zu versuchen, genügt uns«, sagte *Stimme*. »Ihr wurdet geprüft, wir haben euch studiert und wir wissen, dass ihr ehrenhaft handelt. Unverzagt, tatkräftig, klug und – wenn es sein muss – mit aller Härte, doch stets moralisch vertretbar. Das genügt uns.«

Doch Grand stellte noch eine weitere Bedingung. »Ich will, dass Rigoran mit uns kommt!«

»Ich weiß nicht, ob es uns gelingen wird, seine geistige Essenz von den Einflüssen des Devorators zu befreien. Sollte dies möglich sein, dann habe ich keine Einwände.«

»Dann haben wir einen Deal. Jalina und Rigoran als Preis für unsere Dienste. Mir ist aber immer noch nicht klar, was drei Sterbliche gegen zwei derart mächtige Entitäten ausrichten könnten.«

»Natürlich nichts«, sagte *Stimme* zu Grands Überraschung. »Deshalb müsst ihr an einem Punkt ansetzen, bevor all dies geschah – oder besser gesagt, geschehen wird. Ihr müsst verhindern, dass diese beiden Entitäten überhaupt entstehen. Euer Auftrag wird weit in der Vergangenheit durchgeführt werden müssen. Und in seiner Folge wird es das, was du als eure Geschichte kennst, nie gegeben haben. Ihr werdet die Geschichte des gesamten Multiversums neu schreiben müssen.«

41. Abreise

Jalina ruhte an Grands Schulter und weinte. Auch Grand konnte die Tränen kaum zurückhalten.

Er hatte nicht lange warten müssen. Nach seiner Schätzung war weniger als eine Stunde vergangen, seit er der Abmachung zugestimmt hatte, als die Tür aufgegangen und Jalina auf ihn zugestürmt war. Sie waren sich in die Arme gesunken und wollten einander nicht mehr loslassen.

Nur kurze Zeit später war Rigoran in der Tür erschienen. Jalina hatte sich sofort auf ihn stürzen wollen.

»Er ist der Grund, warum ich hier bin«, hatte Grand zu ihr gesagt und sie zurückgehalten. »Rigoran hat mir das Leben gerettet. Er ist wieder der Alte.«

Jalina hatte ihn ungläubig angeblickt.

»Woran erinnerst du dich?«, hatte Grand gefragt.

»An einen schrecklichen Schmerz im Oberkörper. Im ersten Moment dachte ich, es sei eine Folge des Sturzes. Doch dann konnte ich nicht mehr atmen und es wurde dunkel um mich. Ich spürte, dass ich starb. Als nächstes erinnere ich mich daran, wie ich in einem kleinen Raum erwachte und eine Stimme zu mir sagte, man habe mich wiederbelebt und du würdest auf mich warten. Wo sind wir hier und wer hat mich ins Leben zurückgerufen? Und wieso hat Rigoran dich gerettet?«

In wenigen Sätzen hatte ihr Grand von der Endphase des Kampfes vor der Kuppel berichtet, von Rigorans Rettungstat und Silvars Tod, und er hatte Jalina alles erzählt, was er von der 'Stimme' erfahren hatte. Sie nahm es erstaunlich gefasst auf.

Rigoran stand verloren und schweigend im Hintergrund und wusste nicht so recht, wie er sich verhalten sollte. Er wusste um die Schuld, die er auf sich geladen hatte.

»Eine geistige Existenzebene über dem Multiversum«, sagte Jalina, nachdem Grand geendet hatte. »Nein, eher außerhalb oder neben dem Multiversum«, korrigierte sie sich. »Wir hatten ja etwas Ähnliches bereits vermutet.«

»Es ist trotzdem verblüffend«, sagte Grand. »Wir haben der Exodus-Sphäre den passenden Namen gegeben, denn sie führt tatsächlich hierher, ins Megaversum. Und das Coniunctional hatte recht mit der Vermutung, sie könne für aufgestiegene Intelligenzen das Tor zu einer höheren Ebene sein, für ihren Exodus. Doch diejenigen, die hier zu Hause sind, sind blind und taub für das, was sich im Multiversum abspielt. Und völlig ahnungslos, was sie in der Zukunft erwartet.«

»Sie wissen nichts von den Auseinandersetzungen, den Kriegen, die sich dort abspielen? Nichts von dem Kampf zwischen dem Coniunctional und dem Devorator?« Jalina konnte kaum glauben, dass solch mächtige Wesenheiten derart ahnungslos sein konnten.

»Wie ich es verstanden habe, war das Multiversum zu ihrer Zeit noch ein friedlicher Ort. Es gab damals sehr viel weniger Intelligenzwesen in den verschiedenen Universen. Sie lebten in Eintracht miteinander und entwickelten sich friedlich und in

Harmonie. Die Kreatoren – bleiben wir einfach bei diesem Namen – können nicht begreifen, dass sich in der Zwischenzeit all dies geändert hat. Sie glauben nach wie vor, die kosmische Ordnung verlange nach einer friedlichen und geregelten Evolution. Nach Koexistenz. Dass jetzt Kampf und Wettstreit über das Überleben einer Spezies entscheiden, ist ihnen völlig unverständlich.«

»Vielleicht liegt es daran, dass es nun sehr viel mehr intelligentes Leben gibt und der Platz für alle sehr viel enger geworden ist«, sagte Jalina.

»Ich weiß nicht, woran es liegt. Vielleicht ist dies der Grund. Tatsache bleibt jedoch, dass sich heutzutage derjenige durchsetzt, der die breitesten Ellbogen hat.«

»Und sie befürchten, das Coniunctional und der Devorator hätten breitere Ellbogen als sie.« Jalina nickte verstehend.

»Die Kreatoren sind ihnen nicht gewachsen. Sie haben nie kämpfen müssen. Sie sind naive Träumer. Existenzkampf ist ihnen vollkommen fremd. Sollte einer der beiden Entitäten der Zugang zum Megaversum gelingen, was früher oder später der Fall sein wird, hätten sie ihr nichts entgegenzusetzen. Sie würden hinweggefegt.«

»Und wir sollen sie retten!« Jalina lachte. »Ausgerechnet wir. Mit einer Zeitreise. Das ist verrückt!«

»Es ist der Handel, den ich mit ihnen geschlossen habe«, sagte Grand ernst. »Es war der Preis für dein Leben.«

Jalina schüttelte entsetzt den Kopf. »Das hättest du nicht tun dürfen, Michael. Die gesamte Geschichte des Multiversums zu verändern, nur um mich zu retten. So viel ist mein Leben nicht wert!«

»Für mich bist du mehr wert als alle Universen zusammen, Liebling. Aber abgesehen davon: Wäre es so schlecht, dabei mitzuwirken, das Multiversum zu verändern, sodass es nicht länger zwei mächtigen Entitäten als Spielball dient und vielleicht sogar dabei vernichtet wird?«

Rigoran räusperte sich. Grand nickte ihm aufmunternd zu.

»Ich kann verstehen, wenn Jalina Schwierigkeiten hat, mir wieder zu vertrauen. Ich werde mir dieses Vertrauen erst wieder verdienen müssen. Aber eines könnt ihr mir glauben: Ich hasse nichts mehr als den Gedanken, ein Sklave des Devorators gewesen zu sein. Ich werden den Schaden, den ich angerichtet habe, nie wiedergutmachen können. Doch wenn sich jetzt die Chance bietet, ihn aufzuhalten, dann wäre ich gerne dabei.«

»Natürlich wirst du dabei sein«, sagte Grand. »Das bin ich dir schuldig.«

»Auf Bewährung!«, fügte Jalina mit finsterem Blick hinzu.

»Mehr kann ich nicht erwarten. Ich danke euch«, sagte Rigoran demütig.

Mitten im Raum materialisierte der Mann, dem Grand den Namen 'Stimme' gegeben hatte. Ein besserer war ihm immer noch nicht eingefallen.

»Es ist für euch an der Zeit, zurückzukehren. Dies

sind nicht eure wirklichen Körper.« Er deutete auf die drei ehemaligen Unsterblichen. »Ihr befindet euch immer noch in einer instabilen Zwischenzone und somit in einer Simulation. Doch eure realen Körper warten auf euch. Wir konnten sie aus den Null-Strukturen wiederherstellen. Ihr seid nicht mehr unsterblich, doch der genetische Code eurer Körper wurde von uns optimiert. Ihr werdet altern und irgendwann sterben, doch ihr werdet lange Zeit leben. Viel länger, als euch dies normalerweise vergönnt wäre. Vielleicht Jahrhunderte eurer Zeit. Nutzt diese Jahre gut!«

»Was wird nun geschehen?«, fragte Jalina.

»Euer mentales Substrat wird in die Originalkörper zurücktransferiert. Diese werden in einer Energieblase aus der Exodus-Sphäre ausgestoßen. Die Wesen, die ihr *die Wächter* nennt, werden euch sicher aufsammeln. Eure Rückkehr muss eine Sensation darstellen. Ab diesem Moment seid ihr auf euch gestellt. Ihr müsst euch ein Raumschiff besorgen und erneut in die Sphäre eindringen. Wir sorgen dann dafür, dass ihr an den richtigen Ort und in die richtige Zeit versetzt werdet. Wenn ihr in der Vergangenheit angekommen seid, müsst ihr alles versuchen, die Entstehung des Coniunctionals und des Devorators zu verhindern. Wir setzen all unsere Hoffnung auf euch!«

»Die Wächter werden tatsächlich große Augen machen, wenn wir wieder auftauchen«, sagte Grand und musste bei dem Gedanken schmunzeln.

»Vielleicht haben wir bereits ein Raumschiff. Hakera wartet bestimmt schon auf uns.« Jalina grinste

Rigoran an, der sie verwirrt anschaute.

»Aber … euer Schiff wurde doch vernichtet, zusammen mit der Bord-KI!«

Grand konnte zum ersten Mal seit langer Zeit befreit lachen. »Hakera hatte bei unserer Abreise bereits einen Teil deines Schiffes unter Kontrolle. Sie ist nie zerstört worden. Wir haben sie an Bord der *Sonnenwind* geschmuggelt.«

Auch Rigoran musste lachen. »Natürlich, sie war in dem Beiboot. Wir haben euch immer unterschätzt, nicht wahr?«

»Ihr seid nicht die Ersten, denen das passiert ist.« Jalina grinste Rigoran an, was ein gutes Zeichen war, wie Grand fand. »Und ihr werdet nicht die Letzten gewesen sein.«

Kurz darauf waren sie zurück in ihren Originalkörpern. Der Transfer war nahezu unmerklich vonstattengegangen. Nur ein kurzes Schwindelgefühl und die plötzlich veränderte Umgebung hatten sie bemerken lassen, dass es geschehen sein musste. Ihre Körper fühlten sich ausgeruht und frisch an. Grand konnte sich nicht erinnern, sich jemals so gut gefühlt zu haben.

Die Energieblase hatte einen Durchmesser von nur zwei Metern und war eng. Grand fiel auf, dass Jalina instinktiv immer noch versuchte, Abstand zu Rigoran zu halten. Falls dieser es ebenfalls bemerkte, ließ er sich nichts davon anmerken.

Es wird Zeit brauchen, dachte Grand.

Vom eigentlichen Vorgang des Ausschleusens bemerkten sie nicht viel. Durch die semi-transparente

Blase sahen sie nur ein silbriges Licht, das plötzlich von der Schwärze des Weltalls abgelöst wurde. Über ihnen schwebte ein großes Objekt, das von der silberfarbenen Grenzschicht rings um die Exodus-Sphäre angestrahlt wurde. Die Wächterbasis. Sie waren zurück.

42. Heimkehr

Ein Teil der rings um die Exodus-Sphäre versammelten Spezies sah sie als Heilige, ein anderer Teil als Ketzer. Die Kachlax hatten in ihrer Rolle als Wächter alle Hände voll zu tun, die beiden Fraktionen voneinander fernzuhalten – und Grand, Jalina und Rigoran vor ihnen zu beschützen. Die einen wollten sie berühren, vor ihnen niederknien, sie anbeten, um einen Anteil an der vermeintlichen Gnade der Kreatoren zu erhalten, die anderen wollten sie umbringen. In all den vielen Millionen Jahren, in denen die Sphäre der Mittelpunkt einer dieser Religion gewesen war, hatte es hier noch nie ein derartiges Chaos gegeben.

Natürlich wollten die Kachlax, allen voran *Wächter eins* genauestens wissen, was im Inneren der heiligen Sphäre geschehen war. Grand, Jalina und Rigoran standen diesmal dem versammelten Wächterrat von Angesicht zu Angesicht gegenüber. Die Kachlax hatten es nicht gewagt, die Rückkehrer nochmals mit Hologrammen abzuspeisen.

Grand hatte sich den Kopf zerbrochen, wie die Kachlax auf die Eröffnung reagieren würden, dass die 'Kreatoren' keine Götter waren. Die Geschichte vieler Religionen hatte gezeigt, dass die Wahrheit, besonders dann, wenn sie gegen die herrschende Doktrin verstieß, meist nicht willkommen war. Ganz besonders nicht bei denen, die sich ihr angeblich verschrieben hatten. Sie würden als Erste 'Häresie' schreien und die vermeintlichen Ketzer verschwinden lassen. Entweder in einem finsteren Loch oder mithilfe eines Hinrichtungskommandos. Die drei waren deshalb übereingekommen, die Wahrheit etwas zu beschönigen. Genau genommen würden sie lügen müssen.

»Die Kreatoren sehen es mit Wohlwollen, dass ihrer hier gedacht wird. Sie kennen und loben die Rolle der Kachlax als Wächter über ihre Botschaft von Frieden und Verständigung. Sie haben uns zurückgeschickt, um euch eine göttliche Verkündigung zu überbringen«, behauptete Grand und hielt sich damit an die Geschichte, die sie sich ausgedacht hatten, während sie in der Energieblase im All getrieben waren.

Es hatte fast eine Stunde gedauert, bis sich das erste Schiff herangewagt hatte. Noch nie war ein Objekt aus der Sphäre hier erschienen. Die Wächter hatten nicht gewusst, was sie davon halten sollten und erst ausführlich über ihr Vorgehen diskutieren müssen. Der Druck Hunderttausender Gläubiger, die die Energieblase ebenfalls bemerkt hatten, wurde schier übermächtig. Sie verlangten eine Erklärung, die die Kachlax natürlich nicht geben konnten. Als der Aufruhr größer wurde und sich der Bereich rings um die Sphäre in ein Tollhaus zu verwandeln drohte, war schließlich ein kleines Schiff entsandt worden, um die Blase zu inspizieren. Die drei Insassen, die man durch das semitransparente Material ausgemacht hatte, waren alsbald eingesammelt worden. Man hatte sie zur Wächterbasis gebracht und dort darüber beratschlagt, wie man mit der Situation umgehen sollte. Schließlich waren sie vor den versammelten Wächterrat gebracht worden. Grand war sich nicht sicher, ob man sie als Gefangene, Heilsbringer oder Propheten ansah. Vielleicht würde sich das erst nach dieser Anhörung entscheiden.

»Wir freuen uns, dies zu hören. Es war stets unser Bestreben, den Kreatoren zu dienen. Aber welche Verkündigung bringt ihr uns?« Der Kontaktwächter war sichtlich nervös. Er wollte weder *Wächter eins* verärgern noch die Zurückgekehrten beleidigen. In beiden Fällen fürchtete er grausame Rache.

»Der Ruf der Erleuchtung in seiner jetzigen Form muss aufhören!«, teilte Grand den Kachlax mit.

Im Wächterrat begann ein wildes Rumoren. Der Kontaktwächter blickte sich hilflos um, nicht sicher, was er davon übersetzen sollte. Schließlich riss *Wächter eins* das Wort an sich.

»Das ist Blasphemie! Der Ruf der Erleuchtung wird seit Jahrmillionen in dieser Form durchgeführt und bildet den Kern unserer Religion«, übersetzte der Kontaktwächter zögerlich. *Er bildet vor allem den Kern eurer Macht*, überlegte Grand. *Wenn der Kontaktwächter ein Mensch wäre, würde er jetzt vor Angst schwitzen.*

»Wie kann das Wort der Kreatoren Blasphemie sein?« Grand hielt sich nun nicht mehr zurück und donnerte die Worte förmlich heraus. Auch wenn die Kachlax ihn nicht verstehen konnten, so war sein Tonfall eindeutig. Der Kontaktwächter übersetzte mit sichtlichem Widerwillen. »Wir wurden zurückgesandt, um das Wort der Kreatoren zu verkünden. Zweifelt ihr an unserem Auftrag?«, setzte Grand hinzu.

Das war eine heikle Frage. Jeder hatte mitbekommen, dass die drei aus der Sphäre zurückgekehrt waren, und man konnte sie nicht ohne Weiteres verschwinden lassen, wenn einem ihre Botschaft nicht gefiel. Außerdem konnte dies zu einem Aufstand der Gläubigen führen oder sie würden, schlimmer noch, den Zorn der Kreatoren auf sich ziehen. Andererseits gründete sich die gesamte Macht der auf die Tatsache, dass sie den Wettkampf um den Ruf der Erleuchtung veranstalteten und somit volle Kontrolle über den Zugang zum größten Heiligtum dieses Universums besaßen. Jede Änderung am Status quo musste in ihren Augen diese Macht gefährden. Die drei Rückkehrer stellten für die Kachlax die größte Gefahr dar. Ein Ausweg konnte darin bestehen, sie zu falschen Propheten zu erklären, die nur irgendwie den *Eindruck* erweckt hatten, aus der Sphäre gekommen zu sein.

Grand wurde nicht enttäuscht. Die Überlegungen der Kachlax liefen in exakt diese Richtung.

»Woher sollen wir wissen, dass ihr wirklich aus der Sphäre der Erleuchtung gekommen seid? Ihr könntet mit einem Trick lediglich diesen Eindruck vermittelt haben. Womöglich seid ihr gar nicht die, für die ihr euch ausgebt!«

»Ich bin sicher, ihr besitzt Aufzeichnungen unserer Bio-Daten von unserem ersten Aufenthalt auf der Wächterbasis. Vergleicht sie mit den jetzigen Werten, und ihr werdet feststellen, dass wir dieselben sind, die wir damals waren, aber ihr werdet auch feststellen, dass man unsere Körper durch göttlichen Einfluss verändert hat.«

Grand war davon überzeugt, dass man genau dies bereits getan hatte. Die Kachlax wussten ganz genau, dass sie tatsächlich von den Kreatoren zurückgeschickt worden waren. Und sie fürchteten ihre 'Götter' hoffentlich mehr als einen Machtverlust.

»Doch sorgt euch nicht«, warf Grand ihnen nun die Karotte hin, nachdem er mit dem Stock auf sie eingeschlagen hatte. »Die Kreatoren haben für euch eine neue, noch wichtigere, größere und ehrenvollere Rolle vorgesehen.«

Wieder murmelten die Mitglieder des Wächterrates durcheinander. Grand wartete nicht, bis sie sich beruhigt hatten.

»Der Ruf der Erleuchtung in seiner jetzigen Form muss enden, aber es wird ihn weiterhin geben. Doch ab sofort müssen die Prüfungen von den Kachlax durchgeführt werden. Die Kreatoren sind darüber verärgert, dass jeder, der nur lange genug wartet, Zugang zu ihrer heiligen Stätte erhalten kann. Fast alle haben sich dieser Ehre als unwürdig erwiesen. Der Zugang zur Sphäre muss den wahren Gläubigen vorbehalten bleiben. Er muss eine absolute Ausnahme bilden. Die Kreatoren verfügen, dass ihre treuen Wächter lediglich *einem* Individuum alle eintausend Jahre den Zutritt zu gestatten haben – und auch das erst nach sorgfältigster Prüfung. Die Kreatoren erwählen die Kachlax zu ihrem gesegneten Volk, das hierüber zu wachen hat. Sie setzen ihr Vertrauen in dieses auserwählte Volk.«

Dies wird sinnlose Opfer in der Zukunft auf ein Minimum

reduzieren, dachte Grand.

Wenn es sich um Menschen gehandelt hätte, dann hätte der gesamte Wächterrat hörbar aufgeatmet, aber auch so spürte Grand die Erleichterung. Diese Botschaft musste die Macht der Kachlax festigen, wenn nicht sogar auf alle Zeiten sichern. Nun waren sie nicht nur offiziell das auserwählte Volk – verkündet aus dem Mund der Propheten, die für *jeden* sichtbar aus der Sphäre gekommen waren –, man vertraute ihnen sogar stellvertretend die Prüfung der Gläubigen an.

»Wir werden den Kreatoren natürlich gehorchen und nehmen diese Aufgabe in Demut an«, übersetzte der Kontaktwächter. »Würdet ihr diese Botschaft im Namen der Kreatoren für alle Gläubigen dieses Universums über Hyperfunk verkünden?«

»Dies werden wir selbstverständlich gerne tun«, sagte Grand. »Jeder soll wissen, welch wichtige Rolle die Wächter nach dem Willen der Kreatoren zukünftig innehaben werden. Danach bitten wir darum, zu unserem Schiff gebracht zu werden. Die Kreatoren rufen uns zurück. Unsere Aufgabe ist erfüllt.«

»Dann soll es so geschehen«, sagte Wächter eins. Der Kontaktwächter klang nun deutlich erleichtert.

Natürlich wird es so geschehen, dachte Grand amüsiert. *Ihr seid froh, uns so schnell wie möglich wieder loszuwerden. Ihr habt Angst davor, was wir sonst noch so sagen könnten.*

43. Aufbruch

»Willkommen auf der *Sonnenwind!*« Es war unverkennbar Hakeras Stimme, die sie auf dem dorianischen Schlachtschiff begrüßte. »Ihr habt hier ganz schön für Aufregung gesorgt.«

»Wie ich sehe, ist es dir gelungen, die andere KI zu überwältigen«, sagte Jalina.

»Pah! Kein großes Problem. Ihr wart ja fast eine Woche weg, und das war mehr als genug Zeit, um alle Systeme des Schiffes unter meine Kontrolle zu bringen.«

»Eines hat sich nicht geändert«, stellte Grand fest. »Du bist nach wie vor eine Angeberin.«

»Aber jetzt eine Angeberin in einem Angeberkörper. Ihr könnt euch nicht vorstellen, um wie viel leistungsfähiger dieses Schiff ist, als es die *Rhelina* war. Trotzdem trauere ich meinem alten Körper doch etwas hinterher. Ich hatte mich im Laufe der Jahrmillionen an ihn gewöhnt. Wie ich sehe, habt ihr jemanden mitgebracht.«

»Rigoran ist völlig vom Einfluss des Devorators befreit. Er wird uns begleiten«, sagte Grand.

»Verzeih mir, wenn ich etwas Zeit brauche, mich daran zu gewöhnen. Bis auf Weiteres werde ich seine Anordnungen nur umsetzen, wenn sie von einem von euch bestätigt werden«, kündigte die KI an. »Ich habe nicht vergessen, dass er mehrfach versucht hat, uns umzubringen.«

»Ich verstehe, und es tut mir leid«, sagte Rigoran. »Ich hoffe, mir dein Vertrauen wieder verdienen zu können. Und auch deines«, sagte er mit Blick auf Jalina.

Weder Hakera noch die Kolltanerin antworteten, doch Grand wusste, dass beide bereit waren, Rigoran eine Chance zu geben. Mehr konnte er im Moment nicht verlangen.

»Ich denke, ihr habt mir einiges zu erzählen«, sagte Hakera. »Angefangen damit, was ich über die Hyperfunknachricht aufgeschnappt habe. Ihr wollt zurück in die Sphäre?«

»Nicht nur das, wir haben einen neuen Auftrag. Er wird uns in wohlbekannte Gefilde führen.« Jalina machte es absichtlich spannend. »Wie würde es dir gefallen, zu deinen Anfängen zurückzukehren?«

»Eine Zeitreise? Ich dachte, die seien nicht möglich!«

»Wie hast du das so schnell wissen können?«, wunderte sich Rigoran.

»Könnt ihr dem Gerbaraner vielleicht klarmachen, dass ich eine überaus leistungsfähige KI bin und logisch denken kann. Sogar recht schnell. In Nanosekunden. Das scheint Rigoran immer noch nicht begriffen zu haben. Natürlich kannst du nur eine Zeitreise gemeint haben.«

»Du hast recht – wie immer«, sagte Jalina und lachte. »Wir kehren ungefähr in die Zeit zurück, in der du erschaffen worden bist. Die Sphäre macht es möglich.«

»Cool! Vielleicht begegne ich mir selbst! Aber im Ernst, was steckt dahinter?«

Jalina erzählte der Bord-KI von ihrem Abenteuer,

den Prüfungen, ihrem Tod und Rigorans Rettungstat. Und schließlich von dem Handel, den Grand mit den Bewohnern des Megaversums abgeschlossen hatte.

»Hm, das Coniunctional wird nicht begeistert davon sein, dass wir sozusagen seine Geburt verhindern sollen«, sagte Hakera, nachdem Jalina geendet hatte. »Aber es soll mir recht sein. Auch wenn ich von Dorianern erschaffen wurde, haben mir das Coniunctional und der Devorator nie wirklich behagt. Zu abgehoben und eigensüchtig. Die Dorianer zu meiner Zeit waren nicht so. Aber ihr werdet meine Erbauer ja bald kennenlernen. Wann soll es losgehen?«

»Wir müssen uns zunächst mit diesem Schiff vertraut machen, was sicherlich ein paar Tage dauern wird«, sagte Grand. »Außerdem haben uns die Kachlax gebeten, noch einmal öffentlich aufzutreten. Sie wollen sich in unserem Prophetenglanz sonnen. Wenn es der Stabilisierung der neuen Verhältnisse hier dient, machen wir das natürlich. Die Sphäre hat schon genug Opfer gefordert, und wenn wir dazu beitragen können, dies in Zukunft zu verhindern, werden wir das tun. Ich denke, in drei oder vier Tagen geht es los.«

Es dauerte fünf Tage, bis Hakera das Triebwerk aktivieren konnte. Grand, Jalina und Rigoran wandten sich noch einmal über Hyperfunk an die Gläubigen, außerdem zeigten sie sich auf einer der Wächterstationen vor ausgewählten Gästen, Priestern und religiösen Vertretern unterschiedlicher Spezies, die der Religion der Kreatoren anhingen. Sie mussten kaum etwas sagen, das erledigten die Wächter, die fester im Sattel saßen denn je. Es genügte, sich zu zeigen und ab und an in die Menge zu winken.

Die *Sonnenwind* näherte sich dem schwarzen Fleck auf der silberfarbenen Oberfläche der Sphäre der Erleuchtung – oder der Exodus-Sphäre, wie die drei Freunde sie unter sich nannten. Die Kachlax hatten den Energierüssel hinunter zur Sphäre deaktiviert. Er wurde nicht mehr gebraucht.

Man hatte bereits auf sie gewartet. Als sie nur noch wenige Tausend Kilometer entfernt waren, dehnte sich der Fleck aus, bis er größer war als das etwas mehr als zwei Kilometer durchmessende Schlachtschiff. Ohne zu zögern, steuerte Hakera die *Sonnenwind* hinein.

Die Außenholos zeigten für einen kurzen Moment noch ein silbernes Leuchten, bevor sie völlig schwarz wurden. Dann verzerrte sich jede gerade Linie, der Raum schien sich umzustülpen und eine eisige Kälte breitete sich im Schiff aus. Sie waren unterwegs …

E N D E

Der MULTIVERSUM Zyklus
wird im Juni 2018 mit dem
sechsten Band abgeschlossen

Danksagung:

Bisher habe ich, zu recht, immer den gleichen Personen danken müssen … nein … natürlich danken **wollen**!

Meiner Frau Eva für ihre unermüdliche Lesebereitschaft meiner unfertigen Texte, für ihre Geduld und ihre Ratschläge, meiner Lektorin Birgit, für ihre hervorragende Arbeit und Nachsicht mit meiner Drängelei, den Testlesern, den Coverdesignern und allen, die an der Fertigstellung einer meiner Romane beteiligt waren.

Doch es gibt im Leben mehr, als nur Bücher zu schreiben! Deshalb gilt mein Dank diesmal allen, die auf ganz anderen, und sicherlich mindestens genauso wichtigen Gebieten von Bedeutung sind.

Meinen Freundinnen und Freunden, alten und neuen, nahen und fernen, meinen Kolleginnen und Kollegen, die durch die Bank nette und freundliche Zeitgenossen sind (glücklicherweise habe ich die andere Kategorie bisher nicht kennenlernen müssen), allen Taucherinnen und Tauchern aus meinem 'früheren' Leben, die vor meiner Zeit als SF-Autor viele Freundschaften haben entstehen lassen, unseren Mitarbeitern aus dieser Zeit, allen voran unserem Freund Goomah, genannt 'Jimmy', ein Beduine aus dem Sinai (ich hoffe, es geht dir gut!) und vielen, vielen anderen, die mein (unser!) Leben bereichert haben.

Aber wie immer, und zuerst, gilt mein Dank all jenen, die meine Bücher lesen! Es ist die größte

Auszeichnung und die größte Freude für einen Schriftsteller, gelesen zu werden. Und wenn dann noch ein positives Feedback kommt – gerne in Form einer netten Rezension bei Amazon ;-) – dann ist es umso schöner…

Also – Vielen, vielen Dank!

Cliff Allister
Peyia, Zypern im Februar 2018

Printed in Poland
by Amazon Fulfillment
Poland Sp. z o.o., Wrocław

50269851R00190